W0185870

HELLO
EDITIONS
helloeditions.fr

ISBN : 9782384624867

© Hello Editions 2023
Dépôt légal : Novembre 2023

Couverture : Hélène Damville
Conception graphique : Camille Manceaux

Toute reproduction sous quelque forme que ce soit, partielle ou totale, est explicitement interdite sans l'accord écrit et préalable des éditions Hello.

Imprimé en France

Anna Rodriguez

Le Fils de Prométhée

Le réveil de Gaïa

HELLO EDITIONS

À Gaïa, la seule déesse en laquelle je crois.

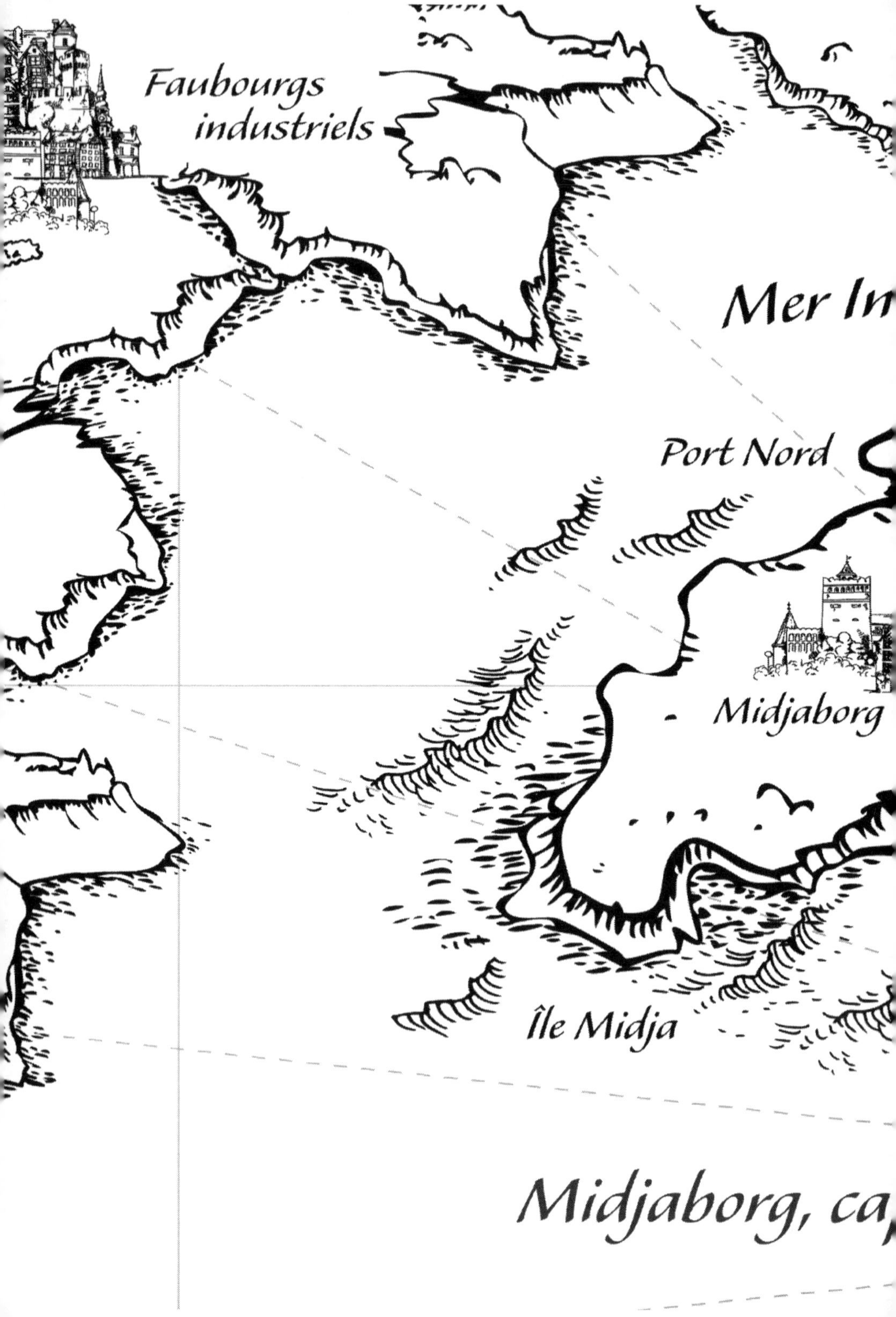
Faubourgs industriels
Mer In
Port Nord
Midjaborg
Île Midja
Midjaborg, ca

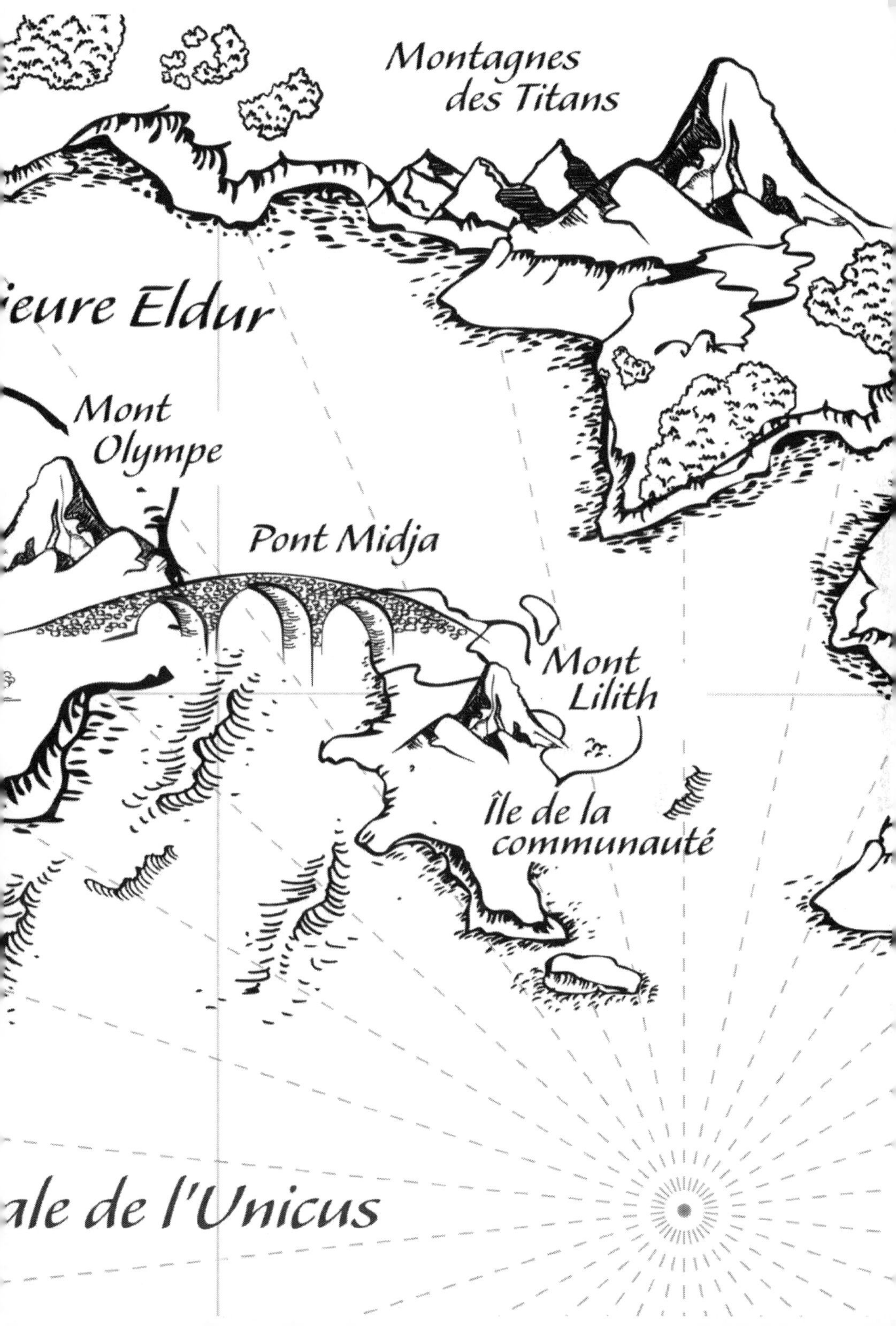
Montagnes des Titans
ieure Eldur
Mont Olympe
Pont Midja
Mont Lilith
Île de la communauté
ale de l'Unicus

Prologue

Elle fixait obstinément les murs gris de sa cellule. Même si elle en connaissait désormais le moindre recoin, la moindre aspérité, elle cherchait encore vainement à discerner de nouvelles formes dans les défauts des parois. Là par exemple, ce creux dans le béton, n'évoquait-il pas un loup ? Et là, juste au-dessus des lieux d'aisance, n'étaient-ce pas des volutes suggérant un nuage ? Avec un effort d'imagination considérable, dans les bons jours, elle arrivait presque à se figurer le murmure du vent dans ses oreilles et les caresses dans ses cheveux par la brise.

Elle passa un doigt sur son collier d'identification. La pulpe de son index sentit sa froideur métallique et les petites irrégularités des numéros gravés dessus. U4885.04. Elle avait vaguement conscience qu'autrefois, elle avait eu un nom, une autre identité, composé de lettres et non de chiffres. Un nom dont elle brandissait les sonorités avec fierté. Mais plus personne ne s'était adressé à elle de la sorte depuis trop longtemps. Comme un motif tracé du doigt dans le sable et qu'une vague vient lécher, son nom s'était progressivement estompé de sa mémoire avant d'en disparaître tout à fait.

Depuis combien d'années fixait-elle ces murs gris ?

Le temps aussi était une notion qui s'était délitée dans son esprit. Mais son corps, lui, montrait le passage inexorable des ans. Les mèches grises qui la parsemaient indiquaient assez qu'elle avait passé plus de temps enfermée qu'en liberté. Elle ferma les yeux.

Peut-être qu'aujourd'hui elle y arriverait. Il lui fallait au moins essayer. Il ne lui restait plus que cet infime espoir. Et puis, même s'il ne la percevait pas, au moins aurait-elle le plaisir de s'évader un peu, quelques instants. Elle se concentra de toutes ses forces. Elle inspira et expira lentement, pour faire le vide. Son cerveau semblait être devenu aussi flasque que le gruau d'avoine infâme qu'on lui servait matin et soir. Malgré tout, elle essaya.

Soudain, la pièce autour d'elle se volatilisa et elle fut projetée dans une pièce sombre, envahie de plantes en tout genre. Une présence l'aimanta, au centre de la pièce. Tout y était flou, à l'exception de la silhouette, mais elle percevait néanmoins un grand désordre. Des piles de livres jonchaient le sol et tous les meubles environnants. Sur un canapé élimé se tenait un homme élégant, un livre entre les mains. Malgré des tempes grisonnantes, il n'avait que peu changé. Oh, bien sûr, quelques ridules s'étaient rajoutées à son visage, mais autrement, il était resté le même. Son cœur se serra à sa vue, comme toujours. Quelque chose bougea dans le flou qui l'entourait et brusquement surgit une petite fille qui se précipita sur lui, des tresses bondissant sur ses épaules. Il éclata de rire sous l'assaut intrépide de la fillette qui avait ses cheveux noirs. Ils jouèrent quelques instants ensemble, puis la fillette se leva. Il posa son livre sur le canapé, et s'apprêtait à la suivre dans une autre pièce quand il se figea. Brusquement, il lança un regard acéré autour de lui, comme cherchant à comprendre, à déceler quelque chose de caché. Elle se mit à espérer qu'il l'avait détectée, qu'il la sentait. Elle hurla, cria, l'appela. En vain. Tout restait figé, identique. Après une minute, peut-être plus, de cette observation silencieuse, un voile triste passa sur son visage. Il se passa une main sur la joue, secoua légèrement la tête et quitta la pièce. Alors seulement, elle consentit à se taire. Elle réintégra son corps, étouffa un sanglot.

Elle passa ses bras autour de ses genoux et posa son menton dessus. Seule. Elle était toujours, irrévocablement, irréfutablement, désespérément, seule. Elle essuya une larme puis se força à espérer, encore et toujours. Peut-être que demain, elle y parviendrait. Il le fallait. Elle reprit l'observation des formes sur les murs, ses seuls compagnons d'infortune.

Trois coups retentirent soudain contre sa porte de cellule et la tirèrent de sa mélancolie. Trois coups nets, brutaux. Elle chassa sa tristesse pour ne point leur laisser la satisfaction de constater son désarroi et se redressa. Un vague souvenir des convenances en vigueur, un code de conduite tant et tant répété qu'il en était devenu instinctif lui fit se redresser le dos et lisser son expression de visage. Elle se pinça les joues et mordit ses lèvres à l'instant même où sa porte grinçait en s'ouvrant.

Un homme en costume, grand, élégant, courba la nuque pour passer le seuil et se redressa dans sa cellule tandis qu'un gardien refermait la porte dans un grincement sinistre. Ses yeux vinrent l'inspecter et une grimace défigura fugacement son visage. Toutefois, il reprit contenance et lui adressa un sourire éclatant, quoique légèrement asymétrique.

— Comment allez-vous aujourd'hui, chère amie ?

Son amie ? Elle n'avait pas d'amis. Sinon, comment expliquer qu'elle fût enfermée ici, sans personne pour lui rendre visite ? Sans nom, sans compagnie. Seule, dans sa robe élimée. Le grand homme élégant s'approcha d'un pas. Guère plus, étant donné l'étroitesse de son logis. Elle réprima son exclamation et s'efforça de conserver une respiration calme et profonde en dépit des battements effrénés de son cœur. Malgré elle, elle se voûta davantage et pressa ses bras autour de ses genoux.

— Vous ne vous souvenez plus de moi n'est-ce pas ? Par la poitrine de Lilith ! s'exclama-t-il. Ils vous ont vraiment grillé le cerveau avec leurs expériences.

Il lui tourna le dos et tapa du poing contre le mur opposé à elle. Elle sursauta. Leurs expériences ? Voulait-il parler des séances quotidiennes ? Qu'en savait-il ? Peut-être était-il là pour l'espionner ? Pour vérifier qu'elle ne l'avait pas trouvé sans en parler… Peut-être attendait-il la moindre occasion pour la trahir et cherchait-il simplement à l'amadouer par son aménité…

L'homme inspira profondément et se retourna, lentement, précautionneusement, comme si elle eût été un oisillon qu'il ne fallait point effaroucher par quelque mouvement brusque. Il lui adressa derechef un sourire, forcé, celui-là, et qui ne montait pas jusqu'à ses yeux qui eux, exprimaient une mélancolie presque tangible. Il prit place sur son lit, lissant machinalement ses draps d'une main distraite.

— Nous étions amis autrefois. Enfin, au début, je vous ai cordialement détesté pour tout vous avouer. Vous et votre féminisme, votre impertinence et vos pantalons… Le genre de femme désastreusement forte qui fait frémir toute la gent masculine, moi y compris. Mais je vous ai observée, jour après jour, tandis que vous subissiez nos brimades sans broncher, tantôt avec votre petite moue suffisante, tantôt avec un sourire méprisant à notre encontre. Et progressivement, bien malgré moi je puis vous l'assurer, j'en suis venu à vous admirer. Tout cela pour vous dire… Nous étions amis, et dans une certaine mesure, quand bien même vous ne vous souvenez pas de moi, nous le sommes encore.

— Si nous sommes amis… Pourquoi suis-je enfermée ici ?

— Vous êtes enfermée ici, car vous étiez une femme trop courageuse, têtue et en mal d'aventure pour votre époque, gronda-t-il. Vous étiez éprise de grands idéaux stupides tels que la justice et la vérité. Des idéaux inappropriés et complètement déplacés au sein de l'Unicus.

— C'est parce que… j'ai cru en quelque chose que je me retrouve enfermée dans cette cellule ? croassa-t-elle en écarquillant les yeux.

— Cela, et parce que vous êtes dotée du don de Clairvoyance. Enfin, pour ma part, j'appellerai plus cela une malédiction. À ce propos, vous ne l'avez toujours pas trouvé ?

Il plongea ses yeux dans son regard, un petit rictus dissymétrique sur le visage. L'avait-elle trouvé ? Elle ne se souvenait pas de grand-chose, mais cela, *cela*, resterait ancré dans sa mémoire à tout jamais. Elle dut faire un effort considérable pour étouffer le rire dédaigneux qui montait en elle. Bien entendu qu'elle l'avait trouvé, elle l'avait même trouvé depuis des décennies. Il avait été une de ses premières visions, lui et son curieux chapeau dont elle avait noté les formes et le motif en tête dans l'espoir vain de pouvoir en rapporter les détails à sa modiste. Mais si la prophétie disait vrai, si vraiment cet homme pouvait détruire l'Unicus et causer sa chute, alors elle n'allait certainement pas le dénoncer à ses geôliers.

Ce jour-là, alors que la vision du costume sombre de l'inconnu s'estompait, alors qu'elle avait simplement eu cette certitude au creux du ventre pour toute indication qu'il s'agissait bien du Fils de Prométhée, elle avait pris sa décision. Alors, elle avait menti, chaque jour depuis lors, perdant ses gardiens dans de fausses visions et des descriptions fantasques d'un inconnu inexistant. Elle s'était juré que jamais elle ne révélerait son identité, dût-elle en perdre la raison.

Durant un bref instant, son esprit fut d'une incroyable lucidité. Elle plongea à son tour son regard dans les yeux de son *ami*. Elle aurait tant aimé pouvoir lui faire confiance. Tout son être aspirait à rompre sa solitude, à faire un geste envers cet homme qui semblait bien intentionné. Mais la confiance était précisément un de ces stupides idéaux dont elle avait été éprise, à tort. Alors, tâchant de garder un visage neutre, elle le regarda et secoua la tête en signe de dénégation.

— Non, je n'ai toujours pas trouvé le Fils de Prométhée, articula-t-elle lentement.

Chapitre 1

Aris, 1707 (apr. P.)

Aris descendit d'un pas pressé, effleurant de sa main la balustrade ajourée du grand escalier. Une fois n'est pas coutume, il allait être en retard. Le bruit de ses talons sur le marbre des marches résonnait sous le haut plafond de l'imposant vestibule et accentuait encore davantage l'impression d'envergure que la vaste salle dégageait d'ordinaire. Il enjamba les trois dernières marches d'un petit saut, traversa la pièce d'un pas rapide, mais élégant — il mettait un point d'honneur à être fringant en tout temps et toute circonstance. Puis, sans prêter une once d'attention au reflet que lui renvoyait le miroir finement sculpté de l'entrée, il saisit son indéfectible chapeau melon, car sortir sans couvre-chef revenait assurément à abandonner toute distinction, les cheveux trivialement exposés à la vue de tous. Ainsi paré, il s'apprêtait à ouvrir la grande porte, quand la voix de sa tante l'interrompit.

— Alors jeune homme, vous n'oublieriez pas quelque chose à tout hasard ?

Elle se tenait sur le palier de l'escalier, la main sur la balustrade de marbre dans une attitude altière et tentait de conférer vainement à son intonation affectueuse un ton de reproche à son égard.

— Je suis navré, ma tante, mais je vais être en retard et c'est vous-même qui avez fait de la ponctualité la pierre angulaire de mes bonnes manières, répliqua-t-il en lui adressant un sourire charmeur.

— Si vous n'aviez pas perdu tant de temps à raccompagner la demoiselle par la porte des offices, peut-être en auriez-vous eu davantage à me consacrer ce matin, moi, vous savez, cette tante dévouée qui vous a élevé… Mais soit, filez donc avant de mettre vos collègues dans l'attente ; nous causerons à votre retour ce soir.

Aris lui adressa son sourire le plus éblouissant comme manière de lui présenter ses excuses, n'ignorant pas que c'était une précaution inutile dans la mesure où son principal défaut, si elle en avait un, était de tout lui pardonner, même ses pires travers.

Dévalant les marches du perron, il jeta un œil à sa montre à gousset avant de la ranger dans son veston de costume et hâta le pas. Il traversa la cour d'honneur à grandes enjambées puis passa la porte cochère de leur hôtel particulier qui débouchait sur l'Avenue du Progrès. Là, il hésita en lançant un regard à la ronde, mais comme il avait encore un peu de temps, il décida finalement de se rendre au ministère à pied. L'agitation de l'artère, les cris des marchands se saluant, celui des sabots des chevaux frappant les pavés, l'odeur fraîche du fumier se mêlant à d'autres effluves peu ragoûtants achevèrent de le convaincre et il partit à l'assaut des rues de Midjaborg, ajoutant sa silhouette toute de noir vêtue aux costumes masculins des alentours.

Il était de fort bonne humeur, et l'inconnue enchanteresse qu'il avait mise dans son lit la nuit dernière y avait probablement apporté sa modeste contribution. En sifflotant un air faux, il prit plaisir à observer les majestueux immeubles de l'avenue, leur symétrie parfaite et les frontons triangulaires arborant presque tous l'Œil de l'Unique.

Il traversa la rue pour rejoindre la promenade centrale qui offrait aux piétons une vue privilégiée sur l'entremêlement chaotique de calèches, voitures, hippomobiles et tramways, et manqua de se faire renverser par une calèche qui arrivait à vive allure, ce qui lui valut force injures de la part du cocher. Mais même cela ne parvint pas à lui ôter son sourire. Rien ne pourrait entraver sa bonne humeur et il espéra que la journée lui réserverait quelques délices pour la parfaire encore. Oh, il n'était point trop exigeant, un criminel à poursuivre ou un dissident à torturer suffiraient à coup sûr à son bonheur. Après tout, Aris savait se satisfaire des petits plaisirs de la vie comme de nouveaux boutons de manchette ou une simulation de noyade, le tout agrémenté d'une généreuse rasade de whisky.

Il parvint en quelques minutes au monumental Arc de Triomphe qui clôturait l'avenue et s'ouvrait, derrière, sur le mont Olympe. Aris inclina son chapeau en direction des gigantesques statues de Prométhée et Lilith qui ornaient l'arche principale et passa par l'une des voûtes secondaires. Il jeta un bref regard sur l'allégorie du haut-relief qui représentait la victoire du Progrès et de l'Innovation sur la Maladie, la Nature et l'Immobilité, souriant devant les détails sinistres dont l'imagination exubérante de l'artiste avait paré les ennemis repoussants de l'Unicus triomphant.

Une fois au pied du mont Olympe, il s'empressa de monter dans l'habitacle du vieux funiculaire qui permettait l'accès au sommet. La cabine se mit en branle dans un sursaut métallique avant d'entamer sa lente ascension, Aris en profitant pour reprendre son souffle et calmer les battements de son cœur par de profondes inspirations. D'ordinaire, il aurait pesté contre ce vieil engin, tout juste bon à faire paniquer un claustrophobe et qui lui imposait sa torpeur de vieillard séculaire, mais aujourd'hui était une bonne journée. Il s'autorisa donc à savourer la vue de la capitale qui se dévoilait à mesure qu'il prenait de l'altitude.

De fines nappes de brume paraient les différents quartiers de la ville d'un surcroît d'élégance pour le centre-ville et d'une aura de mystère pour les abords industriels. Les cheminées des usines formaient une canopée minérale à la régularité presque harmonieuse en périphérie et la fumée noire qui s'en élevait se mêlait au brouillard ambiant, comme si cette fumée industrieuse pouvait gagner en dignité en s'élevant ainsi vers le firmament.

Il se rendit compte que les nuages faisaient se fondre au loin les confins de l'île majeure et ne permettaient même pas de distinguer l'île mineure qui abritait les bâtiments de la Communauté de l'Unique. Ils estompaient progressivement les contours de Midjaborg, si bien que, parvenu en haut, Aris eut l'impression que le mont Olympe était seul, surplombant une mer blanche pleine de volutes déferlant en rouleaux comme autant de vagues au-dessus de sa ville momentanément invisible.

Il descendit du funiculaire pendant que les cours d'histoire de l'Unicus de son enfance lui revenaient en mémoire et il ne put que songer avec fierté à la prouesse technique qu'avait constituée l'aménagement du mont Olympe. Il s'agissait à l'origine de la montagne la plus haute, bien qu'assez étroite, de toutes les îles du territoire. Elle avait cependant été arasée plus de cinq siècles auparavant pour accueillir toutes les institutions et les lieux de pouvoir dc l'Unicus. Désormais, ces derniers se trouvaient à flanc de falaise et culminaient tous les îlots de la capitale en se trouvant en son exact milieu. L'Unique ne s'était assurément pas fourvoyé en désignant l'Homme comme la créature élue entre toutes pour accomplir ses desseins.

La clef de voûte parmi ces institutions était le Palais de l'Imperare, monumental, cela va sans dire, qui se trouvait à l'autre extrémité du mont Olympe. Pour y accéder depuis le funiculaire, il fallait emprunter la large Avenue du Palais, ce qu'Aris fit en pressant légèrement le pas. Il devait se reprendre : sa bonne humeur le rendait d'une mièvrerie qui le poussait à rêvasser et qui l'avait retardé d'autant plus. Il parvint à l'autre bout de l'avenue au bout d'un temps que sa perception d'homme pressé avait distordu et qui lui sembla durer une éternité.

Son cœur se serra légèrement quand il jeta un vague regard admiratif sur le Palais de l'Imperare. Il en était loin et séparé par les Jardins impériaux. Néanmoins, il apercevait aisément les scintillements des dorures de la toiture en ardoise, les vagues contours des lointains atlantes, l'iridescence des vitres qui reflétaient les rayons du soleil. Il secoua la tête pour se remettre les idées en place et pénétra dans la cour du bâtiment du ministère de la Sécurité d'État qui se trouvait en face des Jardins du Palais.

Il poussa un grognement de dépit. Lui qui était déjà en retard dut mener une lutte acharnée pour parvenir à la traverser, tant elle était encombrée par toutes les calèches, cabriolets, chevaux et hommes qui venaient à leur travail dans une surenchère de formes et de couleurs. Aris dut batailler sec sur le front, menant la charge en décalant ici un cheval qui entravait son passage, esquivant là un tas de fumier frais, s'arrêtant brusquement devant une voiture qui déboulait grand train et repartant en courant pour rejoindre le péristyle. Le belligérant y arriva essoufflé, jetant un dernier coup d'œil au champ de bataille, fier de sa pugnacité. C'est avec le dos droit du vainqueur qu'il pénétra enfin dans le bâtiment du Ministère.

Il traversa le hall monumental du ministère et s'avança vers l'escalier, passant devant la gigantesque toile de l'Imperare, située entre la double volée de marches. Aris s'était déjà maintes fois fait la réflexion qu'il s'agissait vraiment là d'une croûte dont l'artiste n'avait de toute évidence aucun talent. Au lieu d'avoir en face de lui un Imperare digne de ce nom, il ne vit qu'un homme, finalement comme tous les autres, certes avec une expression de condescendance sur le visage, mais dont le peintre n'était même pas parvenu à masquer une sorte de mélancolie absurde.

Quand on était l'homme le plus puissant de tout l'Unicus, il était de notre devoir d'incarner ce pouvoir, pas de donner l'impression d'être quelque penseur triste méditant sur la condition humaine du haut de sa tour d'ivoire. Qui voulait d'un portrait d'Imperare fidèle à la réalité ? Non, décidément, le peintre officiel avait raté son œuvre. Il avait déjà vu le portrait officiel de l'Imperare précédent, Auguste, dans une salle d'archives du Ministère. Là, il n'y avait pas à dire, la prestance et le panache d'un Imperare étaient indubitablement au rendez-vous.

Sur ces grandes considérations métaphysiques, il monta les marches de l'escalier principal quatre à quatre puis prit l'aile droite du bâtiment pour se rendre à la Direction Enquête et pénétra enfin, après cette folle épopée, dans son bureau où ce grand dadais de Klemens se trouvait déjà, assis derrière son propre bureau. À la vue d'Aris essoufflé, des mèches de ses cheveux noir pendant sur son front, un léger sourire narquois vint s'épanouir sur ses lèvres.

— Alors, comment s'appelle cette fois-ci la cause de ce retard ? demanda-t-il avec amusement.

— Est-ce un interrogatoire, mon cher Klemens ? s'enquit Aris, le souffle court.

— Certes non, fit-il ironiquement, jamais je n'oserai interroger un enquêteur quand je ne suis que son modeste adjoint.

— Je préfère cela, d'autant que j'ai la mémoire désespérément défaillante et ne me souviens plus de son nom.

Aris donna une tape amicalement virile sur l'épaule de Klemens et s'apprêtait à s'asseoir derrière son bureau quand Johann passa la tête à travers la porte et les convoqua en salle de réunion. Un instant plus tard, ils prenaient tous trois place autour d'une longue table.

— Qu'attendons-nous ? s'enquit Aris après un moment, en jetant un coup d'œil à la ronde, comme si quelqu'un allait surgir de manière impromptue de derrière la porte.

— Un détaché du Ministère de l'Information officielle, répondit Johann qui ajouta après un regard à sa montre, qui est d'ailleurs tout aussi ponctuel que vous.

— Pardonnez mon retard, haleta un homme, l'air hagard en pénétrant dans la pièce. J'ai beau travailler régulièrement avec votre direction, je me perds toujours autant entre les différentes ailes du bâtiment.

Il s'installa maladroitement sur une chaise en reprenant son souffle et renversa à l'occasion la moitié de son dossier par terre. Des feuilles s'échappèrent en allant voleter plus loin, comme animées de leur propre volonté. Aris et Johann observaient ce tableau désordonné d'un air amusé et seul Klemens porta secours au malheureux fonctionnaire, se précipitant pour ramasser les pages désormais inertes qui reposaient sur la moquette grise de la salle. Aris leva les yeux au ciel, puis s'empara nonchalamment d'un des papiers pour faire bonne figure. Il s'agissait d'un tract, encore un, de la dissidence, lequel enjoignait le lecteur à rejoindre la résistance, à s'élever contre l'Unicus et son système oppressant tant pour la population que pour la Terre-Mère. Grotesque et un brin trop dramatique, mais il s'agissait des dissidents, aussi ne fallait-il guère s'attendre à quoi que ce fût de plus élevé que la médiocrité.

— Alors c'est de cela que vous êtes venus nous entretenir, de cette bande de contestataires et d'asociaux ? demanda Aris, la voix chargée de mépris.

— Cette bande de contestataires et d'asociaux, comme vous dites, commence à nous poser sérieusement problème, répondit l'officiel en remontant de son index ses petites lunettes rondes qui lui donnaient un air encore plus pincé que sa figure mince et longue ne lui procurait déjà.

— Ce problème ne date pourtant pas d'hier. Vous avez la mémoire courte si vous ne vous souvenez plus de l'attentat qui a coûté la vie à notre Imperare Auguste, rappela Johann poliment.

Aris crut déceler une infime note de mépris dans la voix de son supérieur. Il retint de justesse un sourire narquois. Il était notoire que la Direction Enquête avait une légère condescendance envers les autres ministères, qui n'étaient composés, à leur humble avis, que de bureaucrates éloignés de la réalité du terrain, des gratte-papiers insignifiants, rien de plus.

— Qui pourrait oublier cet attentat ?

Le fonctionnaire avait l'air piqué au vif, mais il reprit une inspiration et poursuivit calmement.

— Ils commencent à nous poser sérieusement problème, car ils se sont récemment mis à disséminer ce genre de prospectus à travers tout Midjaborg, ce qui rend la maîtrise de l'information de la population compliquée. Je n'ai certainement pas à expliquer à des officiers aussi *éminents* et *intelligents* tels que vous les enjeux de la désinformation de nos citoyens par des terroristes, dont les plus fragiles et influençables s'empresseront de croire les inepties qui y sont racontées. Leur chef proclame même être une réincarnation divine, contestant ouvertement l'autorité de l'Imperare Justinien.

— Qu'attendez-vous de nous ? Que nous arpentions toutes les rues de la ville afin de collecter de minables papiers volants ? l'interrompit Johann.

— Nous nous demandions simplement si le ministère de la Sécurité d'État mettait bien tout en œuvre pour arrêter ces dissidents... Peut-être pourriez-vous poster des hommes aux sorties des transports publics afin d'interpeller toute personne suspecte ?

Aris pianota des doigts sur la table de réunion et vit du coin de l'œil ce bon Klemens marquer un infime recul devant sa colère grandissante. Cette fois, l'agacement l'avait définitivement gagné. Il n'avait aucunement l'intention de devoir se violenter à faire patience à quelque arrêt de tramway pendant des heures à attendre imperturbablement qu'un résistant daigne lui distribuer un tract. Il renifla et ne put s'empêcher de répondre d'un ton cinglant.

— Bien entendu, nous allons certainement procéder de la sorte et poster un agent, dont le temps est si mal employé, à chaque arrêt d'hippomobile, chaque station de tramway et pourquoi pas également à chaque étal de marché. Après tout, Midjaborg ne compte que quatorze millions d'habitants, une bagatelle pour espérer repérer quelques dizaines de dissidents ! Pour cela, je suggère humblement à mon supérieur que nous commencions dès à présent le recrutement de centaines de nouveaux officiers ainsi que leur formation afin de pouvoir être prêt à mettre en œuvre cette politique relevant proprement du génie d'ici à quelques années... Par contre, il va nous falloir financer tout cela... Comment faire ? Nous pourrions peut-être ponctionner le budget alloué au ministère de l'Information officielle ! Qu'en pensez-vous, Johann ?

— Eh bien, il m'est avis que vous avez levé toutes mes objections, cette stratégie est audacieuse et d'une facilité qui garantit à coup sûr son efficacité, répondit Johann avec un sourire narquois. Plus sérieusement, Monsieur… ? Quel est votre nom, je vous prie ?

— Heimskur, répondit l'intéressé, le visage fermé.

— Monsieur Heimskur, ce que mon officier vous a exprimé avec beaucoup de verve, c'est que nous ne disposons tout simplement pas du personnel nécessaire pour répondre à vos attentes. Néanmoins, je peux vous garantir que nous avons une enquête ouverte de longue date pour rassembler tous les éléments susceptibles de nous aider à procéder au démantèlement de la résistance, objectif que nous partageons tous, je n'en doute pas. À présent, si c'est tout ce que le ministère de l'Information officielle avait à nous communiquer, je me propose de vous raccompagner pour que vous retrouviez votre chemin vers la sortie et ne vous perdiez pas, cette fois-ci.

Puis s'adressant à Klemens et Aris :

— Vous deux, je passerai dans votre bureau au retour afin de vous instruire d'une nouvelle affaire.

Johann conduisit le pâle bureaucrate à la mine déconfite vers la sortie et Aris ne se priva pas de lui octroyer un sourire un brin condescendant ainsi qu'un hochement de tête entendu. De retour dans leur bureau, il s'installa confortablement, avec ses souliers cirés sur son bureau en acajou massif, une position qui était assurément sa favorite entre toutes et soupira d'aise. Un claquement de langue impertinent vint l'interrompre.

— Vous devriez prendre garde à ne point tomber de votre précaire piédestal, la chute pourrait s'avérer pénible, lui fit Klemens.

— Et vous, vous devriez essayer. Vous verrez, c'est excellent pour la circulation sanguine et augmente la concentration et la réflexion. C'est toujours dans cette posture que me viennent mes meilleures idées, et comme elles sont toutes assurément géniales, il faut croire que cela me réussit.

Il marqua une pause volontairement longue, affichant une petite moue pensive qui fit rire son collègue puis reprit.

— À la réflexion, cela ne vient peut-être pas de la position que j'adopte, peut-être suis-je tout simplement génial, quelles que soient ma posture et les circonstances.

— Entre-t-il également dans mes fonctions d'adjoint de vous empêcher de trop prendre la grosse tête ? Cela m'embarrasserait d'avoir à la dégonfler brutalement pour parvenir à lui faire passer la porte.

Aris ricana. Leur complicité était née dès le premier jour de Klemens au Ministère. Son ami possédait un mélange de naïveté et d'impertinence singulier. S'il ne se lassait jamais de se montrer ahuri devant la noirceur de l'humanité, il était pourtant le seul à rembarrer Aris et sa prétention sans vergogne. L'expression de son collègue se fit pensive et son sourire s'effaça de ses traits.

— Je n'ai pas le luxe d'avoir une position aussi assurée que vous au sein du Ministère, si bien que je préfère m'en tenir à être sagement assis sur ma chaise plutôt que de risquer le courroux de Johann.

— Que me chantez-vous là ? Étant donné le prestige et la fortune de votre famille, je pense que vous pouvez assurément être certain de conserver votre poste !

— Aussi fortunée et prestigieuse que soit ma famille, elle le sera toujours moins que la vôtre…

— Je vous accorde que mon père n'est pas n'importe qui, mais je n'en reste pas moins un fils illégitime d'une mère peu respectable quant à elle. Et par ailleurs, je vous saurais gré de ne pas m'insulter, je ne dois ma position qu'à moi-même et au travail acharné que j'effectue.

— À d'autres enfin ! railla Klemens. Vous êtes peut-être arrivé là grâce à votre talent d'inspecteur, mais vous, contrairement à tout autre, personne n'osera jamais vous destituer et risquer ainsi les foudres de votre géniteur. Notez par exemple qu'on ne vous reproche jamais vos retards qui sont pourtant quasiment systématiques.

Aris pinça les lèvres. Sans le vouloir, Klemens avait touché une corde sensible, lui qui aspirait à se distinguer par ses seuls mérites, sans que ses origines familiales entrent en compte. Mais c'était plus facile à dire qu'à faire dans la mesure où sa réputation le précédait toujours, où qu'il aille et quoi qu'il fasse.

Johann le tira de ses pensées en pénétrant dans leur bureau avant de s'asseoir près d'Aris, mettant un coup dans ses pieds pour le forcer à se redresser.

— Eh bien, à présent que notre éminent et intelligent collègue du Minoff' a consenti à nous laisser faire notre travail, passons aux choses sérieuses, dit Johann. Nous avons été contactés par l'Unicus Stock Yard Company qui nous a suppliés de dépêcher au plus vite des agents sur place. Le télégramme ne comprenait pas plus d'informations, mais cela avait l'air urgent. Je veux que vous vous y rendiez aujourd'hui et me fassiez un rapport en rentrant.

— L'Unicus Stock Yard Company… il s'agit d'abattoirs n'est-ce pas ?

— Oui Klemens, en effet, mais pas de n'importe quels abattoirs. Il s'agit des plus grands abattoirs de l'Unicus, il vous faut revoir vos classiques.

Et Aris d'ânonner d'un ton faussement enjoué :

— L'Unicus Stock Yard Company possède la plus grande capacité de débit de viande de tout le territoire, avec quarante mille bêtes par jour pour vous assurer qualité et fraîcheur dans votre assiette ! Quoi, vous ne vous souvenez point de la réclame qui occupait toute une page du *Quotidien omniscient* pendant des mois ?

— Je ne lis pas le *Quotidien*, avoua d'un air penaud Klemens en se découvrant une soudaine passion pour ses chaussettes.

— Et votre culture, mon vieux ? s'exclama Aris. C'est pour cela donc qu'il me faut sans cesse combattre votre candeur et votre absence totale de connaissance sur le monde qui vous entoure ! Mais comment faites-vous pour vous tenir au courant des intrigues politiques et des scandales amoureux des grandes familles de l'Unicus ?

— Absence totale… Comme vous y allez, grommela Klemens.

— Quoi qu'il en soit, les interrompit Johann avec un soupçon d'impatience, je me rends compte que l'on a vu plus passionnant comme cadre d'enquête, mais il nous faut bien nous y rendre. Je vous conseille de prendre le tramway, vous serez plus vite sur place.

Ils se mirent donc en route pour les Abattoirs centraux de l'Unicus, Aris maugréant à la perspective de ce trajet qui promettait d'être fastidieux.

*

D'abord, il leur fallut redescendre du mont Olympe, prendre la ligne numéro 2 du tramway jusqu'à l'arrêt « île Midja - Port Nord » et de là emprunter le ferry, pour quitter l'île centrale et rejoindre le port des quartiers industriels sur la rive gauche. Aris n'avait que peu souvent l'occasion de faire des infidélités à l'île Midja, si bien qu'après avoir pesté contre le manque de ponctualité du ferry, il se surprit à apprécier la traversée. Ses pensées dérivèrent au son de l'eau passant à travers la grande roue arrière du bateau à vapeur dont les deux imposantes cheminées noires dentelées s'érigeaient telles les cornes d'un cocu. Pendant la demi-heure que dura le trajet, accoudé à la balustrade en bois du deuxième étage, Aris observa les contours de l'île, en réajustant régulièrement son chapeau melon que le vent, en bonne pie voleuse, menaçait d'emporter au loin.

À mesure que le bateau à vapeur laissait des traînées grandissantes de fumée derrière eux, une image d'ensemble de l'île principale apparaissait avec ses falaises du Nord accidentées et les îlots abrupts qui s'élevaient comme des tours de pierre au milieu de la baie. Le paysage avait dû, autrefois, être d'une beauté à couper le souffle. Néanmoins, aujourd'hui, d'autres îlots, d'acier, ceux-là, se dressaient entre les formations rocheuses en une véritable forêt de derricks immergée qui parfois prenaient également appui contre les îlots naturels, les défigurant sans vergogne.

Le tout formait un labyrinthe de grandes passerelles métalliques, d'escaliers et de plateformes flottantes où certaines cheminées torchaient les rejets de gaz dus à l'extraction de pétrole et illuminaient cette scène par d'immenses flammes. La fumée et les cheminées devaient être les signes distinctifs de cette époque, songea Aris, un âge où les tourments de l'Enfer étaient remontés à la surface et bien déterminés à y rester.

Entre ce dédale aciéré, des navires de toutes sortes et de toutes tailles tentaient vaille que vaille de naviguer et il assistait à une confrontation édifiante entre la modernité et la tradition. De grands bâtiments, emmitouflés dans leurs vapeurs, au ventre de métal avec un embonpoint plus ou moins fourni et vêtu de couleurs sombres, dominaient les flots, tandis que de plus modestes embarcations, en bois et à voile bariolée, tâchaient pour leur part de ne point se faire submerger.

À leur bord, il apercevait souvent un Zéphyr qui dirigeait par ses vents l'esquif entre les derricks, les plateformes pétrolières, les ferries, les bateaux à vapeur transportant des marchandises et les simples pêcheurs dans leurs rafiots qui menaçaient de se renverser à chaque grosse vague provoquée par quelque navire plus imposant. Après que le ferry eut foncé à plusieurs reprises sur de petites barques traditionnelles et que leurs occupants les aient évités de justesse — soit en sautant à l'eau, ce que Klemens ne trouva pas drôle du tout, soit en ramant de toutes leurs forces, en proie à une évidente panique —, ils arrivèrent enfin au port industriel.

Là, ils descendirent du navire au milieu de pauvres bougres condamnés à effectuer sans relâche le même labeur harassant, débarquant et embarquant des caisses de cargaisons, portant des sacs en jute dont le poids était manifestement écrasant.

Aris marqua une pause sous le regard désapprobateur de son collègue, afin de replacer convenablement son chapeau melon, d'épousseter son costume, d'en lisser quelques plis disgracieux et de tirer son veston. Il en profita pour délivrer à Klemens un extrait de sa sagesse.

— Mon cher Klemens, je vois bien à votre mine que vous désavouez ma conduite, pensant sans doute que la ponctualité est plus importante que le reste. Néanmoins, c'est seulement parce que, dans votre innocence de caractère, vous ignorez que contrairement à ce que les boniments populaires tendent à nous faire croire, il vaut mieux arriver en retard et être bien mis qu'arriver à point débraillé.

— Et j'imagine que vous êtes très fier de votre trait d'esprit, n'est-il pas ?

— Je ne vous accorderai pas l'honneur de vous répondre. Vous devriez savoir, grâce à mes enseignements d'une sagesse ineffable, que dans ce bas monde, la futilité est la seule chose sérieuse qu'il nous reste. Allons, mon cher collègue, dépêchons, nous allons être retard !

Cela fait, ils rejoignirent la gare, ultime étape motorisée de leur périple. La station « Port industriel » n'était dotée en tout et pour tout que d'un unique quai, et encore, le terme était au-dessus de la réalité. La réalité s'étendait sous les yeux d'Aris en une vague plateforme de terre battue, disparaissant presque sous les monticules de caisses, de sacs et wagonnets de marchandises en tout genre. Ils allèrent se poster près des rails, aux côtés des deux seuls autres voyageurs, guère pressés de se rendre plus avant dans ces contrées désolées et enfumées. Aris pestait dans sa barbe contre cette poussière envahissante qui allait prendre d'assaut sa tenue. Après quelques minutes d'attente, leur palefroi d'acier arriva en gare. Ce fut d'abord un nuage de fumée qui l'annonça, puis vint le cliquetis des roues sur le chemin de fer.

Enfin, Aris aperçut une locomotive fatiguée munie d'un unique wagon pour passagers saluer ceux qui l'attendaient à quai de manière assourdissante par un grand jet de vapeur qui siffla férocement. De pauvres hères aux cernes caractéristiques des hommes besogneux en descendirent sans conviction, en traînant des pieds. Il remercia mentalement à leur vue sa bonne étoile d'être né au sein de l'aristocratie uniquéenne qui lui épargnait d'avoir à fréquenter la populace et de se promener le visage défiguré par l'épuisement.

Puis ce fut au tour d'Aris et de Klemens de monter. Ils s'installèrent sur des sièges qui avaient tant servi que le tissu était élimé et que du crin de rembourrage pendait tristement par endroit. La locomotive à vapeur s'élança d'un pas de plus en plus rapide, fendant de ses panaches de fumée le ciel et les faisant s'enfoncer au grand galop dans le monde des machines et des usines. Du fond de sa banquette, Aris observait le contraste saisissant entre le visage urbain de Midjaborg en son centre, avec son architecture recherchée et élégante, et celui des faubourgs industriels.

Les bâtiments étaient passés de la pierre de taille caractéristique de l'île centrale à de la briquette rouge et les toits étaient munis de cheminées de plus en plus hautes. Les habitations, quant à elles, avaient perdu les embellissements des façades, les tuiles vernissées, les hautes vitres élégantes qui laissaient entrevoir de somptueux salons et avaient laissé la place à de petites maisons sans étage et toutes mitoyennes les unes des autres, dont les façades ne comportaient pour peinture que les couches successives de suie.

Alors que le bruit consistait au centre-ville en un bruit de fond assez plaisant constitué d'un méli-mélo de conversations des promeneurs, d'éclats de rire des dames et du son sur les pavés des sabots allant au petit trot, il était, ici, un véritable vacarme de hennissements et braiments de chevaux et d'ânes paniqués par les flammes de certains ateliers, qui jaillissaient brusquement des bâtiments, par les cliquetis et sifflements de gigantesques machines et par les cris des habitants et travailleurs qui tentaient vainement de couvrir le tumulte ambiant.

L'air aussi avait changé de consistance. Aussi léger qu'une plume sur l'île Midja, le brouillard s'était épaissi dans l'atmosphère pour devenir un smog tenace qui semblait coller à la peau. Tout était teinté de nuances grises tirant sur le noir. L'air était rendu chaud et suffocant par la fumée des cheminées d'usine qui enveloppait tout et semblait planer langoureusement au-dessus d'eux à la manière d'une créature fantastique qui aurait déployé ses centaines d'ailes dans les cieux. Au sol, les simples mortels qu'Aris observait depuis la vitre se frayaient difficilement un chemin entre des ruisseaux constitués d'une boue à la consistance douteuse au milieu de la chaussée en terre battue.

Quand enfin ils descendirent du wagon, le train ne consentant qu'à ralentir, comme s'il répugnait à s'arrêter dans des faubourgs aussi nauséabonds, Aris dut se concéder à lui-même que l'agitation chaotique qui régnait ici dépassait de très loin ce qu'il s'était imaginé être une activité trépidante le matin même dans l'Avenue du Progrès.

Il s'efforça de respirer par la bouche pour s'épargner la torture des effluves tenaces de pourriture et d'excréments en tout genre et tira Klemens par la manche pour l'emmener sur ce qui tenait lieu de voie piétonne. Ce dernier n'avait pas remarqué qu'ils étaient en plein milieu de la voie de halage et il manqua de se faire renverser par un bateleur peu avenant. Le visage étourdi et les yeux bouffis par la fumée ambiante, la gorge irritée par la chaleur et les particules de charbon, tous deux essayaient de se repérer au milieu de ce tourbillon d'ouvriers en bleu de travail, de femmes portant tablier et paniers en osier, de mules tirant difficilement des charrettes, de négociants prospères qui passaient à cheval, vêtus de vestons et redingotes aux couleurs criardes. Cet univers chaotique donna le vertige et une légère nausée à Aris.

Il tâcha de reprendre un soupçon de présence d'esprit afin que Klemens et lui tentassent d'évoluer au sein de cette cohue pour trouver les Abattoirs. Ils se perdirent deux fois, peinant à s'orienter dans ces rues traîtres qui se ressemblaient toutes, avec leurs immeubles à briquettes rouges tous munis de poulies pour acheminer les marchandises vers les étages, d'usines qui toutes crachaient de la fumée et de canaux rigoureusement perpendiculaires les uns aux autres. Ainsi, après qu'ils eurent débouché une fois sur un cul-de-sac où seuls les bateliers pouvaient passer et une autre fois dans une ruelle sordide, ils revinrent sur leurs pas.

Aris avisa soudain un Machiniste qui semblait occupé à ausculter ce qui devait être un métier à tisser mécanique devant un grand entrepôt qui portait la mention « Technas, Machinistes experts réparateurs de père en fils depuis 1678 ». Le Machiniste était assis devant le métier et le regardait intensément, le détaillant sous toutes ses coutures. Il ferma les yeux et se mit à le palper en différents endroits précis, comme un médecin toucherait son patient pour identifier l'origine de son mal. Le métier à tisser se mit à cliqueter faiblement sous l'impulsion des doigts de son docteur et l'homme, toujours les yeux fermés, concentra alors tous ses efforts à l'endroit où il avait posé les mains. Quelques fractions de seconde plus tard, Aris vit le métier à tisser se mettre en branle dans un cliquetis joyeux et rapide, sa joie de vivre retrouvée. Le Machiniste ébaucha un sourire de satisfaction un peu bourru et Aris trouva le moment opportun pour lui demander son chemin. Il s'approcha pour l'apostropher.

— Bien le bonjour. Monsieur Technas, je suppose ? Mon collègue et moi-même sommes à la recherche, jusqu'à présent infructueuse, du chemin vers les Abattoirs. Pourriez-vous avoir l'amabilité de nous l'indiquer s'il vous plaît ?

— Infructu'... Ah, vous êtes à la recherche des Abattoirs, c'est ça ? Pour sûr que je sais où c'est, tout le monde le sait dans l'coin, sont tellement grands. Mon frère y travaille d'ailleurs, il m'en cause souvent quand on va au bar. Savez p't'être pas, vous qui êtes en costumes tout beaux, mais il se passe des trucs pas jolis jolis là-bas.

— Vraiment ? De quoi parlez-vous ? s'enquit Klemens, probablement avide d'en savoir plus et croyant déjà flairer un crime derrière chaque porte d'entrepôt.

— Ben, je sais bien que je devrais pas deviser là-dessus, mais bon… pour c'que ça change… C'est surtout les conditions de travail, voyez. C'est pas comme si mon frère y se plaignait. Nous, la vie rude, on connaît hein, voyez ce que je veux dire, fit-il en crachant une glaire remarquablement noire. Mais là, ils poussent le bouchon un peu loin si vous me passez l'expression. C'est qu'ils tuent tellement de bêtes par jour, que du sang, y a que ça. Et vous croyez qu'ils fileraient des chaussures de travail aux braves employés ? Que non ! Mon frère, l'est obligé d'acheter une nouvelle paire souvent, y a tellement des mares de sang partout, ça salope tout, ces machins. Et une nouvelle paire, ça coûte ! Ils le paient une misère, alors y pourraient au moins fournir les godillots. Puis le bruit que ça fait, quand on n'a jamais égorgé un cochon, peut pas se rendre compte, mais j'y suis allé moi. Ça fait des hurlements à vous glacer le sang, et comme y en a des dizaines en même temps, bah, les oreilles s'en prennent un coup forcément. Parce que bon, y ont beau employer pas mal de Faunards pour les calmer, ça va un temps, mais ils sont pas bêtes les cochons, 'fin pas de trop. Ils le sentent arriver le coup de couteau. Donc, mon frère, il me dit que des casques contre le bruit, bah… ça serait pas du luxe, quoi.

Pendant que monsieur Technas continuait à leur exposer les conditions salariales des employés des Abattoirs de l'Unicus entre force reniflements et crachats, Aris jeta un regard de biais à Klemens qui peinait à masquer sa déception. Il en profita pour lui adresser, mine de rien, un sourire moqueur tandis que leur interlocuteur volubile gesticulait dans le vide sans remarquer le moins du monde le peu d'intérêt qu'il suscitait chez son auditoire.

— Et donc, comme que je vous disais, les humains sont traités presque aussi mal que les bêtes, même si celles-là, j'aimerais vraiment pas être à leur place. Vous me demandiez quoi déjà, au départ ?

— Si vous pouviez nous indiquer le chemin des Abattoirs, cher monsieur, lui rappela courtoisement, mais fermement Klemens, finalement pressé d'en finir.

Monsieur Technas les conduisit donc jusqu'au début de la rue, tout en continuant sur sa lignée, Aris ayant beau manifester son ennui en jetant des coups d'œil blasés à sa montre, rien n'y fit, il ne s'arrêta que lorsqu'ils furent arrivés à destination, quelques minutes plus tard. Là, leur guide pointa son index en direction du fond de l'artère.

— Là, vous allez tout droit, pouvez pas vous tromper ; allez, c'est pas tout, mais j'ai un moteur malade à soigner moi, je vous quitte ici, même si c'était bien agréable de faire un brin de causette. Une bonne journée que j'vous souhaite !

Aris ricana lorsqu'ils se remirent en marche, délestés de la pesante conversation du Machiniste.

— Ah, si vous aviez vu votre mine, mon cher Klemens, cela valait assurément le détour ! En même temps, quelle idée saugrenue que de vouloir s'enquérir de leurs conditions salariales ! Un peu plus et nous finissions tous trois autour d'un verre à fomenter une grève ou je ne sais quelle autre ineptie syndicale !

— J'essayais simplement d'être un interlocuteur courtois… maugréa Klemens. Tout de même… Ne trouvez-vous pas cela scandaleux ?

— Cela quoi, mon bon Klemens ? Ses manières de rustre ?

— Eh bien ! Tout ce qu'il nous a exposé ! Cette aliénation des ouvriers et leurs sordides conditions de travail !

— Ah, je reconnais bien là la fougue de la jeunesse !

— Je suis plus âgé que vous, Aris, je vous le rappelle.

— Plus âgé et pourtant si candide… Le monde n'a que faire de votre compassion mon cher Klemens, sachez-le. Il est sale, vénal, brutal. Bref, tout n'y est que violence et chaos et c'est précisément pour cela qu'il est absolument parfait tel qu'il est.

Klemens ouvrit une bouche indignée puis la referma aussitôt avant de se réfugier dans un mutisme boudeur qui fit sourire Aris. Ils parcoururent la fin du trajet silencieusement. Finalement, ils aperçurent la devanture au fond de la rue qu'ils empruntaient et qui était sans équivoque celle des abattoirs. En effet, ils ne pouvaient pas se tromper, tant sa taille rendait impossible de la louper.

Quand enfin ils arrivèrent devant l'édifice, Klemens, dans cette candeur de caractère qu'Aris appréciait tant, marqua une pause, la bouche entrouverte en levant la tête pour dévisager le haut bâtiment et surtout sa devanture.

Aris, certes d'un naturel plus blasé que son ami, comprenait néanmoins qu'il soit estomaqué, car les lieux avaient de quoi impressionner : la façade évoquait davantage un palais, avec des tourelles élégantes, un haut toit en ardoise et surtout, une gigantesque rosace au-dessus de l'entrée dont les vitraux représentaient du bétail en train de paître dans un cadre champêtre. Il se doutait toutefois que tout cela n'était littéralement qu'une façade, qui servait à cacher derrière une somptueuse devanture, une réalité moins poétique et que les bruits, l'odeur âcre de sang et la fumée noire des environs préfiguraient comme autant de sombres présages.

Ils furent accueillis par monsieur Svín, un curieux petit bonhomme tout en embonpoint et rougeaud à souhait. Il trouvait néanmoins la place de loger une prétention démesurée dans son imposante bedaine, puisqu'il ne manqua pas de leur souligner à quel point le poste qu'il occupait, à savoir responsable logistique de l'acheminement du bétail, était une fonction essentielle. Il les conduisit en trottant devant eux à travers le vaste hall du bâtiment administratif et dont le sol était nimbé de la lumière colorée qui traversait les vitraux de la rosace tout en leur expliquant qu'ils avaient fait appel à leur ministère, car ce matin ils avaient été mis face à une situation tout à fait singulière.

— Nous avons bien conscience que votre direction n'est saisie que pour les affaires les plus importantes, mais honnêtement, nous n'avions jamais été confrontés à une circonstance telle que celle-ci. Je vous en prie, si vous voulez bien me suivre, leur fit-il à moitié essoufflé, de devoir parler et marcher en même temps.

Il les fit passer à travers la porte de derrière qui menait tout d'abord à un entrelacs de voies de chemin de fer où plusieurs wagons vides attendaient, désœuvrés, à quai. Puis, il sinua, avec difficulté, comme ne put s'empêcher de noter moqueusement Aris, entre différents édifices où il crut déceler des douches et des sanitaires.

— Vous vous trouvez ici dans la section dévolue aux employés de la compagnie : c'est ici qu'ils viennent se laver, entreposer leurs affaires, et le bâtiment du fond sert quant à lui de réfectoire pour la pause déjeuner, répondit leur guide en anticipant sa question. Mais ce qui nous intéresse se situe dans la section entrepôt des bêtes qui se trouve encore un peu plus loin ; vous vous doutez que stocker plusieurs dizaines de milliers d'animaux requiert un certain espace !

— Cela me paraît bien vide pour une entreprise aussi gigantesque, ne devrait-on pas avoir droit à un fourmillement d'ouvriers ? demanda Aris, intrigué par le peu de personnes qu'ils croisaient sur leur chemin.

— En effet, la direction les a tous renvoyés chez eux ce matin, après que la découverte eut été faite.

— La découverte ?

La question de Klemens n'eut aucun effet, soit parce que monsieur Svín ne l'avait pas entendue, soit parce qu'il choisit à dessein de garder le silence pour l'instant. Il leur désigna deux bâtiments de briques rouges, surmontés chacun de plusieurs cheminées qui, si elles avaient dû être rouges jadis, étaient désormais noires de suie. Elles ne crachaient pour l'heure aucune fumée et ressortaient tristement sur le fond grisonnant du ciel industriel. Il leur expliqua que l'édifice comportant plusieurs étages était dévolu à l'abattage des porcs tandis que l'autre tout en longueur était destiné aux bovins. Malgré l'inactivité des lieux, une vague odeur de sang rance planait autour d'eux comme si le décor ne se pouvait concevoir sans cet arrière-goût âcre qui prenait à la gorge et collait au palais. Du sang séché était présent un peu partout par terre, peignant une toile des plus incongrues et fort avant-gardiste. Ici, des empreintes de pas, là, des éclaboussures et le tout dans les nuances d'une subtile palette, la couleur rouge se déclinant en une infinité de variations de vermillon, grenat, rubis, rouille tant et si bien qu'un artiste aurait presque pu prendre plaisir à faire une analyse chromatique de cette peinturlure sanguinaire.

— Je vous épargne la visite des bâtiments d'abattage, nous avons beau les récurer régulièrement, vous finiriez immanquablement par tacher de sang vos costumes et chaussures ; allons directement à ce qui nous concerne, j'imagine que votre temps est précieux.

Aris n'y trouva rien à redire dans la mesure où il devait déjà fixer intensément ses pieds, regrettant amèrement d'avoir mis ses souliers de cuir préférés, en prenant garde d'éviter les flaques rougeâtres sur le sol. Aussi, apprécia-t-il les civilités que leur faisait monsieur Svín. Toutefois, le silence du curieux petit bonhomme empâté commençait à aiguiser son intérêt : que pouvait donc être cette fameuse découverte ? Qu'est-ce qui provoquait l'arrêt du travail de tous les ouvriers dans une usine à ce point gigantesque ?

Ils parvinrent ensuite sur une sorte de plateforme, d'où l'on avait une vue d'ensemble sur une mer d'enclos servant de parcs à bestiaux. Il y en avait tant que tout l'horizon était strié par les barrières et qu'il se sentit même un peu étourdi par l'illusion d'optique que tant de lignes finissaient par créer. Cela étant, ce n'étaient ni plus ni moins que des milliers de parcs à bestiaux. C'était certes impressionnant, mais il ne comprenait pas le regard qui semblait plein d'attente que lui jetait monsieur Svín, épongeant son front après un effort de toute évidence trop intense pour lui. Il semblait espérer une réaction spectaculaire, à la mesure de la fameuse *découverte*. Aris fut presque désolé de le décevoir, mais il était en vérité encore plus désolé pour Klemens et lui, qu'on avait fait venir apparemment seulement pour constater la taille gigantesque de cette entreprise.

— Eh bien, si c'est là votre découverte… sauf votre respect, Monsieur Svín, je dois bien admettre que je suis un peu dubitatif ; que sommes-nous censés remarquer d'anormal ?

— Vous ne voyez vraiment rien ? Puis-je vous demander de bien vouloir tendre l'oreille ?

Klemens et Aris se regardèrent en haussant les sourcils, mais Aris décida de se prendre au jeu. Après tout, il n'avait pas traversé toute la ville et payé son passage vers l'Enfer, tout cela pour repartir les mains dans les poches. Il écouta, comme le leur avait prié leur interlocuteur. Il entendit d'abord un vrombissement sourd, qui le laissa encore plus perplexe dans la mesure où il avait constaté de ses propres yeux que toutes les machines dans les bâtiments étaient à l'arrêt. Il chassa d'un mouvement circulaire une mouche qui l'agaçait depuis un moment et soudain, il comprit. Le bourdonnement provenait de millions de diptères, attirés là par les milliers de corps des bêtes. Et effectivement, il apercevait, en plissant des yeux, des nuages d'insectes sombres voler nerveusement au-dessus des enclos dans lesquels le bétail était sagement immobile. L'immobilité des bestiaux lui parut incongrue. Certes, Aris n'y entendait rien en élevage, mais il supposait qu'en milieu de matinée, les animaux auraient dû être réveillés, étant donné le peu de confort dont elles disposaient. On aurait par conséquent dû entendre, non pas le vrombissement sourd des mouches, mais un vacarme de beuglements et grognements en tout genre, et voir de nombreux mouvements indistincts. Mais là, rien. Un nouveau regard de Klemens lui permit de comprendre qu'il pensait à la même chose que lui.

— Par l'Unique… Elles ne peuvent pas être… grommela-t-il.

— Mortes ? Je suis au regret de vous dire que si, vous avez sous les yeux environ quarante mille bêtes qui ce matin, ont toutes été retrouvées mortes.

— Vous dites que toutes sont mortes ? Sans exception ? insista Aris.

— Sans exception.

Aris en resta bouche bée. De toute sa carrière d'inspecteur, il n'avait jamais rien vu d'aussi absurdement morbide que cela. Les dizaines de milliers de corps qu'il apercevait, l'enchevêtrement indistinct de couleurs, d'oreilles, de pattes, de formes appartenaient à des dépouilles, qui d'ici quelques heures remplaceraient l'odeur musquée ambiante par des exhalaisons fétides. Comment diable cela avait-il pu se produire ?

C'était précisément pour cette raison qu'Aris avait choisi ce métier : la mort ne cessait jamais de surprendre et la faucheuse aimait soigner ses entrées de façon spectaculaire. Avec elle, on ne s'ennuyait jamais. Un petit sourire de défi vint ourler ses lèvres et il souleva son chapeau melon en direction de son ennemie imaginaire. Que la partie commence.

Chapitre 2

Brynja, 1132 (apr. P.)

Elle se sentait l'âme d'un oiseau, léger, survolant le monde et contemplant le grand Tout dans son ensemble. Son cœur aurait dû être rempli d'allégresse par son agilité et par la vision de ce monde, et pourtant elle était submergée par le dégoût que lui inspirait ce qu'elle voyait. Un ciel gris sombre, aucun arbre où se réfugier ni à qui parler, aucun animal pour incarner la liberté. Puis ce qu'elle sentit lui coupa le souffle : une odeur de chair en putréfaction qui emplissait de son caractère nauséabond toute l'atmosphère. La pullenteur[1] *était saisissante et semblait envahir tout le ciel telles les vagues d'une mer déchaînée par un orage en hiver. D'où provenait cette odeur suffocante qui prenait à la gorge et qui submergeait ses chairs ?*

Puis elle le vit et comprit. Un amoncellement gigantesque de corps. Il était impossible de dire combien ils étaient, mais les tas étaient au moins hauts d'une toise ou deux. Il devait y avoir des milliers de charevais[2] *: étaient-ce des bœufs ? Des porcs ? Des hauteurs où elle planait, elle n'apercevait que l'ensemble de ces cadavres. Elle était cependant certaine*

---

[1] Pullenteur (s. f.) : puanteur.

[2] Charevais (s. m.) : charogne.

que leur mort datait de quelques jours, tant leur pestilence était insoutenable. Des nuées de mouches s'élevaient et tournoyaient au-dessus des différents tas et semblaient présager les tourments de l'Enfer par leur bruit incessant et leurs mouvements nerveux. Elle virevolta lentement en cercles de plus en plus étroits pour descendre et s'approcher malgré sa répugnance : elle éprouvait une sorte de faisement[3] *morbide et se sentait incapable de détourner le regard et de s'en aller ailleurs.*

Elle survola des bâtiments rouges et noirs, de grandes cheminées telles qu'elle n'en avait jamais vu, puis le cercle de son vol lui fit voir les environs qui comportaient des rues sales, d'autres de ces bâtiments saugrenus avec de hautes cheminées à perte de vue. À présent, elle planait à nouveau au-dessus des corps et piqua vers eux.

Elle s'était rapprochée et discernait désormais les contours des animaux en décomposition dont des lambeaux de chair pendaient, attaqués par les vers rassemblés en une masse blanchâtre grouillante. Ceux du bas étaient embourbés dans la fange tandis que ceux qui se trouvaient sur le dessus des tas laissaient encore deviner la couleur que revêtaient leurs poils de leur vivant ainsi que les motifs, ce qui donnait d'en haut un ensemble bigarré. Des groupes d'hommes, avec un chiffon sur le visage pour masquer l'odeur et transpirant abondamment à cause de l'effort, prenaient par deux chacun une paire de pattes d'un autre corps en putréfaction et s'efforçaient de le lancer sur les amas déjà existants, mais la quantité de cadavres semblait inépuisable. Certains monticules étaient rongés par les flammes, dégageant une odeur de chair brûlée et une fumée dense et sombre. Une boule de colère lui brûla l'estomac. Elle en avait assez vu et s'apprêtait à reprendre son envol pour chercher la cause de ce massacre quand...

… Brynja ouvrit subitement les yeux dans la pénombre de la chambrée. Pendant quelques secondes, elle ne sut ce qui l'avait tirée de son

---

[3] Faisement (s. m.) : fascination.

resvement[4], observant autour d'elle ses sœurs dans leurs lits. Le sileté[5] qui régnait dans le dortoir était si caractéristique de la pesanteur des songes, qu'il lui sembla que l'on pouvait presque en contempler les volutes tourbillonnantes au-dessus des lits. Pour l'instant, seuls quelques rares mouvements se laissaient percevoir sur les corps qui, d'ici peu, renonceraient à la volupté du someillement[6] avant l'aube pour se rendre aux *Salutations de l'Unique*. Elle prit quelques instants pour tenter de se rappeler ce rêve et d'essayer d'identifier ce qui l'avait réveillée. Elle se souvenait vaguement d'une puanteur insoutenable et de bâtisses dont les contours lui étaient inconnus, mais tout le reste de sa vision partait déjà se réfugier dans les confins brumeux de sa mémoire.

Elle décida de se lever afin de précéder ses sœurs aux balnea communes et ainsi de pouvoir bénéficier d'un peu de répit avant l'agitation de la journée. Elle entendit presque les protestations de ses pieds sous l'effet de la froidure glaciale du sol tandis qu'elle revêtait la tenue traditionnelle des Sœurs de la Communauté de l'Unicus. Elle commença par mettre la tunique, qui lui tenait lieu de sous-vêtement, puis endossa par-dessus la toge noire informe en toile grossière dont elle lissa les plis avant de passer sa ceinture à laquelle étaient attachées des poches de cuir recueillant le nécessaire de la botaniste qu'elle était : serpettes et fioles de toutes tailles pour aller cueillir des simples au Jardin de la Communauté.

Enfin, après avoir enfilé ses chausses, elle se vêtit d'un châle en laine qu'elle prit soin de passer sous sa ceinture et qui était son unique rempart entre elle et les rigueurs de la saison. Elle inspecta une dernière fois sa tenue et ne put s'empêcher de pousser un soupir de résignation en voyant ses chevilles dépasser de sa robe : derompuement[7], les modèles de base servant à réaliser l'habit de la Communauté n'étaient pas taillés dans les mêmes mensurations qu'elle.

---

4 Resvement (s. m.) : rêverie.

5 Sileté (s. m.) : silence.

6 Someillemant (s. m.) : sommeil.

7 Derompuement (adv.) : décidément.

Brynja se dirigea vers la porte, hâta le pas pour traverser l'aile des dortoirs des sœurs et emprunta l'aile adjacente, passant devant le réfectoire et les balnea en s'efforçant de maîtriser les frissons qui la parcouraient de haut en bas. En d'autres circonstances, elle aimait prendre le temps d'une pause méditative près d'une des arches du cloître, qui était somptueux avec ses baies géminées décorées de nervures et ses pilastres élégants, mais ce matin, elle n'accorda aucun regard ni pour les arches ni pour la cour du cloître où la neige continuait de tapisser le sol. La froidesse[8] était bien trop intense pour cela. Elle poussa la porte d'une des salles de bain avant de se diriger droit vers la fontaine et son évier en grès. Brynja contempla d'un air transi son reflet dans l'eau stagnante de l'évier qui se transforma en hoquet d'horreur sous l'effet glaçeux[9] de l'eau lorsqu'elle s'aspergea le visage.

Elle se demanda à quoi elle ressemblait précisément aujourd'hui. Depuis ses treize ans qu'elle se trouvait au sein de la Communauté de l'Unicus, elle avait n'avait plus revu son reflet dans un miroir et quelque part, cela lui manquait. Elle savait bien que vouloir se mirer était faire œuvre de vanité et que dévouer son existence à l'Unique ne se pouvait concevoir en étant dévoré par l'orgueil de son apparence. Toutefois, la frustration de ne s'examiner que floue dans l'eau ou une vitre avait tendance à piquer sa curiosité. En dehors de ses cheveux roussoiant[10] et de la mèche blanche qui lui barrait le front, vestige d'une nuit d'épouvante, c'était comme si elle était devenue insaisissable envers elle-même.

Elle chassa ces pensées de son esprit, déjà suffisamment préoccupé par cet étrange mal-être qui ne l'avait point quitté depuis son réveil et, une fois son brin de toilette achevé, se dirigea vers l'amphithéâtre pour y assister aux Salutations de l'Unique. Elle traversa la cour ennegiée[11] du cloître, grimaçant sous l'effet combiné du froid et de l'humidité de la neige qui pénétrait la semelle souple de ses chausses. Cela était certainement fort

---

[8] Froidesse (s. f.) : froideur.

[9] Glaceux (adj.) : glacial, glacé.

[10] Roussoiant (adj) : d'une couleur tirant sur le roux.

[11] Ennegié (adj.) : couvert de neige.

risible de sa part, mais elle persistait à conserver l'espoir ténu qu'en hâtant le pas et en sautillant légèrement, elle amoindrirait sinon empêcherait la sournoise froidure hivernale de l'attaquer par ses extrémités.

L'amphithéâtre de la Communauté se trouvait dans la tour de l'Unique qui venait tout juste d'être achevée. Elle ne s'était pas tout à fait habituée à cette complétude architecturale et ne se lassait pas de détailler toutes les subtilités décoratives qui ornaient les façades. Depuis deux décennies, la Communauté de l'Unique était un vaste chantier, au sein duquel elle avait fait irruption en cours de route. Elle se souvenait que, quand elle avait frappé à la porte de la Communauté une nuit lorsqu'elle avait treize ans, le cloître n'était même pas encore achevé : les dortoirs étaient rudimentaires et la tour, inexistante. Désormais, elle avait sous les yeux une merveille architecturale, et, quel que soit l'angle de vue que l'on prenait pour l'observer, les éléments de la façade de la tour rivalisaient tous de raffinement et de beauté les uns avec les autres.

Les quatre étages de la tour, intégralement recouverts de marbres bigarrés, tout de nuances rosées et vertes, étaient surmontés d'un dôme duquel scintillaient les tuiles vernissées dans la pâle lueur de l'aurore. Brynja détailla quelques instants les figures austères des Imperare successifs qui encadraient chacune des fenêtres puis, son regard remontant progressivement, elle contempla les bas-reliefs qui symbolisaient les différentes sections de l'immeuble. Elle reconnut aisément celui de la botanique, au premier étage, représenté par le truchement d'une Sœur tenant serpette et bouquet de simples en main. Les ornements floraux de l'arrière-plan de cette scène étaient, selon Brynja, bien plus poétiques que ceux de la division Ingénierie ou Médecine, quand bien même ils fussent situés deux étages au-dessus d'elle. Les pieds de Brynja lui lancèrent des picotements de froid, la rappelant à l'ordre, et elle interrompit là son examen minutieux de la profusion de détails architecturaux pour atteindre l'intérieur du bâtiment, où nulle neige ne pourrait plus l'assaillir.

Elle pénétra dans la tour et passa sous des arches ornées de colonnes pour rejoindre les gradins revêtus des mêmes marbres bigarrés que la façade qui composaient le grand amphithéâtre. Elle s'installa au troisième rang et garda une place, comme de coutume, pour Marieke. Brynja scrutait les sœurs et les frères aux airs ensommeillés, certains bâillant ouvertement, qui entraient par les différentes arches, cherchant des yeux une sœur au visage lunaire et doux. Elle finit par l'apercevoir et leva la main pour attirer son aspection[12]. Marieke la vit et fonça vers elle, se faufilant entre les toges, évitant de marcher sur les chausses qui se dressaient devant elle comme autant d'obstacles à surmonter avant de se laisser tomber pesamment à côté de Brynja, les joues rosies et le souffle court.

Elle murmura à Brynja :

— De toutes les prières rendues à l'Unique, ce sont les Salutations qui me sont le plus difficile, me lever avant l'aube reste une torture, même après toutes ces années. Oh non, par la grâce de l'Unique ! C'est en plus cet orgoillosel[13] de frère Sven qui officie ce matin. Regardez comme il s'installe au pupitre, toute sa personne respire la suffisance. Vous ai-je raconté, ma chère sœur, que l'autre jour, je l'ai surpris cependant qu'il s'adressait à l'un des palefreniers en l'admonestant de la plus effroyable façon qui soit, car ce dernier l'avait apparemment bousculé par mesgard[14] ? Il m'aperçut et néanmoins ne s'arrêta point pour autant, alors que la honte sinon les remords auraient dû le figer sur place. Il n'était point utile de…

Un frère à côté d'elle pivota dans sa direction et l'interrompit d'un index furibond sur les lèvres : les Salutations étaient sur le point de commencer, et Brynja fut trop heureuse de cette interruption bienvenue pour se formaliser des manières peu avenantes du frère. Aussi, se contenta-t-elle d'adresser un maigre sourire à Marieke à travers ses mâchoires crispées.

---

[12] Aspection (s. f.) : vue, aspect, attention.

[13] Orgoillosel (adj.) : orgueilleux.

[14] Mesgard (s. m.) : mégarde.

Elle se tourna à son tour vers le pupitre. En effet, la haute stature de frère Sven prenait place en face de l'assemblaille[15] et s'apprêtait présentement à prendre la parole. Elle ne put point résister et l'observa, le dévisagea ouvertement, brûlant de curioseté[16], pour une fois qu'elle en avait l'occasion. Il était très grand et mince par rapport au reste des théologiens debout derrière lui, de sorte qu'il détonait. Sa silhouette devait bien faire un pied de plus que toutes les autres et, alors qu'il aurait pu donner une impression de maladresse, fin et élancé comme il l'était, lui campait au contraire sa personne avec beaucoup d'autorisance[17], ses jambes prenant un appui si ferme par terre, qu'il semblait vouloir s'y ancrer. Brynja trouva ses traits, bien que sévères et d'une certaine hautaineté, fort agréables à l'œil. Elle retint son souffle quand il lança un regard circulaire à l'assemblée pour leur intimer de faire silence et qu'il commença les Salutations d'une voix formelle :

— Mes Frères, mes Sœurs, je vous salue. Saluons ensemble le Très-Haut et remercions-le pour cette journée en ce dixième jour de Vetur et en l'an de grâce 1132. J'aimerais aborder aujourd'hui dans mon prêche, la thématique de la doutaison[18]. Mes Frères, mes Sœurs, s'il est évident que notre devoir, afin de suivre la Voie qu'Il a réservée à l'Humanité est de résister à l'oiciosité[19], la vanité, la concupiscence et le stupre[20], je souhaiterais évoquer avec vous ce matin les dangers plus insidieux de la doutance[21]. Dans notre éternelle poursuite de la sapience[22], au détour de

---

[15] Assemblaille (s. f.) : assemblée, réunion, mêlée, combat ‖ accord, réconciliation ‖ union amoureuse.

[16] Curiosité (s. f.) : soin, souci, avidité, passion ‖ curiosité ‖ rareté.

[17] Autorisance (s. f.) : autorité, puissance.

[18] Doutaison (s. f.) : doute, soupçon, crainte.

[19] Ociosité (s. f.) : oisiveté, paresse.

[20] Stupre (s. m.) : débauche honteuse, avilissante

[21] Doutance (s. f.) : doute, soupçon ‖ hésitation ‖ crainte.

[22] Sapience (s. f.) : sagesse de celui/celle qui possède le savoir, la science à un degré élevé ainsi que les qualités de jugement, d'habileté, de raison, de prudence.

quelques livres, récits et expériences des quatre confins de l'Unicus, le doute peut se cacher, pernicieux comme il l'est, et s'immiscer dans notre Esprit, entre nous et la certitude de l'Unique. Ne nous y trompons pas, mes Frères et mes Sœurs, la doutaison est bel et bien une voie détournée, mais une voie malgré tout qui conduit au même titre que les autres vices vers les tourments de l'Enfer. En ce qu'il peut nous dévier de notre foi en Lui et en Sa quête du Progrès, de la Rationalité, il constitue, en ce sens, le vice suprême.

À ces mots, Brynja qui écoutait à moitié en commençant à se rendormir, soursaillit[23] : le mot « Enfer » avait déclenché en elle les souvenirs de son rêve de la nuit passée. Elle se rappela de son vol au-dessus d'un charnier, de la pestilence insoutenable, du détail de ces corps et de cette impression viscérale qu'elle avait eue, de se trouver en Enfer. Il ne pouvait s'agir que de cela, d'une vision de l'Enfer. L'Unique lui aurait-il suscité un aperçu de l'Enfer ou, pire encore, de ce qui l'attendait, elle ? Cela ne se pouvait. Malgré son pouvoir de Clairvoyante, elle ne pouvait normalement qu'accéder aux choses terrestres et non pas au Divin. Pourtant, ce rêve avait tout d'une vision, avec son réalisme, ses détails et cette certitude saisissante que ce qu'elle voyait *existait*.

Un frisson d'effroi la parcourut. L'Œil de l'Unique s'était-il frayé un chemin jusqu'à elle ? Avait-il vu en elle ? Quelle hérésiarque elle faisait, mettant en doute Son omniscience ! Bien entendu que l'Œil du Tout-Puissant avait vu en elle, Il était partout et voyait tout. Par conséquent, Il avait probablement sentamment[24] *vu* ses sentiments et ses pensées impies. Surtout *ces pensées*, qui la hantaient, et la réveillaient encore, deux ans après.

Elle ne put d'ailleurs pas les empêcher de s'insinuer en elle en cet instant, les souvenirs de cette fameuse soirée, celle du bûcher. Elle revit son regard, cette façon que la pécheresse avait eue de la dévisager, de la fixer avec insistance, et cette certitude qui ne l'avait plus quittée : « je ne

[23] Soursaillir (v.) : sursauter.

[24] Sentamment (adv.) : en sentant profondément, avec sentiment, avec âme.

t'ai jamais rencontrée, tu es une étrangère, et pourtant, je te connais ». Elle se remémora également ce faisement[25] qu'elle avait éprouvé pour elle, presque une ineffable attirance. Elle aurait dû détourner les yeux, ou au moins lui rendre un regard méprisant. Mais elle avait vu au fond de ses yeux, loin du regard fourbe tel qu'on s'imagine celui d'un impie, une profonde humanité et humblece[26].

Ainsi, et la honte l'envahit à ce seul souvenir, elle n'avait pu s'empêcher d'être submergée de désarroi et de tristance[27] lorsque le feu avait commencé à la ronger et que les premiers cris avaient jailli de son corps, plus puissants même que les flammes qui la dévoraient. Et quel n'avait pas été son ébahissement, lorsque la femme, superbe et digne, avait en guise de dernières paroles lancé d'une voix puissante et terrible, émanant du milieu des flammes : « l'Unicus a dans sa genèse créé son propre maldissement[28] ; le jour viendra où il s'effondrera et où Elle reviendra. »

Ces paroles et ce regard avaient ébranlé toutes les fondances[29] de ses certances[30], qui avaient désormais tout d'une construction bancale, vaguement branlante, qu'un rien suffirait à faire se précipiter dans les abysses de l'incertitude. Ne lui avait-on pas appris que l'Unicus existait depuis la nuit des temps, depuis l'apparition de toute chose et de tout être, ainsi que l'Unique l'avait voulu ? Or, si le royaume des Hommes n'avait point d'origine, autre que celle de l'Omniscient, pourquoi avait-elle parlé de genèse ? Et qu'avait-elle entendu par maldissement ? Et qui désignait ce « Elle » ? Brynja savait que les questions déplacées menaient au doute et que la doutaison[31] menait à l'impiété et à l'hérésie, qui étaient deux des vices les plus corrosifs pour l'âme et les plus sévèrement punis au sein de

---

[25] *Op. cit.,* p. 39.

[26] Humblece (s. f.) : humilité, modestie.

[27] Tristance (s. f.) : tristesse.

[28] Maldissement (s. m.) : malédiction.

[29] Fondance (s. f.) : fondation.

[30] Certance (s. f.) : certitude.

[31] Doutaison (s. f.) : doute.

l'Unicus, comme frère Sven venait à l'instant de le rappeler. Mais ce mal la rongeait depuis ce jour, grignotant les certainetés[32] qu'elle avait eues auparavant.

Quelques soubresauts étreignirent douloureusement son estomac, des frissons se mirent à parcourir sa nuque et ses bras et sa respiration se fit haletante. Son corps admettait avant son esprit que sa vision n'avait été rien d'autre qu'une avertance[33] qu'Il lui avait adressé. Telle une prémonition envoyée par l'Unique pour la prévenir contre le tentement[34] de l'hérésie. La peur de finir là où son rêve l'avait emmenée renforça sa détermination. Elle allait se ressaisir et chasser les paroles d'une pécheresse morte depuis deux ans, qui avait voulu sur le seuil du trépas se rendre intéressante en proférant des insanités et ainsi commettre un dernier méfait en instillant des pensées impies dans des esprits humains qui, par définition, sont corruptibles.

Quelque chose la secoua et la fit revenir des limbes où son âme vagabondait. Elle écarquilla des yeux hébétés. Marieke lui secouait doucement l'avant-bras. Ses lugubres songeries l'avaient tant absorbée qu'elle n'avait pas entendu la fin des Salutations, mais les bruiances[35] produites par les pas et la mouveüre[36] de ses frères et sœurs la ramenèrent à des perspectives terrestres. Elles suivirent la cohorte de frères et de sœurs qui se rendait dans la cour de la Communauté afin d'y pratiquer les *Gymnasia*. L'effort physique à fournir ainsi que le silence méditatif lui permirent de se sentir à nouveau unie en son corps et son esprit et en communion avec le Très-Haut. C'est donc rassérénée qu'elle suivit ensuite Marieke dans le grand escalier à double révolution pour accéder au premier étage de la tour, à la section botanique.

Elles croisèrent Walde et Freyr qui empruntaient l'escalier en sens inverse et qui se rendaient au potager. Marieke s'appuya élégamment sur

---

[32] Certaineté (s. f.) : connaissance certaine, certitude, assurance.

[33] Avertance (s. f.) : avertissement.

[34] Tentement (s. m.) : tentation.

[35] Bruiance (s. f.) : bruit.

[36] Mouveüre (s. f.) : déplacement.

la double rangée de balustres en marbre ornementé qui constituait la rampe tandis que Brynja se laissa tomber plus qu'elle ne s'adossa à un pilastre surmonté d'un chapiteau décoré de divers outils et instruments astronomiques.

— Vous vous mettez déjà au travail, chers Frères ? Je ne puis que m'incliner devant votre célérité et application ! Voyez, nous sommes quant à nous seulement en route pour nous mettre à l'ouvrage, les complimenta Marieke. Quelle sera la teneur de votre labeur en ce jour ? Je dois pour ma part me rendre ce matin dans le jardin des simples, la nuit a été froidis[37], je dois m'assurer que les plantes vont bien. J'espère qu'elles n'ont pas trop souffert, je déteste les retrouver mal en point, c'est véritablement un coup porté au cœur.

— Je n'ai point de temps à perdre en parlementerie,[38] ma Sœur, répliqua Freyr. Les saules m'attendent pour l'entretien des berges, aussi vous quitterai-je ici, sans conversation inutile ne servant qu'à conduire à l'oisiveté.

Brynja fronça les sourcils. Freyr pouvait être tout aussi brusque et impoli qu'elle, mais elle n'appréciait guère que l'on s'adressât à une personne aussi douce que Marieke de la sorte. Toutefois, cette dernière ne sembla pas lui en tenir rigueur puisqu'elle lui répondit du même ton enjoué qu'à l'accoutumée :

— Dans ce cas, je vous souhaite bon courage, mon Frère, puisse votre énergie s'insuffler vaillamment en nos amis les saules, eux qui nous sont d'une aide si précieuse lors des crues et inondations. Remerciez-les de ma part, je vous prie.

— Je leur transmettrai. M'accompagnez-vous Walde ?

---

[37] Froidis (adj.) : glacé de froid.

[38] Parlementerie (s. f.) : babil.

— Eh bien… Oui bien entendu, fit-il dans une hésitation. Je ne veux pas non plus faire attendre le potager… Bonne journée, mes Sœurs, Sœur Marieke…

Brynja sourit. Walde était en tous points semblable à certaines potagères au sortir de l'hiver qu'il faut entourer de mille soins et précautions pour les protéger des morsures climatiques. Il tournait sa face pâle et chétive vers le seul astre qui illuminât les environs, un vague sourire d'adoration au coin des lèvres. Après un petit signe hésitant de la main envers Marieke, il s'en fut, rougissant, et se hâta de rattraper Freyr qui, lui, ne s'était pas encombré de civilités avant de poursuivre sa descente dans l'escalier. Brynja se retourna et reprit son ascension, entendant bientôt les pas précipités de Marieke qui s'empressait de la suivre.

— Je t'accompagne à l'atelier, ma Sœur ! J'imagine que tu comptes sans doute effectuer quelques préparations en vue des rigueurs de Vetur n'est-ce pas ?

Brynja opina du chef sans cesser de monter le reste des marches. Parvenue sur le palier, elle fut assaillie par les effluves de l'atelier des parcheminiers. Leurs voisins de palier avaient beau fermer la porte, tout le couloir odorait fortement des exhalaisons mêlées de peaux de moutons et de chèvres. Malgré cette teneur musquée et la vague émanation de graisse rance, elle aimait cette odorece[39]. Lors de certains après-midi où leur atelier leur octroyait quelques moments d'oisiveté, elle appréciait d'aider à la confection du parchemin (ses frères ne la laissaient que rarement aider à la confection du vélin, bien trop précieux pour des mains inexpérimentées). Elle savourait alors la rugosité de la pierre ponce qui contrastait avec la douceur de la peau lisse dont un peu de craie sublimait le toucher mat et soyeux.

---

[39] Odorece (s. f.) : odeur, parfum.

Néanmoins, comme en ce jour elles avaient fort à faire, elles se contentèrent de passer devant et de froncer les narines sous les puissantes vagues musquées qui leur parvenaient. Puis, elles poussèrent la grande porte pour accéder à leur salle de travail. Là, des sensations diamétralement opposées à celles du couloir s'empressèrent de se ruer sur Brynja, ne manquant pas de l'étourdir légèrement.

Il y avait un mélange de senteurs à prédominance végétale et dont le parfum était pour Brynja le plus envoûtant qui soit, à l'exception de celle que dégageait la bibliothèque. La note de tête se composait d'abord des exsufflacions[40] des différentes fleurs coupées, plus ou moins fraîches qui arrivaient par vagues dans lesquelles on pouvait déceler l'odoriference[41] frais de la menthe, celui, puissant, de la lavande auxquels venaient se mêler des zestes d'agrumes et de thym. En note de cœur, les narines étaient légèrement surprises par une pointe de moutarde et de raifort à laquelle se mêlait l'odeur puissante, presque agressive, des clous de girofle et du gingembre. Ces effluves flottaient en épaisses nappes dans leur atelier de préparation et se mêlaient à la note de fond des émanations de cuir des codex et manuscrits en parchemin et de poussière qui venait parachever ce délicieux tableau olfactif.

Mais son estourdisseüre[42] ne tenait pas qu'aux mille odeurs. La luance[43] lui faisait violence après l'occulté[44] du couloir aveugle. Elle cligna des yeux, aveuglée par la luminosité que procuraient les gigantesques verrières à leur atelier. Cette intense clarté venait accentuer les couleurs chatoyantes que son œil rencontrait où qu'il se posât : des bouquets de fleurs aux couleurs les plus diverses et aux formes les plus délicates et élégantes étaient éparpillés partout dans l'atelier. Certains étaient récents et arboraient fièrement leurs teintes intactes tandis que les fleurs mises à sécher depuis plus longtemps voyaient leurs nuances affadies.

---

[40] Exsufflacion (s. f.) : action d'exhaler.

[41] Odoriference (s. f.) : odeur.

[42] Estourdisseüre (s. f.) : étourdissement.

[43] Luance (s. f.) : lueur, lumière.

[44] Occulté (s. f.) : obscurité.

L'établi de Brynja se trouvait de l'autre côté de la pièce, sous une des verrières, avec son mortier, ses manuscrits et sa balance bien rangés, l'attendant sagement avant une nouvelle journée de travail. Elle réprima un petit soupir exaspéré à la vue de l'établi de Marieke, où des feuillets volants de parchemins étaient recouverts par des bouquets de simples, des bocaux à moitié remplis prenaient la poussière et un pichet de vin reposait sur un manuscrit ouvert.

À la vue des petites taches de vin que le pichet avait osé répandre sur le précieux manuscrit, Brynja oublia d'être précautionneuse et s'élança à travers l'atelier sans baisser la tête, heurtant au passage un bouquet de thym suspendu tête en bas du plafond et deux bouquets de menthe qui s'agitèrent quelques secondes désespérément, envoyant quelques feuilles séchées au visage de l'impénitente. Elle attrapa d'une main rageuse la carafe de vin et l'enleva du manuscrit. Puis elle souleva ce dernier delicativement, comme on soutiendrait la tête d'un blessé pour le faire boire, l'inspecta, le caressa et tenta de le nettoyer. Elle lança un regard noir à Marieke, qui ouvrit ses grands yeux bleus et haussa les épaules en signe d'excuses. L'impie n'avait guère l'air de mesurer la gravité de son inconséquence.

Brynja observa ensuite, stupéfaite par sa nonchalantise[45], la criminelle s'attabler tranquillement et engloutir avec appétit un petit pain de seigle. Aller soigner et ravigorir[46] les plantes du jardin lui prenait toujours beaucoup d'énergie, et si d'habitude, Brynja pouvait s'inquiéter que cela ne lui en coûta trop de faire pousser par une telle froidure des simples qui ne poussent qu'en été, pour l'instant, elle n'avait pas encore pardonné sa négligence livresque.

— Viendrez-vous me voir au jardin en ce jour mon amie ? lui demanda la scélérate, la bouche pleine. Vous pourriez m'aider à faire la cueillette si le cœur vous en dit. Ce serait agréable d'avoir de la compagnie humaine.

---

45 Nonchalantise (s. f.) : insouciance.

46 Ravigorir (v. a.) : réconforter.

— Je ne pense pas en avoir le temps ni l'envie… répliqua-t-elle sèchement.

— Par l'Unique ! s'esclaffa-t-elle. Alors ce pichet de vin vous a vraiment mise hors de vous ? Mais enfin, ce ne sont que des livres, ils ne sont même pas vivants ! Si cela vous coûte tant, je vous prie de m'excuser, et je tâcherai à l'avenir d'être plus soigneuse afin d'éviter que vous ne vous échauffiez et ne vous fassiez de l'humeur inutilement.

— Que des livres ? se récria Brynja. Mais comment peut-on concevoir une pensée aussi insensée ? Voilà bien une opinion que seule une Naturelle pourrait avoir ! N'avez-vous donc aucun égard pour les dizaines d'heures de travail qu'il aura fallu à quelques copistes pour tracer patiemment chaque lettrine, enluminer chaque page de ce manuscrit ? Si cela peut vous aider à concevoir les émotions que cela me fait, figurez-vous quelqu'un qui arracherait sans considération la branche d'un arbre ou les feuilles d'une plante sans même prendre égard à ne point la blesser inutilement.

— Oh non, je vous en prie, n'évoquez pas des choses aussi funestes et douloureuses si matin ; comptez-vous réellement m'opposer cette maussaderie alors que la journée promet d'être ensoleillée ? Puisque je me suis excusée…

Marieke la regardait, ses grands yeux bleus ouverts dans un souploiement[47] muet, son visage séraphin bordé de boucles blondes et le tout, dans une irritante douceur. Son amableté[48] finit par avoir raison de l'amertume de Brynja. Elle leva les yeux au ciel, accentuant sa bouderie pour que Marieke retienne son sermon.

— Fort bien, puisque vous insistez… Mais à l'avenir, laissez vos mains florales loin de nos manuscrits ! Visiblement, vous ne savez agir delicativement que lorsque de la chlorophylle est en jeu, et de toute façon, vous n'aimez même pas lire, bougonna-t-elle.

---

[47] Souploiement (s. m.) : supplication.

[48] Amableté (s. f.) : amabilité.

— Magnifique ! Je savais que vous ne pouviez m'en vouloir éternellement pour pareille bagatelle !

Brynja décida de ne point relever le mot « bagatelle » afin de ne point relancer les hostilités, mais elle émit toutefois un grognement sonore lorsque Marieke l'enlaça dans une embrassade qui lui signifiait assez qu'elle avait déjà tout oublié de sa conduite impardonnable. Puis, telle l'insouciante exubérante qu'elle était d'ordinaire, elle s'élança vers la porte à grandes enjambées aériennes et disparut de sa vue.

Une fois la porte refermée sur elle, Brynja s'attela à son labeur dans le silence paisif[49] et odorant de la section botanique. Elle aimait ces moments où les Naturels étaient dehors et la laissaient seule, elle, l'intruse de l'équipe. En dépit du faible rang des botanistes dans la hiérarchie, elle n'aurait pour rien au monde échangé sa position pour accéder aux étages supérieurs de la tour. Elle aimait le contact étroit avec les différentes senteurs et substances que lui rendait possible ce quotidien, et se trouvait toujours apaisée par l'odeur de cire fondue se mélangeant à la graisse au bain-marie, la satisfaction éprouvée quand elle ouvrait un flacon des simples séchées qui n'avait pas été ouvert depuis sa mise en bocal et lui envoyait son puissant bouquet olfactif d'un coup, comme s'élève la fumée d'une bougie qu'on vient juste de souffler.

Elle commença par saisir son mortier et son pilon avant de se diriger vers un bouquet de sauge qui pendait du plafond. Elle saisit entre son index et son pouce une des feuilles et, comme cette dernière s'effritait en lui laissant quelques miettes sur les doigts, elle le décrocha avec un sourire satisfait avant de le réduire en poudre. L'atelier s'emplit ensuite des senteurs d'un vin de lavande, dont les vapeurs furent bientôt fort entêtantes. Elle se demanda ensuite quel autre remède aux petits maux de Vetur elle pourrait bien confectionner avant de se décider à préparer un sirop de plantain avec du miel provenant des ruchers qui se trouvaient aux abords du jardin des simples.

---

[49] Paisif (adj.) : paisible.

Toutes ces tâches effectuées, Brynja commença à avoir les pieds endoulentis[50] d'être ainsi restée debout immobile si longtemps et les vapeurs des vins médicinaux lui avaient donné mal au crâne. Aussi se décida-t-elle à sortir de l'atelier. Elle avait dans l'esprit d'honorer son prometement[51] en portant à Marieke un panier de provisions et d'en profiter pour prendre l'air et cueillir des simples. Elle prit l'escalier de la tour et descendit au rez-de-chaussée. Puis elle traversa la cour du cloître et se dirigea vers la porte est qui donnait accès aux Jardins de la Communauté et passa devant la bibliothèque. Là, elle s'arrêta, hésitante, mais elle ne parvint pas à résister et s'enfonça dans les profondeurs du monde du conoissement[52].

*

La bibliothèque de la Communauté était la plus grande bibliothèque de l'Unicus, et Brynja songea avec fierté que même celle de l'île Midja de Midjaborg ne pouvait rivaliser avec les milliers d'ouvrages présents. Elle pénétra dans la vaste salle voûtée dont les voussures dessinaient des motifs floraux et comportaient différentes fresques. Son œil était inlassablement attiré par la plus monumentale d'entre elles, au centre de la voûte.

Elle représentait l'Unique, majestueux avec sa longue barbe et sa toge au drapé élégant, qui tendait le feu à l'Humanité au milieu d'un ciel ennuagé. Les frères et sœurs de la section artistique avaient travaillé à la composition puis à la réalisation des différentes fresques pendant des mois. Brynja les avait vus, allongés durant des heures sur des échafaudages leur permettant de se hisser jusqu'au plafond, plissant les yeux devant d'infimes détails et tenant de leur bras fatigués leurs ustensiles nécessaires à cette somptueuse réalisation. Elle les avait observé fabriquer leurs pigments, réaliser les différentes couches de mortier puis d'enduit avant d'exécuter

---

[50] Endoulentis (v.) : endoloris.

[51] Prometement (s. m.) : promesse.

[52] Conoissement (s. m.) : connaissance.

aussitôt et habilement les peintures avant que le tout ne séchât. Elle admirait leur œuvre, qui, mise au service du Divin, lui inspirait ici une sincère devocion[53] et humilité. La diaprure était d'une infinie richesse grâce aux pigments onéreux qui avaient été employés et que rehaussait encore la luance abondante qui provenait des grandes verrières en arc brisé sur le mur est.

En examinant les reflets de lumière que les peintres avaient fidèlement représentés sur la toge, ainsi que sur la carnation des deux hommes aux muscles saillants, qui renvoyaient une impression de puissance et de ressemblance, représentant de la sorte l'Homme comme créature élue de l'Unique parmi toutes les créatures terrestres, Brynja songea que le jeu d'ombres et de lumières était particulièrement bien rendu, preuve, s'il en fallait, que l'Homme savait parfois se hisser presque à la hauteur du Créateur par ses artifices. Alors que le Tout-Puissant était représenté en homme âgé, bien que vigoureux, avec une longue barbe blanche, signe de Sa sagesse, l'Homme lui, était jeune, une expression ingénue et reconnaissante sur son visage tourné vers l'Unique, attendant de lui qu'il le guidât vers la sapience et le progrès.

Les fresques représentées sur les voûtes suivantes se faisaient d'ailleurs les échos de cette sagesse transmise par l'Unique aux Hommes en représentant les différents domaines de sapience par des allégories avec l'astronomie, les mathématiques, l'agriculture et les arts. Le plafond était si harmonieux et chatoyant qu'il produisait un contraste saisissant avec la rigueur sombre et droite des reliures entreposées sur les étagères de l'immense salle. L'ensemble présentait son propre jeu d'ombrosité[54] et de lumière que les fenêtres accentuaient par leur luisement[55] latéral.

Comme l'avait prédit Marieke, ce jour de Vetur était une belle journée ensoleillée. Le soleil timoré hivernal était amplifié par la blancheur éclatante de la neige qui faisait miroiter la lumière astrale tels des milliers

---

[53] Devocion (s. f.) : dévouement ‖ jurement ‖ désir ‖ image pour laquelle on a de la dévotion.

[54] Ombrosité (s. f.) : ombrage.

[55] Luisement (s. m.) : lumière, éclat.

de gemmes étincelants. Brynja sentit se poser sur sa joue la chaleur d'un des rayons et ferma les yeux pour l'accueillir avec delitacion[56]. En les rouvrant, elle se dirigea vers frère Clausus, le bibliothécaire qui tenait le registre que Brynja signa. Puis, d'un pas assuré, elle traversa les différentes allées de livres qui couvraient toute la hauteur des murs et transformaient cette salle voûtée en labyrinthe d'étagères en bois d'où s'élevaient des bruissements de feuilles et quelques chuchotements étouffés.

Elle trouva la section qu'elle cherchait et s'empara d'un épais volume aux pages maintes et maintes fois tournées, à tel point que les coins en étaient jaunis et racornis par l'action successive des doigts qui les avaient maniées. Une fois *Le Thrésor de nostre langue tant ancienne que moderne* en main, Brynja alla s'asseoir près d'un pupitre de lecture, dans une alcôve qu'elle affectionnait particulièrement, isolée des autres rangées de tables où s'affairaient la plupart de ses consœurs et confrères. Marieke eût probablement trouvé son choix de lecture aberrant, mais elle était paradoxalement reposante aux yeux de Brynja, qui trouvait apaisibles[57] et poétiques ces successions de mots dont la plupart lui étaient inconnus.

Elle avait l'impression d'entreprendre un voiagement[58] des plus exotiques en parcourant ces pages, et ce d'autant plus qu'il s'agissait d'un ouvrage richement enluminé, ce qui lui donnait tout loisir, quand la lecture la fatiguait, de découvrir moult scènes historiques ou tirées du *Saint Recueil* de l'Unique. Elle reprit ainsi sa lection[59] où elle s'était arrêtée la fois précédente et en arriva au début de la lettre C. Avant de commencer son déchiffrage des mots et définitions associées, elle laissa son regard dévier sur les enluminures et errer dans leurs recoins.

La page de la lettre C était constituée d'une grande lettrine ornée d'entrelacs et entourée par des bordures décoratives constituées de marges à drolleries qui représentaient une scène de chasse à courre. Un seigneur en tenue bigarrée tenait un cor dans sa main, un chien à ses côtés. Au-

[56] Delitacion (s. f.) : délectation, plaisir.

[57] Apaisible (adj.) : tranquille.

[58] Voiagement (s. m.) : voyage.

[59] Lection (s. f.) : lecture.

dessus de celui-ci se trouvait un en-tête décoratif avec un minuscule paysage et une scène de bataille. Brynja plissa les yeux et se rapprocha pour mieux en distinguer les infimes détails.

À gauche du cadre en or bruni, se trouvait manifestement une armée de l'Unicus, reconnaissable à ses bannières ornées d'un œil de l'Unique et de la Foudre de Prométhée. Elle distingua des cavaliers engoncés dans des armures et armés de lances, dont les reflets argentés étaient fidèlement représentés. Ils devaient être de la nobilité[60], car leur posture était altière, ils avaient le dos droit et les traits distingués. Les chevaliers étaient séparés de leurs adversaires par un cours d'eau sinuant au milieu de l'en-tête. Plusieurs couches d'encres successives avaient permis au maître enlumineur de figurer les différences de profondeur de l'eau et la lumière du soleil s'y reflétant au loin. À droite se trouvaient de curieux sauvageaux[61] peu vêtus, sans montures, aux expressions farouches, lançant force grimaces à l'armée de l'Unicus, éparpillés aux côtés d'animaux au milieu d'une forêt dont les arbres parurent disproportionnément grands à Brynja.

Elle était en train de détailler les animaux, eux aussi gigantesques et terrifiants, qui accompagnaient ces individus de toute évidence peu recommandables, quand elle sentit quelqu'un se pencher par-dessus son épaule. Une voix sèche et sévère l'interrompit :

— Ne devriez-vous pas être en pleine travaillerie[62] au sein de la section botanique, Sœur Brynja ?

Brynja se redressa precipiteusement[63] et ferma le *Thresor* vigoureusement, le cœur battant. Sous ses yeux se tenaient la figure ridée et les yeux perçants de la Mère supérieure Hilda.

---

[60] Nobilité (s. f.) : noblesse

[61] Sauvageau (s. m.) : sauvageon.

[62] Travaillerie (s. f.) : grand travail.

[63] Precipiteusement (adv.) : précipitamment.

— Mère Hilda ! Je… Je suis navrée, mais puis vous assurer que je ne me suis permis quelque oisance[64] qu'après le finissement[65] de toutes mes tâches quotidiennes. Je m'apprêtais d'ailleurs à rejoindre sœur Marieke au Jardin des simples.

— C'est en effet ce que je constate, vu comment vous étiez absorbée par votre contemplation, vous étiez de toute évidence sur le départ… À quelle lettre en étiez-vous donc ?

— J'allais entamer la lettre C.

Brynja baissa la tête. De toutes les personnes de la Communauté, il avait fallu que ce soit la Mère supérieure Hilda qui la surprenne et qu'elle déçoive. Elle leva les yeux vers la Mère supérieure qui la dévisageait d'un air sévère. Son mortifiement[66] devait être perceptible sur son visage, car au bout de quelques secondes, Mère Hilda haussa un sourcil.

— Allons, ma Sœur, il ne sied guère à la jeunesse de crouler ainsi sous le poids de la coupableté[67], reprit-elle plus doucement. Feuilleter un Thresor ne peut être considéré comme de l'oisance[68], même si c'est en dehors des heures dévolues à la lecture et à la méditation. Sous réserve que cela ne se reproduise plus, je vous promets de garder votre secret. Dites-moi plutôt, comment une jeune fille venant d'une famille illettrée a-t-elle contracté quelques accointances avec la beauté du langage ?

L'étau dans la poitrine de Brynja relâcha son emprise.

— Oh… souffla-t-elle. Eh bien, il se trouve que je n'ai jamais été d'un très grand secours à ma famille, j'étais bien trop chétive pour être efficace

---

[64] Oisance (s. f.) : oisiveté, repos.

[65] Finissement (s. m.) : fin.

[66] Mortefiement (s. m.) : mortification.

[67] Coupableté (s. f.) : culpabilité.

[68] *Op. cit.,* p. 58.

dans les travaux des champs ; si bien que, contrairement à mes frères et sœurs, je passais beaucoup de temps à aider ma mère et ensuite à aller et venir dans le village. Dans la maison qui se trouvait près du puits vivait Bragi, qui se rapprochait le plus de ce que je considérais alors comme un érudit, car il était l'heureux propriétaire du seul livre du village. Me voyant souvent désœuvrée, il entreprit de m'enseigner la lecture.

Bien que Brynja ait fait son possible pour chuchoter le moins fort possible, le frère bibliothécaire, Clausus, qui passait au début de leur section, tourna immédiatement la tête vers elle et lui asséna un regard accusateur. Il se dirigea vers elles avec les grandes enjambées d'un justicier qui devait châtier des jacasseries et il s'apprêtait à leur faire quelque répréhension lorsqu'il s'avisa qu'il avait en face de lui une Mère supérieure. Il s'arrêta net, son regard changeant brusquement du lynx au bovin, puis il rebroussa chemin et s'en alla sans demander son reste. La Mère Hilda le regarda s'en aller d'un regard austère teinté d'une pointe de moqueïs[69], puis reprit la conversation avec Brynja comme si de rien n'était.

— Il semble que vous deviez beaucoup à cet homme.

— En effet, admit Brynja. C'est également lui qui m'a conseillé de venir frapper à la porte de Communauté dans les circonstances de mon arrivée que vous savez. Je lui dois énormément et le regracie[70] chaque jour dans mes prières, en espérant qu'ainsi, l'Unique l'accueille favorablement auprès de lui quand son heure viendra.

— Vous faites bien d'entretenir ce baume pour le cœur qu'est le reconoissement[71]. Trop de cœurs se flétrissent à ne point savoir s'en oindre. Je dois vous laisser, mais vous viendrez ce soir après les *Gratiae* m'apporter une préparation calmante, je suis dernièrement sujette aux insomnies. Ne soyez pas en retard.

---

69 Moqueïs (s. m.) : moquerie.

70 Regracier (v. a.) : remercier, rendre grâces à.

71 Reconoissement (s. m.) : reconnaissance.

Puis, après un dernier regard acéré, elle tourna les talons et s'en alla aussi brutivement[72] qu'elle était apparue, sans un regard en arrière. Brynja reprit le livre et le reposa à sa place puis s'empara pensivement de ses paniers avant de quitter à son tour la bibliothèque. Étant donné l'heure qu'il devait être, elle aurait tout juste le temps d'aller querir Marieke au Jardin des simples afin de se rendre ensemble au réfectoire pour le *Chant de l'Unique*.

Elle la trouva en train d'exercer son pouvoir de Naturelle sur un bosquet de calendula dont les pétales orangés ployaient delicativement[73] de plaisir sous sa paume. Toutes les tiges s'étiraient en direction de Marieke, comme si cette dernière eût été le soleil qui les faisait pousser, ce qui, en un sens, était le cas tandis qu'autour d'elle, la neige avait fondu sous l'effet de la chaline[74] qui émanait d'elle. Elle avait les yeux fermés, un sourire d'adoration aux lèvres, mais arborait malgré tout un air de concentration intense pendant qu'elle effleurait les plantes en divers endroits, leur communiquant ainsi l'énergie dont elles avaient besoin pour affronter les difficiles conditions météorologiques actuelles.

Brynja l'observa quelques minutes puis se décida à l'interrompre, car, absorbée comme elle l'était, cela pouvait encore durer des heures.

— Je me suis souvent questionnée sur ce que cela pouvait faire, de pouvoir ainsi entrer en empathie avec les plantes.

Elle vit le sourire de Marieke s'accentuer, puis serrer les poings avant de secouer les mains. Enfin, elle ouvrit les yeux, prête à lui répondre.

— Vous savez ma chère Sœur, les plantes sont les êtres les plus doux qui soient et elles offrent un amour d'une extrême pureté dont les humains

---

[72] Brutivement (adv.) : brutalement, durement ‖ brusquement, d'une manière rude, sauvage

[73] Delicativement (adv.) : délicatement.

[74] Chaline (s.f) : chaleur.

seraient bien avisés de s'inspirer. Enfin, certaines sont de petites friponnes qui n'ont de cesse de vouloir envahir leurs consœurs… Tel le liseron par exemple…

Marieke renifla d'un air mauvais qui lui était peu coutumier avant de secouer la tête et de reprendre.

— Mais même le liseron n'entretient nulle rancœur ni amaritude[75] à mon encontre lorsque je l'arrache et ne nourrit point de mauvaise volonté ni de soif de pouvoir, comme nous, Humains, savons si bien le faire.

— Attention à vos propos, Sœur Marieke, l'avertit Brynja. Ils possèdent un soupçon d'hérésie en eux… D'autres oreilles que les miennes pourraient mal interpréter vos paroles.

— C'est vrai… admit-elle. Pourtant je ressens profondément ce que je vous dis là. Les plantes ne sont pas pressées ni rancunières. Coupons-leur certaines fleurs, elles n'éprouvent point de colère et se contentent d'en refaire pousser d'autres. Elles sont d'une incroyable générosité et nous pardonnent même le mal que nous leur faisons quotidiennement. Vous me dites souvent que cela me fait puiser de l'énergie d'entrer ainsi en communion avec elles, mais c'est faux. Elles m'apportent infiniment plus que ce que je leur donne. Lorsque je les touche, je ressens dès la première seconde une grande sérénité s'emparer de mon âme.

Elle ajouta, s'approchant de Brynja en baissant la voix :

— C'est un sentiment que je n'ai pas même lors des prières envers l'Unique…

— Dans ce cas, je vous conseille de faire preuve de plus de discrecion[76] et de ne point évoquer ce sentiment avec quiconque d'autre.

---

[75] Amaritude (s. f.) : amertume.

[76] Discrecion (s. f.) : discernement, bon sens, sagesse.

Quant à moi, je ferai silence et oublierai ce que vous venez de mentionner. Pressons, nous allons être retard pour le *Chant*.

Brynja tira brutivement[77] Marieke par la manche, agacée comme elle l'était par ces propos d'une impiété insolente qui pouvait les exposer toutes les deux à des châtiments sévères. Elle qui avait pris la résolution de se replacer pieusement dans le droit chemin qu'Il avait tracé s'en trouvait dévoyée par Marieke. Si seulement elle avait eu le même voiement[78] qu'elle, elle ne badinerait pas avec autant d'inconséquence sur des sujets susceptibles d'engendrer le divin courroux.

*

Elles se rendirent au réfectoire dans un silence malaisé et Marieke l'emmena vers deux inconnus qu'elle lui présenta comme étant ses parents, de passage à la Communauté. Tous les quatre écoutèrent d'abord en silence le *Chant sur l'Unique*. Le frère du jour qui chanta était un excellent soliste que Brynja ne connaissait pas et sa ceinture ne comportait aucun outil ou objet susceptible de lui fournir un indice sur la section à laquelle il appartenait. Peut-être œuvrait-il au sein de la section Théologie, ou Innovation, elle n'aurait su le dire. Son chant sur l'Unique fut cependant particulièrement émouvant, sa voix claire résonnant sous les voûtes du réfectoire. Il avait choisi un rythme lent pour énoncer l'épisode de Prométhée désignant le territoire de Midjaborg comme Terre sainte, élue entre toutes pour devenir le siège de la capitale.

Lorsqu'il eut atteint la finité[79] du chant, frères comme sœurs s'emparèrent de concert de leurs écuelles et se mirent à manger, les bruits de mastication se mêlant aux conservations. Brynja n'avait encore jamais rencontré les parents de Marieke, mais elle fut incapable de se montrer

---

[77] *Op. cit.,* p. 60.

[78] Voiement (s. m.) : vision.

[79] Finité (s. f.) : qualité de ce qui est fini.

affable et aimable comme il sied pour faire connaissance avec quelqu'un et garda un silence buté. Elle était toujours agacée par la désinvolture de Marieke, criant haut et fort des impiétés et des blasphèmes que d'aucuns auraient eu l'intelligence de taire. Ce ne fut qu'après plusieurs regards insistants de Marieke et un coup de chausse dans le mollet qu'elle consentit à se joindre à la conservation. Elle se racla la gorge, cherchant péniblement quelque question agréable à leur poser.

— En quoi consiste votre travail ? Sœur Marieke m'a expliqué que vous étiez historiens tous deux si je me souviens bien, mais je ne suis guère au fait de cette science.

— En effet, chère Brynja. Ne soyez pas troublée par votre méconnaissance, car il s'agit d'une discipline fort récente, commenta d'un ton affable Arnór le père de Marieke, de toute évidence ravi qu'elle daignât enfin se prêter au jeu de la politesse. Rendez-vous compte, l'Imperare n'a reconnu l'utilité de cette matière que depuis deux décennies ! Mais nous ne désespérons pas de voir bientôt le premier musée ouvrir ses portes à Midjaborg.

— Un musée ? Qu'est-ce donc ? s'enquit-elle.

— C'est un établissement dont la vocation serait d'accueillir divers objets et documents en collection afin d'éclairer le passé de l'Unicus et permettre à ses habitants d'en comprendre l'évolution, intervint Frida, la mère. Connaître son passé est indispensable à qui veut comprendre son présent.

— Autrement, pour répondre à votre question, reprit Arnór, nous sommes historiens spécialistes des premiers peuplements du territoire de Midjaborg et c'est d'ailleurs sur une fouille que la mère de Marieke et moi nous sommes rencontrés.

Il fit un clin d'œil à Brynja puis coula un regard amoureux en direction de sa femme. Toutefois, comme Brynja gardait un visage impassif[80] à l'évocation de l'anecdote, il toussota et poursuivit d'un air plus sérieux :

— Notre travaillance[81] consiste à la fois à furgier[82] des ruinesses[83] et à interpréter des archives de l'Unicus. Par exemple, lors de l'exploration d'un site, il nous appartient de déterminer s'il s'agissait d'une habitation, d'un bâtiment de commerce ou autre à l'aide d'indices que nous recueillons sur place puis analysons. Parfois, nous tombons sur de nouveaux éléments qui nous obligent à émettre des hypothèses que nous espérons cohérentes pour trouver des explications sur ce que nous découvrons.

— Et ici, au sein de la Communauté, vous êtes là pour des fouilles ou pour analyser des archives ?

Le père de Brynja prit le temps d'avaler sa cuillerée avant de lui répondre.

— Nous avons été mandatés par le Superviseur pour examiner de grandes quantités de documents fort anciens provenant de différentes sources et qui pourront nous instruire davantage sur les premiers temps de l'Unicus.

— Qu'avez-vous donc appris pour l'instant ? Ces archives vous paraissent-elles prometteuses ?

— Cela, Sœur Brynja, nous ne sommes pas autorisés à le divulguer…

Les parents de Marieke échangèrent un regard puis adressèrent de concert un sourire gêné à Brynja. Elle les dévisagea en fronçant les

---

[80] Impassif (adj.) : impassible.

[81] travaillance, s. f., travail, fatigue.

[82] furgier, v. a., chercher, s'enquérir de ‖ creuser ‖ fourgonner, curer ‖ v. n., être en quête, fouiller.

[83] ruinesse, s. f., ruine.

sourcils, mais Marieke prit la parole d'un air enthousiaste avant qu'elle n'ait pu rebondir sur leurs propos.

— Quels bons souvenirs tout cela fait résonner en moi ! Figurez-vous ma Sœur, que papa et maman m'emmenaient toujours avec eux lorsque j'étais petite sur les lieux de leurs recerchement[84]. Le soir, nous avions d'ailleurs une délicieuse tradition, vous souvenez-vous, Papa ? Nous faisions quelques feux de camp et mangions un repas de fortune. Père nous racontait alors quelques histoires pour enfant. Comment se nommaient les personnages principaux déjà ?

— Je ne me rappelle plus Marieke… Mais ce n'est pas la peine d'importuner ta sœur avec cela…

Marieke grommela quelques mots indistincts sous le regard de Brynja et de ses parents, une main sur le menton dans un visible effort de concentration, tandis qu'Arnór se tortillait sur son banc, de toute évidence mal à l'aise. Puis, après que la moitié de sa cuillerée fut tombée sur la table, elle en expédia le reste aux alentours dans une soudaine exclamation.

— Ah voilà, cela me revient ! triompha-t-elle. Il était question de personnages aux noms invraisemblables tels que Garuda, Gaïa ou encore Vargos. Franchement, je me demande comment vous faisiez pour avoir l'imaginative[85] aussi féconde !

Les parents de Marieke échangèrent un nouveau regard et Frida, la mère de Marieke, jeta un coup d'œil aux alentours, avant de lancer jovialement :

---

[84] Recerchement (s. m.) : recherches, action de rechercher.

[85] Imaginative (s. f.) : imagination.

— Et vous alors, Sœur Brynja, Marieke nous disait que vous veniez d'un village de l'île ? Lequel ? Qu'est-ce qui vous a décidé à entrer dans la Communauté ?

— J'ai grandi dans un hameau insignifiant et n'ai eu qu'une enfance des plus ordinaires : une nombreuse fratrie, des travaux des champs, tout cela est sans intérêt, marmonna-t-elle.

Brynja comprit alors d'où Marieke tirait sa loquacité exaspérante, quand elle s'aperçut que Frida n'était nullement décontenancée par sa réponse acerbe. Au contraire, elle poursuivit, imperturbable.

— Je vois… Marieke me disait que vous n'étiez pas une Naturelle, contrairement aux deux frères qui composent avec vous la section botanique ? Possédez-vous quelque pouvoir ?

— Je suis une Clairvoyante, la seule de ma famille. Mais cela ne m'est d'aucune utilité dans la section botanique.

— Comme c'est fascinant ! s'exclama Arnór qui semblait sincère. Je n'avais jamais rencontré de Clairvoyant auparavant, cette faculté est assez rare non ?

— Eh bien, effectivement je n'en connais pas d'autres. Ce n'est pas un pouvoir héréditaire d'après ce que j'en sais, ou alors il est un peu capricieux.

— Et en quoi consistent vos visions ? Pouvez-vous les orienter ? questionna-t-il, son regard brûlant d'une curiosité fort mal contenue.

— Là encore, je n'en sais que peu, mes connaissances provenant uniquement de mon expérience personnelle.

Elle interrompit son mouvement de cuiller et hésita, les souvenirs de la nuit précédente lui revenant en mémoire.

— De ce que j'ai pu constater, les voiements concernent seulement les choses terrestres et il m'est déjà arrivé de voir avant l'heure des évènements survenir ou d'autres déjà passés, mais avec peu de décalage dans le temps.

— C'est réellement fascinant ! Surviennent-elles au hasard ou bien régulièrement ?

— Les miennes se produisent la plupart du temps la nuit et parfois, au gré des objets ou des personnes que je touche.

Il n'en fallut pas plus à Arnór qui entreprit aussitôt un soliloque dans lequel son ambition était manifestement de restituer de façon exhaustive toutes ses connaissances sur les Clairvoyants, retraçant diverses découvertes rassemblées au gré des archives.

— Impressionnant ! s'exclama-t-il. J'ai rencontré certaines mentions de votre pouvoir dans différentes archives bien sûr, surtout des poèmes et chansons parlant de Clairvoyantes légendaires — car curieusement, il semble que toutes aient été des femmes. L'une d'entre elles pouvait percevoir des évènements survenir des décennies avant et pouvait même entrer en communion avec les esprits et avec d'autres Clairvoyants, quelle que soit l'époque à laquelle ces derniers vivaient ! Rendez-vous compte ! Ce serait une occasion unique si nous pouvions vous obtenir l'autorisation auprès du Superviseur de venir consulter ces documents afin que nous puissions voir si nous pouvons corroborer ces archives et ainsi faire la part véritable de ces récits…

Frida, soit qu'elle comprît le désarroi de Brynja, soit qu'elle le partageât, posa une main sur l'avant-bras de son époux, stoppant net son flot de paroles qui semblait intarissable juste avant.

— Allons, mon ami, vous vous laissez emporter par votre ferveur d'historien… Ne voyez-vous donc pas que vous l'assommez avec vos digressions ? Par ailleurs, nous devons absolument y aller, nous remettre à la tâche, il y a fort à faire.

La mère de Marieke adressa un sourire poli à Brynja. Elle se leva rapidement, et après un salut de la tête, fit signe à son mari de la suivre hors du réfectoire. Son époux tenta faiblement de protester.

— Mais enfin, ma chère, la moitié de mon écuelle est encore pleine… se plaignit Arnór.

— Vous n'aviez qu'à manger au lieu de discourir ainsi ! Nous avons un travail urgent à accomplir, le reprit sèchement Frida.

Arnór ouvrit la bouche avant de la refermer subitement. Il pâlit puis acquiesça avec vigorance[86].

— Ah oui, oui, certainement ma mie… oui, vous avez raison. J'arrive immédiatement. À bientôt ma fille, et ravi d'avoir fait votre connaissance, Sœur Brynja, prenez grand soin de notre petite fleur.

— J'y tâcherai, Monsieur.

L'air quelque peu confus, Arnór s'empressa de suivre sa dulcinée à travers les longues tables et les groupes épars de frères et de sœurs qui avaient déjà fini leur repas. Brynja médita sur la conversation et se tint silencieuse jusqu'à ce qu'elle et Marieke eussent vidé leurs écuelles et repris le travail. Elles se rendirent à nouveau au Jardin des Simples. L'après-midi s'écoula lentement en cueillette et confection de bouquets à mettre à sécher.

*

Lorsque Brynja eut enfin fini de suspendre toutes les bottes de calendula, millepertuis et romarin, elle prépara un mélange pour infusion à l'attention de la Mère supérieure. Elle mêla de la racine de valériane à des

---

[86] Vigorance, s. f., vigueur.

feuilles de passiflore et de mélisse ainsi que des fleurs d'aubépine puis déposa le tout dans un bocal et prit le chemin de ses appartements.

La Mère supérieure résidait au quatrième étage de la tour, tout comme le Superviseur et quelques autres infimes privilégiés de la section théologie qui, en raison de leurs ancienneté et éminence, ne dormaient point en chambre collective comme le reste des frères et sœurs. Elle monta les trois étages qui la séparaient des appartements privatifs et frappa à sa porte. Mère Hilda l'invita à entrer et Brynja poussa la lourde porte en bois. Elle eut un hoquet de stupeur.

Ses appartements étaient en effet dépouillés de quasiment tout mobilier. L'abbesse ne semblait posséder aucun meuble superflu ou destiné au confort si bien que même leurs dortoirs parurent luxuriables[87] à Brynja en comparaison. Aucun tapis ni draperie n'ornaient les murs et la pièce comprenait en tout et pour tout un lit simple, un cabinet d'écriture, un modeste autel de dévotion à l'Unique, et une petite table sur laquelle étaient posés un broc et une bassine ainsi que quelques objets de toilette rudimentaires. L'âtre de la cheminée était éteint et il régnait une certaine froidure dans la pièce, et ce d'autant plus que la chambre était du côté nord de la tour.

La Mère Hilda, qui avait suivi son regard étonné et semblait avoir deviné ses pensées, s'adressa à elle avec un sourire indulgent.

— J'ai cultivé toute ma vie l'art difficile de me satisfaire seulement du nécessaire. La tentation du confort engendre bien souvent les vices d'oisance[88] et de luxuriosité[89] alors que l'Unique nous a enseigné les vertus de l'humilité et du dévouement envers le travail. Tout temps libre doit être employé à la poursuite de la sapience et non à quelque indolence…

Mère Hilda s'interrompit puis pencha la tête avec une moue pensive.

---

[87] Luxuriable (adj.) : luxurieux.

[88] *Op. cit.*, p. 58.

[89] Luxuriosité (s. f.) : luxure, débauche.

— Bien que j'aie quand même en ma possession une petite brosse et un peigne… Je l'admets, j'ai toujours eu horreur des cheveux en désordre. Mais approchez donc, vous deviez m'apporter quelque chose.

Brynja pénétra lentement dans les appartements sombres. Elle posa la préparation près du broc et du nécessaire de toilette et lui fit ses recommandations habituelles :

— Voici votre infusion, ma Mère. Buvez-en une à trois tasses par jour, de préférence le soir afin que le sommeil des heures nocturnes soit apaisé. Puis-je faire autre chose pour vous ?

— Oui, vous pouvez, ma Sœur. Demain, je suis convoquée avec le Superviseur auprès du Grand Intendant sur l'île Midja. J'aimerais que vous m'y accompagniez. La Pupille viendra également.

— Si c'est là votre souhait, Ma Mère.

— Nous partirons juste après les salutations de l'Unique, le trajet sera quelque peu long. Ce sera tout, vous pouvez disposer.

Brynja hocha la tête puis s'inclina. Le cœur battant, elle se dirigea vers la porte, essaya de réfréner ce qu'elle s'apprêtait à dire, mais elle ne put s'y contraindre. La main déjà sur la poignée, Brynja se retourna.

— Ma Mère, veuillez pardonner mon insolence qui me fait vous prendre de votre temps. Mais j'ai la conscience lourde et aimerais vous confessonner[90] un péché.

La Mère supérieure la contempla silencieusement. Elle pinça les lèvres puis d'un geste de la main, lui désigna son lit en une invitation muette. Brynja y prit place en faisant craquer les lattes du sommier, le rouge aux joues.

---

[90] Confessonner (v. a.) : confesser.

— Ce que j'ai à dire m'est difficile à avouer, ma Mère… Vous souvenez-vous du bûcher lors de la dernière condamnation d'une hérésiarque, il y a de cela deux ans, qui avait tenu place dans la cour de la Communauté ?

La Mère supérieure, qui s'était assise près de la petite table, acquiesça d'un signe de tête.

— Ce jour-là, j'avais eu l'impression que l'impie s'était adressée tout spécialement à moi et je dois admettre que ses paroles ont jeté un profond trouble en mon âme, poursuivit Brynja. Depuis, ses assertions sur le début ainsi que la fin de l'Unicus n'ont cessé de me hanter. Je l'avoue ma Mère, je suis en proie à la doutaison[91]. L'idée formulée par l'hérétique d'une période antérieure à Prométhée, comme si l'Unique n'était pas la source de toute vie et toute Création me perturbe. Bien sûr, l'Unique est à l'origine de notre monde, mais dans sa bouche à elle, cela sonnait… Comme si… comme si la genèse du monde et le commencement de l'Unicus étaient deux choses différentes. Mais cela ne se peut pas, ma Mère, vous en conviendrez ?

La Mère la regardait toujours, n'esquissant pas le moindre geste. Brynja déglutit, hésitant à poursuivre. Mais, comme un cours d'eau au sortir de Vetur et qui déborde de son lit, elle se devait de se délester de ce poids sur sa conscience, et poursuivit donc, malgré l'absence de réaction.

— Depuis… j'ai… j'ai également eu des voiements. Mon pouvoir de Clairvoyante se limite normalement aux affaires terrestres, et pourtant, il me semble que l'Unique m'a envoyé des prémonitions de l'Enfer pour m'avertir de ce qu'il adviendrait de moi si je persistais à douter de Lui… Je… Je suis tellement navrée d'avoir formulé ce genre de réflexions. Mais

---

[91] *Op. cit.*, p. 44.

je me devais de vous en faire le confessement[92], à vous plus qu'à toute autre. Vous avez été si bonne pour moi, vous m'avez recueillie… Je me devais d'être franche et d'ainsi pouvoir revenir à une pureté de pensée. Pensez-vous qu'il me faille faire une pénitence publique sur la place de la Communauté ?

La Mère supérieure ne réagissait toujours pas, la fixant les lèvres pincées. Brynja se leva donc piteusement, réitéra ses excuses, s'en voulant terriblement d'être une source de déception pour une Mère dont la sainteté était éprouvée depuis si longtemps. Arrivée à la porte, les épaules voûtées sous le poids de la culpableté, elle se tourna vers la Mère supérieure dans un dernier geste de supplication quand celle-ci prit enfin la parole.

— Votre seul péché est d'avoir des incertitudes et des interrogances[93] ?

— Eh bien oui… Mais n'est-ce pas là un des péchés les plus dangereux et insidieux comme nous l'a rappelé frère Sven aux Salutations de ce jour ?

— Le doute n'est pas un vice, mais une vertu, ma Sœur, je ne vois donc pas ce que vous auriez eu à confesser.

— Mais… et les paroles du frère Sven ce matin ? Et ma vision de l'Enfer ? Ne sont-ce pas là des avertances[94] ?

— Je ne peux parler au nom de votre pouvoir de Clairvoyante, mais il me semble que les prémonitions sont parfois sujettes à interprétation. Aussi s'agit-il peut-être d'autre chose à explorer, une entrevue du futur, ou d'un lointain passé. Peut-être n'en connaîtrez-vous jamais l'explication. Cependant, pour ce qui est des propos du frère Sven, il rapportait ici la doctrine officielle d'une partie de l'Unicus, qui a cours depuis des siècles et qui, partant du fait que le Très-Haut est notre bienfaiteur, il s'en faut

---

92 Confessement (s. m.) : confession

93 Interrogance (s. f.) : interrogation.

94 Avertance (s. f.) : attention ‖ surveillance ‖ avis, avertissement ‖ notification, signification.

confier aveuglément aux Paroles du *Recueil* et considérer l'Unique comme le Gardien qui guide ses brebis, les Humains. Je suis toutefois en désaccord avec cette doctrine et j'y objecte que l'Unique a fait de l'Homme la créature élue entre toutes pour dominer la terre, précisément parce que nous sommes capables de nous remettre en question. En effet, qu'est-ce que le doute, sinon l'expression de notre libre arbitre et de notre rationalité ?

Mère Hilda s'approcha de sa fenêtre étroite et regarda au loin. Brynja apercevait son visage sévère concentré sur le lointain.

— C'est la doutaison[95] mon enfant, qui est signe de l'usage de notre raison. Sans elle, nous sommes effectivement des brebis, sans autre trait distinctif par rapport aux animaux qui nous entourent. Ne soyez donc pas si encline à culpabiliser, ma Sœur, dans la mesure où vous recourez à votre esprit critique sainement. C'est une capacité qu'il faut entretenir régulièrement par des exercices, tout comme les *Gymnasia* que nous pratiquons quotidiement[96] nous permettent de conserver nos chairs en bonne santé. Par conséquent, je n'ai rien à vous pardonner.

Brynja ne trouva rien à objecter à des arguments si bien énoncés, elle acquiesça et remit la main sur la poignée avant d'ajouter une dernière parole :

— Merci de m'autoriser à vous accompagner demain. Cela signifie beaucoup pour moi.

Elle eut le temps de voir la Mère Hilda défroisser ses lèvres pincées en un bref sourire de connivence avant qu'elle ne referme la porte derrière elle.

---

[95] *Op. cit.,* p. 44.

[96] Quotidiement (adv.) : quotidiennement.

Chapitre 3

Sora, 1632 (apr. P.)

Sora s'accrocha comme elle le put pour descendre de l'étage du tramway à impériale sans trébucher. Un exploit dont elle se félicita mentalement, au vu des secousses dont l'habitacle était l'objet. Elle poussa une petite exclamation en loupant une marche à cause de ses talons, manquant de finir sa trajectoire sur l'arrière-train, mais elle put se rattraper de justesse à la rampe métallique de l'escalier en colimaçon qui permettait d'accéder à la plateforme par l'extérieur du véhicule. Elle n'était pas sûre de choisir sa place en haut à l'avenir, mais pour son premier jour, elle avait voulu savourer pleinement le paysage de la traversée.

Elle lança un coup d'œil à travers la vitre, tâchant d'évaluer la distance qu'il restait à parcourir au vieux canasson bringuebalant avant d'atteindre le prochain arrêt. Le pauvre tramway sifflait, chuintait, renâclait, grinçait si fort que le vacarme parvenait presque à couvrir les battements frénétiques de son cœur qui tambourinait dans sa poitrine. Elle eût pu avoir pitié de cette antique machine si sa lenteur ne l'avait à ce point exaspérée. Sora jeta derechef un regard agacé à sa montre à gousset. Une chance qu'elle soit partie avec tant d'avance ! Un crissement sinistre s'éleva du wagon comme s'il se fût agi là d'une ultime expiration et le tramway s'arrêta au terminus.

Sora abaissa de sa main gantée la poignée du portillon et descendit fouler de ses pieds sa nouvelle vie. Un tour d'horizon lui confirma son enthousiasme : tout n'était que promesses de joies exquises et d'aventures. Elle voyait déjà dans les ouvriers et passants qui l'entouraient les futurs figurants de ses chroniques. Ici par exemple, avec quel pittoresque cette gente dame saisissait les pots de chambre pour les déverser d'un geste plein d'entrain dans le caniveau ! Et là, quelle détermination et quel courage devait avoir cet homme charriant sur ses épaules le porte-seau qui devait tant peser !

Elle respira une goulée d'air frais pour s'imprégner, en grande journaliste, de l'atmosphère des lieux, et se mit instantanément à tousser. Tout compte fait, l'ambiance était peut-être trop intense et trop pittoresque pour l'instant et mieux valait se laisser le loisir de la humer ultérieurement, lorsque ses haut-le-cœur lui octroieraient quelque répit, par exemple. Elle prit la résolution de ne respirer que par petites inspirations à la fois. Après tout, une ambitieuse chroniqueuse pouvait utiliser tous ses sens pour se laisser pénétrer par son environnement et l'olfaction n'avait pas nécessairement à être de la partie à chaque fois.

Elle descendit du trottoir pour traverser, et sentit une boue infâme s'infiltrer dans ses bottines de cuir : elle avait mis le pied en plein dans une flaque constituée à première vue d'un mélange de fumier et d'ordures ménagères. Elle réprima le dégoût qui menaçait de faire chavirer sa bonne humeur, et traversa d'une démarche aussi digne que possible, ignorant le ressenti de bas mouillés qui s'insinuait lentement auprès de son pied gauche. Les voiles de son enthousiasme se regonflèrent toutefois à la vue d'un rayon de soleil maigrelet qui tentait de se frayer un chemin au travers du smog qui envahissait les rues. En voyant cette sphère grisâtre et teintant à grand-peine de gris clair le ciel fumeux des environs, Sora l'interpréta comme un signe annonciateur d'une merveilleuse journée. Comment pouvait-il en être autrement, puisque le soleil brillait ? Après tout, il s'agissait de son premier jour au sein du *Quotidien omniscient*.

Elle trépignait tant d'impatience depuis deux jours, que ce matin elle avait failli déchirer ses bas délicats tant la fébrilité la rendait maladroite. Cela étant, elle trouvait qu'elle avait des raisons légitimes d'être un peu nerveuse étant donné qu'elle allait rencontrer son destin : elle allait enfin devenir grande chroniqueuse. Elle allait pouvoir émerveiller ses lecteurs par sa plume, donner une voix aux habitants de l'Unicus, révéler au monde les préoccupations des petites gens, le tout avec l'engagement et le don de soi que nécessitait toute vocation. Elle pouvait déjà imaginer ses parents, assis pour le petit déjeuner dans le salon de leur hôtel particulier, découvrant au matin ses articles, feuilletant le *Quotidien* avec impatience pour arriver à la page 8 à la rubrique des chroniques avant de se sourire avec un air entendu, tout à leur hâte de savourer l'œuvre de leur fille bien-aimée. Quant à elle… Eh bien, elle serait invitée à des soirées mondaines, couvrirait les évènements les plus importants de l'Unicus, serait une personnalité convoitée… Elle secoua la tête, les vapeurs de l'ambition l'étourdissant plus que de raison. Or, elle avait besoin de tout son sang-froid.

Elle atteignit la rue Maxime Charlatan, un journaliste fort réputé du siècle dernier, et ralentit l'allure, cherchant des yeux le bâtiment du journal. Elle passa devant les émanations d'une blanchisserie, une mercerie, et arriva enfin à destination : la devanture du *Quotidien omniscient*. La respiration haletante, elle observa l'enseigne en lettrines gothiques de métal qui siégeait au-dessus de l'entrée vitrée, ne parvenant pas à croire que là se trouvait la matérialisation de son rêve.

Elle prit le temps de contempler la peinture dorée du panneau qui s'écaillait par endroit sur le lettrage, laissant entrevoir l'éclat froid et dur du métal mis à nu. Sora avait besoin de quelques secondes pour amadouer la créature félonne qui s'était roulée en boule et obstruait sa poitrine. Tendant ses mains gantées devant elle, elle en aperçut les tremblements, manifestation physique de sa nervosité et qui acheva de l'agacer : depuis quand, diantre, Sora Bergros elle-même, était-elle sujette à l'appréhension ? Elle avait du talent et avait été recrutée pour sa plume. Nulle raison, par conséquent, de se conduire en midinette effarouchée.

Elle avisa soudain que des ouvriers se retournaient sur elle en passant, les yeux écarquillés. Sora sourit en son for intérieur, flattée qu'autant de messieurs daignent la trouver charmante. Confortée par toutes ces démonstrations d'admiration, elle y puisa le courage de pousser avec détermination la porte qui menait au hall du local.

Cependant, sitôt entrée, elle s'arrêta net, abasourdie. Quand elle avait imaginé, sur sa méridienne, son quotidien de chroniqueuse en rêvassant, jamais elle n'aurait songé qu'il y aurait autant de bruit ! Le brouhaha qui régnait dégageait une forte confusion où se mêlaient des cliquetis métalliques, des rires et autres échos de conversations aux tonalités masculines, quelques roucoulements étouffés et un vrombissement indescriptible.

Elle pénétra lentement dans le long bâtiment rectangulaire, jusqu'à déboucher sur une sorte d'atrium intérieur qu'un plafond entièrement vitré surplombait, de sorte que le ciel sombre ennuagé par le smog planait, menaçant, au-dessus d'elle. Là encore, l'objectivation de ses fantasmes s'avéra… Différente de ce qu'elle avait escompté. Elle qui avait imaginé des salles privatives avec écritoires et secrétaires en bois massifs élégants, un fauteuil confortable en cuir afin de favoriser l'inspiration de sa plume, une atmosphère molletonnée, douillette qu'une tasse de thé viendrait parfaire, elle dut déchanter.

Il y avait sous ses yeux une bonne centaine de minuscules bureaux individuels, certes, mais dans une sorte de poulailler. Les journalistes étaient entassés les uns sur les autres, tous disposés en rangs d'une triste sobriété, et tapant chacun à la machine à écrire, ce qui lui permit au moins de comprendre la provenance du cliquetis frénétique et irritant. Toutefois, cela n'expliquait guère le vrombissement assourdissant que l'on entendait en bruit de fond.

Sora se réconforta à l'idée qu'il devait s'agir là des petites mains du *Quotidien*, mais que les chroniqueurs et rédacteurs vedettes, eux, avaient certainement droit à un plus grand confort. Elle sentit une bouffée de compassion à l'égard de ceux qui étaient condamnés à rester dans ce vacarme fracassant, au milieu de l'odeur ambiante répandue par ce qui semblait être un pigeonnier dont quelques occupants voletaient dans la salle avant de rejoindre la place qui leur était échue.

Un homme, vêtu de ce que Sora comprit être un costume en prêt-à-porter — sa miséricorde allant croissant rien qu'à cette pensée — et dont la gestuelle était emplie de suffisance, vint l'accueillir et s'adressa à elle d'un air sec, sans la regarder.

— Mademoiselle Sora Bergros ?

— C'est moi-même, enchantée de vous rencontrer ! fit-elle en tendant la main.

— Oui, oui, vous m'en direz tant… bougonna-t-il. Veuillez me…

Son interlocuteur s'interrompit en levant les yeux vers elle, les écarquilla, et sur son visage s'imprimèrent successivement des marques d'étonnement puis, à la surprise de Sora, ce qui semblait bien être du mépris. Il la jaugea ouvertement, sans vergogne, de haut en bas, puis, comme pour s'assurer qu'il avait bien vu, il recommença, mais de bas en haut, d'une manière tout à fait vexatoire. Son manège dura quelques secondes, si bien que Sora suivit le regard de l'impénitent pour tenter de comprendre ce qui lui valait ainsi tant de minutieuse attention de sa part, mais elle ne trouva point.

Elle ne put que constater qu'elle était aussi bien mise que le matin lorsqu'elle avait revêtu sa tenue apprêtée avec grand soin pour l'occasion. Elle portait sa chemise blanche à petits boutons, une veste de costume à col officier, que mère et elle avaient fait préparer pour son travail, y ajoutant du brocart à motifs de plume, et dont elles avaient été très fières de l'allusion, ainsi que ses bottines et son pantalon ample.

Peut-être était-ce le fait que sa bottine était crottée, pensa-t-elle, ou bien est-il impressionné par l'abondance de détails et de finesse de son brocart ? Elle se convainquit qu'il était seulement bée d'admiration devant son sens de la mode, bien que cela n'expliquât pas ce curieux trait de mépris… Mais soit, les gens étaient parfois pleins de mystères et il ne lui appartenait pas de tous les résoudre. Après s'être fait détailler ainsi, cet individu, qu'elle était à deux doigts de qualifier de grossier, sembla se ressaisir et daigna enfin ne plus la considérer tel un objet, mais comme une personne à qui il sied de se présenter.

— Mademoiselle Sora Bergros, donc, où en étais-je ? Je m'appelle Chartam et suis chargé de vous souhaiter la bienvenue, vous faire visiter les locaux et de vous conduire à votre place ainsi que de vous donner les consignes pour votre emploi au sein de la *famille* du *Quotidien omniscient*. À présent, veuillez me suivre, nous n'avons pas toute la journée.

Il récitait tout cela d'un ton monocorde, sans entrain et sans l'once d'un sourire à son attention, ne mettant point de chaleur et encore moins d'aménité dans ses propos. Sans lui laisser le temps de répondre, il tourna les talons mais elle lui emboîta le pas cependant de bonne grâce, pleine d'alacrité, savourant la liberté de mouvement que lui offrait son pantalon et songeant qu'il n'était ainsi pas étonnant que, sans l'entrave d'un corset et avec l'aisance de leur tenue, les hommes dominassent le monde.

Ce *charmant* monsieur Chartam la conduisit dans cette sorte de poulailler qui composait l'essentiel du bâtiment. Force lui était de pardonner sa grossièreté, car elle eût été acariâtre également s'il lui avait fallu travailler dans de telles conditions. Sous ses yeux s'alignaient les bureaux munis de petites lampes individuelles et Sora tressaillit en détaillant davantage le tableau. Il venait s'y ajouter des piles d'enveloppes à l'équilibre précaire, des chaises qui avaient l'air tout sauf confortables — c'est à cette occasion qu'elle découvrit que l'on pouvait fabriquer des assises dépourvues d'accoudoir et de rembourrage ! — mais aussi des hommes en costumes noirs, avec chemise blanche et cravate, une cigarette à la bouche pour certains et une pipe pour d'autres, écrivant rageusement et à toute allure sur leur machine à écrire, ne s'arrêtant que pour cracher la fumée avec un sourire plein de fatuité.

Peu d'entre eux levèrent le nez de leur machine pendant que Chartam et Sora traversaient le local pour se rendre au fond, près des dernières rangées de pupitres, mais ceux qui le firent eurent tous un haussement de sourcil à en toucher le plafond à la vue de Sora. Elle jeta un coup d'œil circulaire : le parterre était exclusivement composé d'hommes et nulle autre femme qu'elle n'apparaissait dans les environs. Chartam balaya la salle d'un geste circulaire du bras.

— Voici ce qui s'appelle officiellement la Salle des correspondants, mais que nous nommons officieusement dans notre jargon la basse-cour. C'est ici que le *Quotidien* reçoit tous les jours des missives venant de tout l'Unicus de la part de citoyens nous soumettant des idées d'articles ou de chroniques, nous rapportant des faits divers qu'il importe aux correspondants de lire, toutes et dans leur intégralité, ensuite de les trier puis, pour les plus prometteurs, d'en rencontrer les auteurs. À la fin, il leur faut présenter un rapport au comité de rédaction qui décidera ou non de retenir certains sujets pour les prochains numéros.

— Oh, c'est donc le centre névralgique de ce qu'on lit dans le *Quotidien ?* Comme c'est exaltant !

— Oui, j'imagine que l'on peut considérer cela comme cela oui… fit Chartam d'une voix lasse. Au fond, vous apercevez « le monstre », notre presse rotative, qui tire chaque jour le *Quotidien* à dix millions d'exemplaires.

— Impressionnant…

De là venait ainsi le vrombissement fracassant. Néanmoins, Sora était distraite. Elle scrutait la salle et la galerie du premier étage, se demandant où se trouvaient les bureaux des rédacteurs. Elle tâchait d'écouter avec autant de longanimité et de politesse que possible ce que lui expliquait Chartam, mais elle brûlait d'impatience à la perspective de pouvoir enfin s'asseoir à son secrétaire. Or, plus elle détaillait le long balcon, au premier étage, plus il lui paraissait probable que ce fût là que se trouvât son bureau attitré. En effet, lorsque l'on y portait suffisamment d'attention, derrière les grandes verrières se distinguaient du beau mobilier et des cloisons, laissant à penser qu'effectivement s'y situaient des bureaux individuels.

Ce devait être à cet endroit que se trouvaient les fonctions les plus prestigieuses, celle des chroniqueurs, des rédacteurs et du comité de rédaction. Elle se vit déjà emprunter l'imposant escalier qui menait au premier étage, et passer avec fierté devant tous ses nouveaux collègues de la basse-cour, leurs visages envieux et admiratifs, leur air suffisant se dégonflant comme un ballon… Elle fut coupée dans son observation par un claquement de doigts devant ses yeux.

— Eh oh ! La gente dame est-elle déjà dans la lune ? l'interrogea Chartam. Sitôt arrivée, sitôt déconcentrée à ce que je constate, typiquement féminin cet esprit volage ! Voici votre bureau.

Sora baissa le regard dans la direction que pointait l'index de Chartam. Sous ses yeux se trouvait un pupitre à l'aspect tout à fait misérable, en bois vulgaire et non verni, au dernier rang de la basse-cour, dans la partie la plus sombre de la pièce, près du vacarme de la presse rotative et de l'odeur prenante du pigeonnier. Elle se retint de justesse de pousser une exclamation d'étonnement courroucé et de demander où se trouvaient sa tasse de thé, son fauteuil de cuir et sa plume taillée. L'orgueil meurtri, elle leva des yeux indignés, déglutissant à grand-peine, vers Chartam, sur qui elle surprit un sourire narquois, cependant qu'il guignait sa réaction. Elle parvint tout juste à laisser échapper un vague borborygme.

— Est-ce donc *cela* que vous appelez mon bureau ?
— C'est en effet le sens communément admis. Quant à la pile que vous apercevez là, c'est votre courrier du jour.

Puis, d'un geste empesé de la main, il lui désigna un tas de lettres qui était haut de plusieurs pieds. Luttant contre ses glandes lacrymales qui se manifestaient à elle de la plus traître des façons, Sora tenta de réfréner les ardeurs de sa mortification. Ce qu'elle avait sous les yeux était en tous points horripilant et à l'idée de devoir s'asseoir, *ici*, au milieu de toutes ces émanations de testostérone et dans de pareilles conditions… Père en aurait perdu son monocle. Quant à elle, elle était parcourue de frissons. Toutefois, le visage sévère de sa préceptrice, madame Auster, lui vint à l'esprit et la morigéna vertement pour sa conduite défaitiste : une fille de bonne famille ne s'abaisse jamais à laisser ses émotions la submerger et encore moins à les faire paraître ! La faiblesse ne convient qu'à la populace !

La divine et aimable apparition avait raison, bien entendu. Sora n'allait point donner à ce Chartam la satisfaction d'afficher toute l'ampleur de sa déconfiture. Aussi se redressa-t-elle puis se plaqua une expression hautaine et parvint à adresser un sourire mielleux à souhait à son affreux interlocuteur.

— Fort bien, Chartam. Je vous remercie pour votre sollicitude et votre extrême obligeance, mais je pense pouvoir m'en sortir seule, désormais. Vous pouvez disposer.

— Comme vous voudrez, *mademoiselle.*

Puis, sans se départir de son rictus irritant, Chartam mima une fausse révérence, qu'elle trouva tout à fait gauche par ailleurs, et l'abandonna à son triste sort.

Sora se laissa tomber lourdement sur sa chaise dont l'inconfort semblait constituer une seconde nature et regarda d'un air qu'elle espérait ne pas être trop ahuri son bureau. Il s'agissait d'un pupitre carré, mesurant tout au plus trois pieds par côté, et qui avait manifestement été assiégé par quelques hordes d'objets, à tel point qu'on ne le distinguait qu'avec difficulté sous les monticules de fourniments en désordre. Sur le coin en haut à gauche se trouvait une lampe à pied éclairant d'une lumière jaune sale la pile de lettres qui envahissait une bonne partie de la surface. Sora vit qu'ils avaient quand même daigné lui procurer du papier afin qu'elle puisse au moins prendre des notes, même si de toute évidence il lui appartenait de fournir à ses frais un stylographe. L'espace restant était occupé par une imposante machine à écrire.

Cette dernière, si elle avait certainement connu son heure de gloire, était à présent pour le moins défraîchie : il lui manquait la lettre « a » et « j », et il ne lui fallut pas longtemps pour s'apercevoir que le mécanisme bloquait régulièrement, mais malheureusement trop aléatoirement pour que Sora sache comment le réparer. Elle tapa quelques mots dessus, surtout pour occuper ses mains tremblantes qui étaient désormais agitées de tics nerveux, et s'empêcha de faire des grimaces de dégoût sous la sensation des touches grasses que ses doigts frappaient.

— Ne vous en faites donc pas pour l'état de votre machine, vous n'aurez pas souvent l'occasion de vous en servir.

Sora tourna la tête vers sa droite et remarqua pour la première fois un individu qu'elle n'avait point distingué auparavant, car il était pour ainsi dire masqué par l'ombre contre laquelle la lumière faiblarde de sa lampe menait un combat perdu d'avance. Il s'avança vers elle, et elle discerna un grand homme mince, dont le sourire semblait ne vouloir s'étirer que sur un côté, lui donnant une curieuse expression asymétrique.

— C'était osé en tant que première femme employée de vous présenter accoutrée de la sorte. Je m'incline, et salue votre culot. Je m'appelle Linus.

S'allumant une cigarette, Linus vint se poster à ses côtés puis lui fit l'amabilité de lui cracher sa fumée au visage. Il lui tendit une main dédaigneuse, une moue crispée aux lèvres.

— Vous ne me retournez pas la politesse de vous présenter à moi ? demanda-t-il d'un ton acerbe. Tâchons de vérifier au moins si les informations dont je dispose déjà sont exactes : si j'ai bien suivi, vous êtes la fille du ministre des Transports ? Je vois que vous ne devez pas votre place qu'à votre seul talent. Oh, je viens de saisir la raison de votre mutisme ! Vous étiez persuadée d'arriver ici en chroniqueuse ou rédactrice bientôt adulée par tous, et vous voilà donc bien marri devant tant d'espoirs déçus, c'est bien cela ? Mais laissez-moi vous clarifier la situation, dans votre propre intérêt : vous avez face à vous toute une basse-cour d'hommes, cent douze pour être précis, qui attendent patiemment de monter d'un étage et de pouvoir devenir rédacteurs. Certains moisissent dans ce bruit et cette odeur déplaisante de fiente depuis des années, lisant et triant inlassablement le courrier chaque jour que l'Unique fait. Monter à l'étage de la galerie n'est pas donné à tout le monde, très chère, et l'on vous a déjà fait le grand honneur de vous employer malgré votre sexe.

Sora ne put retenir un « oh ! » muet et indigné, et Linus partit d'un éclat de rire glacial, ravi de son effet et de sa perte de sang-froid.

— Eh oui, gente dame, vous pénétrez un monde d'hommes, voyez-vous, il va falloir vous faire aux usages en vigueur. Sachez par ailleurs que votre insolente tenue ne vous attirera aucune faveur par ici et que, pour être tout à fait limpide, vous n'êtes pas la bienvenue. Vous feriez mieux de vous trouver un bon parti et de lui pondre quelques marmots, comme il sied aux femmes des hautes sphères uniquéennes. Vos caprices de femme moderne nous font perdre un temps précieux.

Sora décida de se prêter au jeu. Elle se leva donc, sortit son porte-cigarette — une exquise création ornementée et assortie à son brocart à motif de plumes — et alluma négligemment une cigarette à son tour, se faisant un plaisir de souffler au visage de son interlocuteur.

— Monsieur, concernant l'accueil, vous vous donnez trop d'effort pour me faire remarquer un fait dont je puis vous garantir que je m'étais déjà rendu compte par moi-même. Les rudiments de la perspicacité ne sont pas l'apanage du sexe fort, vous savez. Voilà toutefois deux fois que vous parlez de ma tenue, mais je vous assure ne pas comprendre ce qu'elle a de si choquant.

— Je vous en prie, oseriez-vous nier que vous vous êtes départie du corset et avez revêtu un pantalon avec le dessein manifeste de faire fi de toutes les conventions sociales ?

— Eussiez-vous préféré que je traverse cette salle et l'allée entre les pupitres avec une robe à crinoline faisant une toise de diamètre ? Je n'aurais de la sorte pas manqué de renverser vos précieux courriers et je gage que j'aurais eu l'air encore plus déplacée dans le fond de cette basse-cour ainsi attifée. Je puis vous assurer que vous vous méprenez sur mon compte, Monsieur. Je ne me suis vêtue de la sorte que pour bénéficier de plus d'aisance dans le cadre de mes fonctions et nullement pour offenser qui que ce soit. Ainsi me dois-je d'ajouter que je n'apprécie guère que vous me prêtiez des intentions aussi peu honorables. À présent, je vous prie de m'excuser, j'ai une pile de courrier qui m'attend.

Sora se détourna de Linus en faisant preuve de toute la condescendance dont elle se sentait capable et fit face à son bureau. Bien déterminée à l'ignorer, elle s'empara du coupe-papier et décacheta la première missive. Du coin de l'œil, elle vit Linus retrouver une symétrie faciale en arrêtant de sourire, et retourner s'asseoir à son propre pupitre après un grognement.

Le premier courrier que Sora ouvrit provenait d'une famille qui affirmait fièrement avoir refait tout son mobilier en figurant dessus une décoration prométhéenne et invitait le lecteur de cette épître à venir prendre le thé à leur domicile afin de pouvoir admirer les assiettes arborant la figure de Prométhée et Lilith, ainsi que les divers tableaux à Sa gloire. Sora le considéra d'un air perplexe, puis passa à la lettre suivante, qui émanait d'une dame assurant que son animal de compagnie était doué d'une intelligence exceptionnelle. La troisième, pour sa part, faisait mention d'un pêcheur qui soutenait avoir pêché le plus gros poisson de tout l'Unicus et qu'il se ferait un plaisir de montrer l'esquisse qu'il en avait faite à quiconque lui ferait l'honneur de venir.

Les courriers continuèrent ainsi, certains écrits de la calligraphie tremblante d'une personne peu habituée à écrire, d'autres de manière soignée, mais non moins insipide et ce ne fut qu'au bout de la vingtième missive que Sora tomba enfin sur un courrier lui paraissant digne d'intérêt. Il s'agissait de l'invitation d'un agriculteur doté du pouvoir de Céréalier à venir constater les nouveaux outils et machines agricoles qui allaient, selon lui, permettre de multiplier les rendements agricoles et ainsi améliorer l'alimentation des habitants de l'Unicus. Elle la mit de côté et après avoir écoulé toute sa pile, elle parcourut derechef la missive de l'agriculteur ainsi que celle d'un propriétaire de filature de coton qui souhaitait témoigner des innovations dans l'industrie textile. Plutôt satisfaite par les sujets qu'elle se proposait d'étudier, elle rassembla ses affaires et partit en quête des auteurs.

*

Elle se rendit d'abord d'un pas leste auprès de la filature de coton, car elle se trouvait sur son chemin pour la périphérie agricole de Midjaborg. Dans la mesure où elle se trouvait déjà dans les faubourgs industriels, la filature n'était qu'à quelques lieues de là. Chemin faisant, elle prit la résolution de ne pas se laisser décourager par l'accueil pour le moins froid qui lui avait été réservé au *Quotidien*. Elle se réconforta à l'idée que, bien que son génie n'ait pas encore sauté aux yeux de ses estimés collègues, si elle prenait soin de ses sujets, et proposait des thématiques innovantes et intéressantes, le comité de rédaction verrait qu'elle avait la trempe d'une chroniqueuse et serait contraint de s'incliner devant son talent. Elle parvint à la filature de coton en un temps indéterminé, le coton de ses pensées lui ayant fait perdre tout pied avec le fil de la réalité.

L'usine, qui s'appelait « Bobines entreprise » comme le lui apprit une pancarte en bois, était située au bord de l'un des canaux des faubourgs industriels. Une grande roue à aubes tournait lentement sur le devant du bâtiment, qui devait certainement servir à alimenter en énergie les machines à filer que Sora apercevait derrière les immenses vitres, produisant une apaisante mélodie aquatique. Elle observa quelques instants le mouvement régulier des engins et pénétra dans l'édifice, se mettant en quête du propriétaire.

Elle se présenta auprès d'un enfant portant casquette et salopette qui se précipita à l'autre bout de l'entrepôt vers une porte ouverte, vraisemblablement le bureau du patron. L'enfant revint en courant et hors d'haleine et lui assura que : « M'Sieur arrive, M'dame ». Il effectua alors une adorable tentative de révérence qui mit Sora en joie. Après qu'elle l'eut chaleureusement remercié, il s'en alla avec un sourire timide. Quant à elle, elle en profita pour détailler un peu plus la salle des machines en attendant qu'on la fît visiter en bonne et due forme.

De l'extérieur, elle avait eu une impression de régularité produite par le mouvement ordonné des machines, mais, à l'intérieur, l'implacable cadence mécanique était contrebalancée par le désordre qui régnait autour des engins.

Elle vit un ouvrier en bousculer un autre, portant une burette, et se précipiter pour graisser un rouage. Plusieurs enfants couraient d'un bout à l'autre de la pièce pour ensuite ramper sous les machines afin de récupérer des fils rompus ; des femmes à l'air passablement lassé piochaient d'un geste mécanique de la mèche de coton pour alimenter constamment les machines à filer.

Au beau milieu de ce chaos, un homme fonça d'un pas menaçant vers un gamin qui s'était recroquevillé, tentant de se cacher derrière des sacs en jute contenant de la mèche, peut-être pour espérer bénéficier d'une pause. L'enfant s'empressa de se relever, esquivant tant bien que mal un coup de bâton que lui assénait le contremaître. Quelques femmes lui jetèrent un regard noir tout en continuant de piocher puis alimenter le métier en mèche. Tout ceci bourdonnait telle une ruche quelque peu oppressante, des cris et interjections fusant de toute part.

Un monsieur à la moustache spectaculaire et à l'embonpoint d'un bourgeois ayant bien réussi dans son négoce se dirigea d'un pas bedonnant vers elle et elle fut accueillie par un retentissant « Mais par l'Unique ! J'ignorais que le *Quotidien* enverrait une femme ! », de sa part. Tâchant de conserver un sourire cordial et un air impassible devant cette énième manifestation de dédain envers son sexe, elle lui rendit un salut aussi poli que possible. Lui-même tenta de se ressaisir et de se rattraper après son manque de courtoisie et il la conduisit de manière galante au sein de la filature.

La pièce était vaste, éclairée par la lumière provenant de grandes verrières, mais malgré cela, une impression vaporeuse s'en dégageait, comme si l'on eût pénétré dans un nuage. Sora éternua et comprit alors que cette sensation était due aux particules de coton en suspension qui donnaient à la salle une allure floue et au nez un picotement constant. Elle suivit monsieur Bobdyn à travers la filature qui ne fut pas peu fier de lui présenter les nouvelles machines à filer qui remplaçaient les antiquités d'antan où il fallait une fileuse pour filer une seule bobine de fil.

Trois machines identiques de quatre toises de long se succédaient et le propriétaire lui expliqua, bombant le torse, qu'il s'agissait de machines à dévidage et torsion automatique, permettant ainsi, à partir de mèche de coton, de parvenir par un processus mécanique à un fil étiré et tordu prêt à mettre en bobines.

— De plus, ajouta-t-il, l'œil malicieux, chaque machine comporte une grosse centaine de broches, ce qui fait le travail en une fois qu'auparavant des dizaines de fileuses auraient accompli et occasionne des économies considérables en main-d'œuvre.

Les trois étaient en fonctionnement, mais la filature employait tout de même un Machiniste afin qu'il soit à même de réparer les précieuses machines en cas de panne. Tous ces fils alignés étaient la quintessence même de la symétrie, et, selon que Sora se baissait ou non, les trois cents fils paraissaient n'en former qu'un seul.

Il lui expliqua ensuite en détail toutes les étapes de fabrication du fil, et Sora eut bientôt la tête remplie de vocabulaire barbare auquel elle n'entendait rien, ses oreilles bourdonnant de « mèche », « renvidage », « torsion », « fil de chaîne », « cardage »… Néanmoins, elle prit sagement des notes, aussi fidèles qu'elle le put de tout ce charabia et tenta de suivre ce que son interlocuteur avait à lui apprendre. À la fin de la visite, elle pressentit que traiter cette filature sous l'angle de la main-d'œuvre serait probablement le plus intéressant, afin de questionner les progrès industriels qui supprimaient tant d'emplois et produisaient de surcroît des conditions de travail épouvantables.

De cela, elle ne dit mot au propriétaire et prit poliment congé, puis poursuivit son chemin vers l'exploitation agricole qu'elle devait visiter. Bien que n'étant jamais venue dans la périphérie agricole de Midjaborg, elle n'eut aucune difficulté à l'identifier : des étendues monotones et interminables de champs de blé, de tournesols, de maïs s'alignaient sous ses yeux avec une régularité mathématique.

*

Elle visita l'exploitation en compagnie du Céréalier, qui lui expliqua que ses pouvoirs lui étaient de moins en moins utiles pour faire pousser les céréales. Il lui narra que du temps de son père, leur empathie envers les cultures était indispensable afin de veiller à des rendements uniformes et pour parer à la météorologie aléatoire, mais que désormais, grâce aux nouveaux engins agricoles qu'il lui présenta — à savoir une nouvelle charrue ainsi qu'une machine s'appelant moissonneuse-batteuse — les productions agricoles avaient explosé, et ce indépendamment de l'usage de ses facultés magiques. Sora fut vivement impressionnée, là encore, par la symétrie qui ressortait des lignes entières et des champs de blé qui déployaient toutes leurs dorures sous ses yeux, à perte de vue.

La conversation se poursuivit ainsi, traitant de ses pouvoirs, de la main-d'œuvre agricole qui avait drastiquement diminué par cette mécanisation, de l'exode rural dans la périphérie de Midjaborg qui semblait se vider progressivement de ses habitants et enfin, ils se séparèrent, Sora voyant la lumière changer, indiquant que la fin de journée était proche. Elle se hâta de retourner, aussi vite que cela fut possible, aux locaux du *Quotidien* afin de présenter son rapport au comité de rédaction. En chemin, elle avait réfléchi à ce qu'elle y avait appris et pensait avoir trouvé un bon angle d'attaque pour chacun des deux sujets.

Parvenue au siège du journal, elle se rendit directement au premier étage, dans la galerie. Elle y fut accueillie par seulement deux personnes, assises au bout d'une longue table ovale en bois massif, dans une salle en tous points majestueuse et intimidante, aux plafonds lambrissés, dans un contraste criant avec le rez-de-chaussée miteux dans lequel elle était confinée. Néanmoins, c'était là son élément, et nulle chaise à capitonnage moelleux n'avait de secrets pour elle.

Elle prit donc place à l'extrémité opposée de la table avec l'air du propriétaire qui retrouve enfin son bien légitime, et se tint le dos droit, prête à faire face à ses supérieurs. Le plus grand des deux hommes, de belle prestance, aux traits harmonieux prit la parole, d'une voix pleine de suavité qui la charma instantanément :

— Bienvenue parmi nous, mademoiselle Bergros, nous sommes honorés de votre présence, qui apportera, à n'en point douter, une touche féminine bienvenue dans notre antre masculin. Je suis monsieur Falk, Directeur de la rédaction, mais ici, nous sommes une grande famille, et par conséquent je vous autorise à m'appeler Filip. Et voici mon bras droit, Maximilian Lindqvist, fit-il en désignant son collègue d'un geste élégant de la main. Sachez que dorénavant, vous nous présenterez tous les soirs les sujets traités par vos soins et que, le cas échéant, nous retiendrons. Nous vous demanderons alors de rédiger un premier jet de l'article, un rapport détaillé de vos entrevues afin qu'il puisse servir pour une parution du *Quotidien omniscient*. À présent, c'est à vous de jouer, nous sommes tout ouï : qu'avez-vous sélectionné pour votre premier jour ?

Sora avait le cœur battant et les mains moites, tremblantes, car, au contraire de tous ses interlocuteurs au sein du journal dans la journée, monsieur Falk avait empreint ses paroles d'une grande amabilité et s'était montré prévenant, ce qui eut pour effet de la déstabiliser complètement et de faire s'effondrer toutes ses défenses intérieures. Elle s'était attendue à une attitude hautaine semblable à celle de Linus et Chartam, mais pas à un accueil chaleureux, encore moins venant du Directeur du *Quotidien omniscient*.

Elle fut charmée par la douce mélodie de sa voix, son sourire encourageant et ses manières liantes et obligeantes. Même à présent, il la regardait patiemment et semblait compréhensif envers sa nervosité, si bien qu'elle parvint à rassembler suffisamment de courage pour se recomposer une mine déterminée. Elle prit une inspiration, et se lança dans la narration de ses deux rencontres de la journée. Elle fit un compte-rendu exhaustif à la fois des informations purement factuelles, mais également des détails qu'elle avait notés et qui, pensait-elle, pourraient servir d'anecdotes réalistes pour une future chronique. Elle osa même présenter la manière selon laquelle il lui paraissait opportun de traiter les sujets :

— Enfin, quant à l'angle d'attaque, si je puis me permettre, il me semblait que le plus intéressant étaient les conséquences que ces nouvelles machines impliquaient pour les citoyens de l'Unicus. Ainsi, la filature de coton a licencié beaucoup de personnel, des femmes surtout, les fileuses ainsi que monsieur Bobdyn les nommait, devenues inutiles après l'introduction des nouvelles machines. Quant au Céréalier, la... euh... « moissonneuse-batteuse »... pardonnez-moi, je suis peu familière du monde agricole, il a bien souligné que la périphérie agricole se vidait de ses habitants, ces derniers ne trouvant plus d'emploi tant les besoins en main-d'œuvre avaient diminué. Nous pouvons ainsi en inférer que ces révolutions mécaniques disposent à la fois d'avantages considérables, mais s'accompagnent également de recompositions dans le paysage salarial de l'Unicus.

Elle se tut, détaillant avidement les visages de ses interlocuteurs dans l'espoir d'y déceler quelques indices qui trahiraient leurs pensées. Son cœur semblait avoir décidé de se loger dans sa gorge et elle ne parvenait à respirer qu'avec difficulté, de manière saccadée, luttant par ailleurs pour tenir ses mains tranquilles qui étaient animées de leur propre volonté et tremblaient à tout-va. Elle observa monsieur Falk et monsieur Lindqvist échanger un coup d'œil puis se retourner vers elle et adopter un sourire cordial à son encontre.

— Bien, merci pour votre rapport ainsi que pour votre avis sur la question. Vous pouvez disposer à présent.

« *Comment ? Est-ce là tout ce qu'ils ont à me dire ? Voilà une demi-heure que je les entretiens de mes sujets !* » Elle aurait souhaité avoir le cran de prononcer ces pensées à voix haute et intelligible, mais, comme si elle se voyait de l'extérieur, elle ramassa piteusement ses notes et se leva avant de se diriger vers la porte d'un pas mécanique, comme vidée de toute énergie.

— Oh et Mademoiselle Bergros, un instant, je vous prie.

Elle se retourna précipitamment vers eux, manquant de trébucher. Ce fut, cette fois, monsieur Lindqvist qui prit la parole, la voix dotée d'intonations doucereuses, mais dont le timbre était plus froid que celle de monsieur Falk :

— À l'avenir, ne vous sentez pas tenue de nous faire part de votre avis sur l'angle éditorial du sujet à traiter. N'y voyez pas un désintérêt complet de notre part, mais il s'agit là d'une prévenance inutile dans la mesure où c'est une tâche qui échoit aux rédacteurs et puisque vous n'êtes *que* correspondante… Eh bien, je gage que vous voyez où je veux en venir, n'est-ce pas ? Ne gaspillez pas votre énergie en vain, votre avis ne nous intéresse guère. Nous vous souhaitons une agréable soirée, à demain.

Livide, Sora rejoignit le rez-de-chaussée, puis, sans prêter gare aux remarques sarcastiques de Linus qui lui demanda des nouvelles de sa première journée en tant que « Grande Chroniqueuse », prit ses affaires et rentra chez elle. Elle devait impérativement mettre de la distance physique entre elle et le *Quotidien omniscient*. Le trajet du retour lui sembla interminable et là où le matin même tout lui avait paru délicieux dans cette succession de quartiers, ils étaient ce soir mornes et lugubres.

Quand, enfin, elle parvint au pied de l'hôtel particulier qu'elle habitait avec ses parents, elle éprouva un profond réconfort, en franchissant le pas de la porte, de redécouvrir ces moulures au plafond, ces lustres et tout ce mobilier luxueux qui lui tendait les bras. Elle regagna le petit salon, où elle retrouva sa mère assise sur le grand canapé de velours, face à la cheminée où un feu flamboyait et dont la chaleur atteignait Sora sans parvenir néanmoins à la réchauffer. Elle se laissa tomber aux côtés de sa mère, et, à la minute où celle-ci lui demanda d'une voix attentionnée comment s'était passée sa journée, Sora s'effondra, des larmes de rage et de dépit s'échappant par flots entiers de ses yeux cependant qu'elle hoquetait, prononçant des phrases inintelligibles pour la moitié, tentant de rendre compte de ses déconvenues de la journée.

Une éternité de tourments lui eût paru moins fastidieuse que son premier jour de travail et elle résolut de se coucher sans manger tant elle était déçue et exténuée. Cependant, elle avait l'esprit tant agité qu'elle mit longtemps à s'endormir. Enfin, lorsqu'elle parvint à trouver le sommeil cette nuit-là, ce fut pour entrevoir un rêve réconfortant et dépaysant.

Elle courait aux côtés de créatures géantes au sein d'une forêt dont les arbres étaient démesurés, un sentiment de liberté et d'excitation palpitant dans ses veines sous l'effet de son allure immodérée. Plusieurs loups l'entouraient, mais pour une raison qui lui échappait, elle n'en avait pas peur. Son exaltation redoubla quand elle aperçut entre les troncs recouverts de mousse et de lichens des cerfs et des biches qui détalaient à leur vue. Elle s'arrêta brusquement, tendit son arc et s'empara d'une flèche qui atteignit sans effort sa cible. Elle reprit sa course et rejoignit bientôt la biche agonisante qu'elle acheva par un net coup de couteau tout en la remerciant pour la nourriture qu'elle allait lui prodiguer. Son cœur fut ému de voir la vie quitter l'œil de sa proie, mais elle savait où elle se rendait, qu'elle retournait auprès du Grand Esprit.

Elle hissa la dépouille sur ses épaules puis, après avoir parcouru quelque distance, s'arrêta près d'un cours d'eau qui se perdait dans les sinuosités du paysage. Elle s'agenouilla sur un rocher qui en devenait presque moelleux à force de couches de mousse, mit ses mains en coupe pour boire l'eau limpide qui provenait d'une petite cascatelle et qui produisait un joli clapotis. Elle remercia en son for intérieur la Terre-Mère, lui adressa une prière, en lui rendant hommage d'avoir créé tant de perfections en ce monde. Enfin, désaltérée, elle se releva, prête à reprendre sa route vers le village.

Le lendemain, à son réveil, Sora ne se rappelait guère plus que de quelques bribes de son rêve, mais il lui subsista une agréable impression d'apaisement, ce qu'elle choisit d'interpréter comme un bon présage afin d'affronter la nouvelle journée avec détermination. Elle n'aurait pas pu se tromper davantage.

Chapitre 4

Brynja, 1132 (apr. P.)

Ils devaient partir pour Midjaborg auprès du Grand Intendant juste après les *Salutations* de l'Unique, étant dispensés de *Gymnasia*. Brynja s'empressa de rejoindre la porte à double battant de la bibliothèque, là où ils s'étaient fixés rendez-vous. Du fond du couloir, elle les vit, tous les trois, qui l'attendaient, et elle pressa encore un peu plus le pas, son point de côté lui élançant la poitrine avec insistement[97]. Elle les salua et surprit par la même occasion un sourcil moralisateur de frère Sven. Elle soutint son regard : il pouvait bien désapprouver son léger retard autant qu'il lui siérait, lui, était confortablement installé sur l'estrade des théologiens et n'avait guère dû jouer des coudes pour se frayer un chemin à travers la mer de ses frères et sœurs.

Les yeux toujours emplis de mesprisance[98], frère Sven lui tendit deux curieuses brosses pourvues de dents de fer dont elle se saisit en se demandant vaguement si sa chevelure était à ce point ébouriffée qu'elle nécessitât non pas une, mais deux brosses pour venir à bout de ses épis. Puis, les ayant tournés face à la lumière, elle discerna une paire de socques

[97] Insistement (s. m.) : insistance.

[98] Mesprisance (s. f.) : mépris.

qu'elle s'empressa d'enfiler avant que sa méprise ne devînt trop évidente. Sa course à travers l'amphithéâtre puis la cour avait manifestement provoqué quelque estourdisseüre[99] en son esprit pour qu'elle ne reconnaisse point ces rajouts qui allaient lui être fort utiles dans leur descente du mont Saint Lilith pour braver la neige et le verglas.

Ils se rendirent vers la porte ouest, et sortirent de l'enceinte de la Communauté où l'obscurité du ciel se muait en rosissement et permettait à peine de distinguer les silhouettes noires des arbres de la forêt. C'est ainsi qu'ils entreprirent de descendre sileement[100], dans la paisibleté[101] de l'aurore.

Tout son corps se contractait sous l'effet de la frillouseté[102] : ses joues lui piquaient et chaque inspiration n'était que souffrance. Elle avait l'impression que des milliers d'infimes aiguillons pénétraient ses chairs et que la froidesse[103] şemblait vouloir prendre possession de tout son être. Heureusement, la beauté du soleil qui commençait à poindre au-dessus de l'étendue boisée et enneigée vint contrebalancer la rigueur du froid. La vue qu'offrait la forêt de conifères, le blanc se mettant à scintiller timidement tandis que le ciel se colorait de diverses nuances de rose et de violet fit oublier à Brynja ses mains et ses pieds gourds.

Elle eût été bien incapable de prononcer le moindre mot : chaque syllabe serait restée glacée dans sa gorge, tant le froid qui l'assaillait était mordant, mais de toute façon, aucun de ses trois compagnons de voyage ne semblait disposé à converser, chacun progressant enveloppé par les nuages de buée que son souffle provoquait. Aussi, dès que Brynja se fut échauffée, profita-t-elle de cette rare sortie en dehors de la Communauté pour savourer le crissement de ses chausses à chaque pas qu'elle faisait dans le silence enneigé des alentours. Ils avançaient lentement, l'un d'eux trébuchant de temps à autre à cause d'un obstacle rendu invisible par la

---

[99] Estourdisseüre (s. f.) : étourdissement.

[100] Sileement (adv.) : silencieusement.

[101] Paisibleté (s. f.) : tranquillité, paix.

[102] Frillouseté (s. f.) : sensibilité au froid.

[103] *Op. cit.*, p. 41.

neige. Malgré leurs socques, les congères étaient par endroit si profondes, que tous quatre s'enfonçaient purement et simplement jusqu'au genou, peinant à chaque enjambée.

Peu à peu, de nouvelles essences d'arbres vinrent se mêler aux sapins et des chênes, des frênes, des hêtres, des aulnes, des noisetiers firent leur apparition. Leurs troncs étaient en partie ou intégralement recouverts de mousse, atténuant la dureté de leur écorce par une épaisse couche moelleuse et verte. Tout cela, Brynja l'observait, s'en imprégnait, car elle savait qu'elle n'aurait pas d'occasion supplémentaire de sortir de la Communauté avant longtemps. Cela faisait déjà des années qu'elle n'avait point eu l'opportunité d'entrevoir ce qui se passait au-delà du mur qui les ceignait.

Elle avait certes entendu parler de la Grande Reconstruction de Midjaborg, un chantier centenaire à la gloire de l'Unique ; elle écoutait également parfois Freyr parler des arbres de la forêt puisqu'en tant que Forestier, c'était à lui que revenait le soin d'administrer et diriger les essences qui y poussaient, mais cela ne produisait qu'un écho lointain en elle. Depuis des années qu'elle n'était pas sortie, elle avait fini par oublier l'odeur pénétrante et résineuse des sapins et celle, humifère, de la mousse, et tant d'autres infimes richesses du monde qui lui sautaient à présent littéralement aux yeux, tant elle était enchantée de cette excursion. Elle trébucha un nombre déraisonnable de fois, admirant tous les détails qui composaient l'ensemble de ce paysage plutôt que de surveiller là où elle posait les pieds.

Brynja se fit d'ailleurs la réflexion amusée que l'allure et la démarche de chacun de ses compagnons incarnait assez bien ce qu'elle pensait de leur personnalité : la Mère Hilda marchait le dos droit, d'un train déterminé, le regard tantôt devant elle, tantôt balayant les alentours. Elle lui avait un jour confié, lorsque Brynja lui apportait une préparation de simples, qu'elle affectionnait particulièrement les *Gymnasia* et la marche qu'elle échangeait volontiers contre les lectures dans les moments de la journée qui leur étaient normalement dévolus. Et en effet, cela se voyait qu'en dépit de son âge, elle restait pleine de vigorance[104], contrairement au Superviseur, qui, bedonnant comme il l'était, progressait à pas prudents et incertains, respirant bruyamment, ses grosses joues pendantes produisant des vaguelettes. Elle épia enfin frère Sven : il avait les enjambées déterminées de la jeunesse, son regard se portant implacablement devant lui.

Il avançait un pas ou deux avant le Superviseur, quand ce dernier manqua de déraper. Toutefois, Sven, avant même que son pied ne défaille, l'avait rattrapé fermement par le coude. Logbor le remercia chaleureusement, tandis que Sven, sans répondre, se remit aussitôt à marcher. Ils parvinrent peu de temps après en bas du mont Saint Lilith, où le Superviseur poussa un soupir de soulagement à la vue d'une calèche qui les attendait pour finir leur route jusqu'à Midjaborg. Ce furent d'abord la Mère Hilda et le Superviseur Logbor qui montèrent, suivi de frère Sven et Brynja, en leur qualité d'inférieurs hiérarchiques, qui prirent place l'un en face de l'autre.

*

La calèche s'ébranla et elle s'empressa de regarder avidement le trajet par la fenêtre, se moquant intérieurement d'elle-même, car en quoi le fait d'attraper fébrilement les rebords de la vitre allaient-ils lui permettre de mieux scruter les paysages qui défilaient devant elle ?

Le véhicule les mena d'abord vers ce que Brynja devina être le village de Bridgervik. Cependant, lorsqu'elle discerna le pont Midja, reliant leur île à l'épicentre de Midjaborg, un doute l'assaillit. Était-ce réellement le Pont Midja ? L'ouvrage qu'elle vit apparaître sous ses yeux était si différent de celui, rudimentaire et en bois, qu'elle gardait en souvenir une décennie auparavant. Celui qui se rapprochait d'elle à mesure que leur voiture cahotait dans sa direction était monumental, sophistiqué. La Grande Reconstruction devait être passée par là.

---

[104] Vigorance (s. f.) : vigueur.

Il était désormais protégé à ses extrémités par deux beffrois élégants, parés de nombreuses tourelles de tailles variées ainsi que de ce qui sembla être à Brynja une gigantesque horloge avec moult détails qu'elle regarda en plissant le front. Mère Hilda se pencha alors vers elle pour lui expliquer qu'il s'agissait d'une horloge astronomique, qui non seulement indiquait l'heure, mais disposait en outre d'un cadran permettant de mesurer la position de différents astres dans le ciel. L'œuvre était d'une telle adresse et beauté que Brynja passa quelques secondes à lever les yeux vers le mécanisme doré dont les aiguilles étaient surmontées d'une main d'or pour pointer l'heure. Elle remarqua avant de passer sous le porche de la tour que l'horloge figurait au-dessus du blason de la ville : un compas entremêlé à un astrolabe, le tout sur le fond des flammes éternelles de l'Unique.

La calèche roula ensuite sur le long pont Midja, dont chaque côté était orné à intervalles réguliers de statues allégoriques servant également à éclairer la chaussée que ce soit par le biais d'un flambeau ou d'un feu imposant entre leurs mains en coupe. Le Superviseur Logbor fit onduler ses joues et leur indiqua fièrement qu'un falotier était en poste jour et nuit pour s'assurer que jamais aucun des flamerons[105] ne s'éteignait en hommage au feu que Prométhée avait offert à l'humanité, ayant ainsi à disposition une importante réserve d'huile. Pendant qu'il leur détaillait par le menu les sommes exorbitantes qu'il avait fallu débourser pour la construction du pont, des tours, des sculptures, Brynja vit défiler sous ses yeux l'impassible Justice, l'aimable Paix, les rondeurs de la Prospérité, la rigidité de la Science, et enfin l'intrépide Explorateur, une main tendue vers l'horizon.

Ils pénétrèrent dans ce qui tenait désormais lieu de l'Ancienne Ville, composée de petites rues sinueuses, où se dessinaient de profondes ornières dans lesquelles leur calèche peina fortement à avancer. Les passants portaient des socques similaires à celles que Brynja avait vêtues pour marcher dans la neige, sans doute pour épargner à leurs chausses les nombreuses immondices qui jalonnaient le sol tandis que les dames retroussaient les pans de leur robe avec une mine de répulsion. À l'odeur

---

[105] Flameron (s. m.) : petite flamme, lumière, flambeau.

granuleuse et apaisante de sciure qui envahit soudain l'habitacle, Brynja déduisit qu'ils traversaient le quartier des menuisiers. Puis ce fut au tour de l'âcreté du sang et du fumet de viande rôtie, curieux contraste de répulsion et d'appétit : ils pénétraient dans le quartier des bouchers. C'était un quartier appétissant autant qu'il était dégoûtant, où pouvaient se succéder un cochon en broche qui faisait saliver et une bouchère au tablier tâché sortant dans la rue en s'essuyant hastanment[106] des mains rougies, si bien que Brynja ne fut pas mécontente de le quitter pour parvenir dans le quartier apaisant des tisserands.

Il était manifeste qu'il s'agissait là d'une influente et riche corporation, car les maisons à colombages se firent soudain plus hautes, les façades plus luxueuses, le bois finement sculpté et la chaux des murs teintée. Brynja fut émerveillée par la diversité des couleurs dont étaient parés les tissus exposés ou mis à sécher, et elle se trouvait en train de contempler un établi sur lequel un tisserand préparait une mixture tinctoriale quand un vacarme sourd la fit sursauter.

Elle chercha d'où provenait la bruiance[107] et aperçut alors une dizaine d'hommes auprès d'un trébuchet qui était apparemment à l'origine du desordenement[108] et venait de détruire une partie d'une demeure à pans de bois. Un nuage de poussière s'élevait tandis que des poutres pendaient tristement de la façade encore intacte. Un couple avec cinq enfants observait la scène, la femme pleurant tout en réconfortant un des enfants qui se blottissait contre elle.

— Nous arrivons à présent au cœur des hostilités, là où la Grande Reconstruction poursuit son œuvre, annonça crânement le Superviseur Logbor, avec un sens de la perspicacité à toute épreuve.

---

[106] Hastanment (adv.) : hâtivement.

[107] *Op. cit.*, p. 48.

[108] Desordenement (s. m.) : désordre.

Un bourdonnement digne d'une ruche envahit bientôt les rues et Brynja vit les engins de constructions et de démolition se succéder, des tailleurs de pierre se frayant un chemin au milieu de maîtres maçons et réciproquement, des servants, des compagnons tentant de suivre tant bien que mal leur supérieur. Des amoncellements de bois, de pierres de taille, de sable et de terre défilaient au bord de la voie et leur calèche subit un ralentissement important du fait de l'encombrement. Pendant qu'ils attendaient que des ouvriers soulevant une imposante poutre dégagent la chaussée, Brynja détailla une machine incongrue comportant une grande roue, dans laquelle un homme marchait, la faisant ainsi tourner. Elle s'adressa à Mère Hilda pour lui demander quel était donc ce curieux engin servant à cette *Gymnasia*, mais alors que l'abbesse ouvrait la bouche pour répondre, ce fut la voix de frère Sven qui s'éleva :

— C'est une roue de carrier, Sœur Brynja, qui porte son nom du fait qu'on les emploie couramment dans les carrières d'où l'on extrait les pierres servant à la construction. Il me semble que tout frère ou toute sœur devrait posséder quelques conoissements[109] de base sur l'art de l'édification, en ce qu'il s'agit d'une parfaite incarnation de l'ingéniosité de l'Homme, une aptitude que nous a conférée l'Unique dans Sa générosité et à laquelle il convient de rendre hommage en y consacrant un peu de son temps.

Puis se tourna vers le Superviseur en quête d'approbation :

— N'ai-je pas raison ?

Le Superviseur lui adressa un sourire empli de benevolence[110] et dans ses yeux brillaient un éclat que Brynja ne put qu'attribuer au fiertage[111]

---

[109] *Op. cit.*, p. 54.

[110] Benevolence (s. f.) : bienveillance, amitié.

[111] Fiertage (s. m.) : fierté.

qu'il éprouvait pour sa Pupille tandis qu'elle se sentit les joues en feu d'avoir ainsi été humiliée, de surcroît par frère Sven.

— Frère Sven, votre sapience vous honore, mais vous devriez vous souvenir que l'Unique, s'il requiert de nous une constante quête de la connaissance, considère cependant l'orgueil comme un vice auquel il vaut mieux ne pas céder.

Mère Hilda avait prononcé ces mots qui semblèrent heurter de plein fouet frère Sven à la manière d'un couperet. Il regarda la Mère supérieure avec un air froid et dur qui aurait fait peur à Brynja si elle en avait été la destinataire. Brynja baissa les yeux en voyant que Sven avait perçu cette étincelle dans ses yeux et se tournait à présent dans sa direction, le faisceau de sa colère la menaçant à son tour. L'abbesse, pour sa part, si elle s'en aperçut, n'en tint pas compte et continua impassiblement, comme si l'atmosphère n'était pas d'une lourdeur étouffante au sein de la calèche.

— Voyez-vous, ma chère Sœur, comme l'indiquait à l'instant frère Sven, il s'agit d'une roue de carrier qui sert d'engin de levage. En faisant tourner le tambour par l'action de la marche, l'homme permet ainsi à la corde de s'enrouler autour de la poulie, cette pièce que vous voyez ici, et ainsi par action mécanique, de lever une pierre de taille qui présenterait autrement une trop importante lourdeté[112] pour nos forces.

— Et ainsi, l'humanité fait une fois de plus la preuve que parmi toutes Ses créatures, elle est celle dont l'ingéniosité est le trait distinctif, déclara pompeusement le Superviseur Logbor, ses joues se gonflant de ce qu'il devait considérer être le souffle de la sageté[113] et clôturant ainsi la discussion.

---

[112] Lourdeté (s. f.) : lourdeur, pesanteur.

[113] Sageté (s. f.) : sagesse.

La fin du trajet se passa en silence, la tension flottant entre eux telle une brume menaçante. Brynja observa avec pensiveté[114] le chantier geantin[115] qui se déroulait sous ses yeux, revoyant sans cesse la flamme de la haine aperçue dans les yeux de frère Sven.

*

Ils parvinrent après encore quelques ruelles au pied d'un haut bâtiment à colombages, aux poutres noires richement décorées et au toit pentu, doté de vitrages en cul-de-bouteille de différentes couleurs. Tous quatre descendirent de calèche et se rendirent au deuxième étage, d'où l'on avait une excellente luance[116] et une bonne vue sur la desordenance[117] qui régnait en bas.

Ils pénétrèrent dans une vaste pièce, au fond de laquelle un homme faisait face aux fenestrages[118], leur apparaissant en contre-jour et qui donna à Brynja la conviction d'avoir mis en scène leur rencontre. De toute évidence, il les avait vus arriver à travers le vitrage, pourtant, le Grand Intendant avait choisi de les recevoir de dos, afin de grandiosement se tourner vers eux, ouvrir les bras, et déclamer sur un ton dithyrambique :

— Cher Superviseur Logbor, chère Mère Hilda, bienvenue au sein de la grande reconstruction ! Approchez et narrez-moi donc quelles impressions vous a fait le chantier durant votre chemin.

Il leur indiqua une table où trônaient ostentatoirement de nombreux parchemins représentant les tracés de futurs bâtiments, les plans d'avenues et les tableaux de comptes, voulant sans doute mettre en valeur toute

---

[114] Pensiveté (s. f.) : rêverie, tristesse.

[115] Geantin (adj.) : gigantesque.

[116] Luance (s. f.) : lueur, lumière.

[117] *Op. cit.*, p. 100.

[118] Fenestrage (s. m.) : ouverture, fenêtre.

l'importance de sa fonction de maître d'ouvrage. Après que le Superviseur et la Mère supérieure se furent assis, frère Sven et Brynja furent autorisés à prendre place à leur tour. Le Grand Intendant, quant à lui, s'assit en bout de table, dans le fauteuil le plus richement orné et le plus imposant. De son siège, Brynja l'observa du coin de l'œil, fort curieuse de découvrir un personnage à un poste aussi illustre. C'était un individu dans la fleur de l'âge, de belle allure, ayant force prestance, et Brynja, lorsqu'elle osait jeter un coup d'œil à leur hôte, fut bien obligée de lui concéder un visage aux traits harmonieux, enfin, tout ce qui rendait un homme agréable à la vue.

Néanmoins, tout ce bel effet fut gâché dès l'instant où il leur adressa un sourire qui révéla deux dents de devant démesurément proéminentes. Brynja rebaissa aussitôt son regard devant elle, afin de ne surtout pas céder à l'envie de ricasser[119] qui commençait à l'envahir et elle résolut de ne plus le dévisager au-dessus de la poitrine pour ne pas compromettre les marques de reveration[120] qu'elle lui devait. Elle se contenta d'écouter la conversation, fixant avec insistance les reflets de lumière sur le vernis de la table en bois sombre.

— Alors, quelles nouvelles nous apportez-vous de la Communauté ? demanda-t-il permettant à Brynja de noter qu'il avait en plus un cheveu sur la langue.

— Les travaux avancent grand train, Votre Magnificence, répondit la voix mielleuse du Superviseur. Nous avons achevé l'amphithéâtre depuis notre dernière rencontre ainsi que les fresques de la bibliothèque. Nous avons bon espoir de voir achever les fresques en cours à l'étage des théologiens avant la fin du printemps.

— C'est excellent, excellent... Voyez-vous, mais je suis sûr que ce n'est pas à vous que j'aurais à expliquer pareille chose, l'architecture est un symbole. Le pouvoir de l'Unicus est certes sans conteste, mais son rayonnement doit être visible et palpable pour tous les sujets de l'Unique. Personne dans notre empire, ne doit plus pouvoir mettre en doute Sa Gloire

---

[119] Ricasser (v. n.) : ricaner, rire.

[120] Reveration (s. f.) : respect.

et par conséquent, la grandeur de l'Imperare. Vous, à la Communauté, vous êtes ses plus lettrés et fidèles sujets, des hommes de sapience, et vous devez montrer l'exemple. La Communauté une fois achevée devra représenter les plus grandes prouesses architecturales et artistiques dont est capable l'humanité, afin que l'âge d'or de l'Unique resplendisse à travers la vaste étendue de l'empire et à travers les époques.

Il continua à pérorer un moment ainsi, sur la responsabilité que représentait la conduite d'un tel chantier, sur les derniers procès pour hérésie qui étaient en cours, mais Brynja, outre l'interdiction visuelle qu'elle s'était elle-même fixée, fut contrainte de s'astreindre à une restriction auditive cette fois, tant sa blésité était marquée. Elle se demanda s'il se rendait compte de son vice de prononciation, car ce dernier ne semblait nullement entacher son enthousiasme pour déclamer de grands et vaseux principes. Elle scruta un instant le visage de Sven, curieuse de voir si elle pourrait y déceler la même hilarité dissimulée que celle qui devait se lire sur le sien.

Mais, bien loin de rire, frère Sven était au contraire absorbé avec une profonde gravité par le soliloque du Grand Intendant et, quand il surprit son regard fixé sur lui, il lui retourna un coup d'œil plein d'une muette désapprobation. Brynja ne put donc pas faire de frère Sven son complice, et elle se força à écouter leur interlocuteur, qui, à sa stupéfaction, décida soudainement qu'elle avait droit à l'existence au sein de cette pièce et tourna vers elle son sourire de rongeur.

— C'est d'elle que vous me parliez dans votre épître, Superviseur ?

— En effet, Votre Grandeur, elle me paraît être la plus qualifiée. Sœur Brynja s'occupe de la section botanique depuis maintenant treize ans, et dispose d'une vaste connaissance des plantes médicinales. Par ailleurs, dans la mesure où il s'agit d'une Clairvoyante et non pas d'une Naturelle, nous pouvons nous dispenser de sa présence dans le Jardin de la Communauté. Elle est loin d'y être indispensable.

— Je vois… Bien, je n'ai d'autre choix que de vous faire entièrement confiance. Ainsi soit-il, Sœur Brynja, vous serez désormais chargée de la politique d'eugénisme volentereux[121] de l'Unicus. Il va sans dire que c'est là un grand honneur que nous vous faisons, pour vous remercier de toutes ces années de loyauté envers l'Unicus et notre Communauté. Vous irez donc dans les villages de l'île de la Communauté ainsi que dans certains quartiers de Midjaborg distribuer vos préparations selon une liste qui vous sera communiquée par le Superviseur lui-même.

Comme Brynja se contentait de lever vers lui des yeux incrédules, il crut bon de préciser ce qu'il attendait d'elle, afin que son esprit soit éclairé (ou devrait-elle dire éblouie ?) par ses luances :

— Voyez-vous, Sœur Brynja, l'Unique nous a assigné à nous, les élus, pour destin de poursuivre le progrès, dans une constante quête de perfectionnement. Or, dans ce dessein, pour que l'Humanité progresse, il faut que les Hommes eux-mêmes s'améliorent. C'est dans cette louable perspective que l'Imperare a décidé que, sur tout le territoire de l'Unicus, serait mené une campagne d'eugénisme volentereux[122], de sorte que les personnes qui sont les plus prometteuses de par leurs aptitudes physiques et intellectuelles soient encouragées dans leur procréation tandis que les sujets les plus faibles et présentant le moins d'intérêt pour le futur de notre empire soient accompagnés vers des solutions alternatives, pour le bien commun. Avez-vous compris ce que nous attendons de vous, Sœur Brynja ?

— Je le pense…

Il se trompa sans doute sur les motifs de ses réticences, car il poursuivit, d'une voix plus douce.

---

[121] Volentereux (adj.) : volontaire.

[122] *Ibid.*

— Mais ne vous inquiétez pas, vous ne serez pas seule à intervenir dans les alentours de Midjaborg, vous n'aurez pas tout le territoire de la capitale à couvrir. Je vais dépêcher d'autres agents, et ainsi, avec un peu de zèle, nous parviendrons rapidement à mettre en œuvre le bon plaisir de Sa Majesté l'Imperare.

Brynja tenta de lui adresser un maigre sourire, ce qui cette fois-ci sembla le mécontenter fortement :

— Est-ce là tout votre reconoissement[123] pour avoir le droit de participer à une campagne essentielle au progrès de notre Empire ? À l'ameillorissement[124] de la race humaine ? Sachez que cet insigne honneur que je vous fais, je peux à la seconde vous le reprendre, et vous répudier des rangs de la Communauté.

— Votre Magnificence, si je puis me permettre, intervint Mère Hilda. Je suis sûre que ce pâle sourire n'était que la manifestation de sa nervosité, n'est-ce pas, Sœur Brynja ?

— En effet, Mère Hilda, approuva Brynja avec soulagement. Votre Splendeur, je vous supplie de me pardonner, je n'ai point les usages du monde et suis maladextre[125] mais ce n'est que le fruit de ma méconnaissance ; venir vous rendre visite aujourd'hui est pour moi une immense honorance[126] et je suis d'une telle nervosité que j'en suis intimidée.

Il sembla se calmer un peu, son regard allant de Mère Hilda, qui se tenait droite et plissait des yeux dans sa direction, comme si elle eût réprimandé un enfant dissipé, à Brynja, qui retenait son souffle, dans l'attente de son verdict final. Soudain, il soupira, affaissant les épaules.

---

[123] *Op. cit.,* p. 59.

[124] Ameillorissement (s. m.) : amélioration.

[125] Maladextre (adj.) : maladroit

[126] Honorance (s. f.) : action d'honorer, honneur, respect, vénération.

— Eh bien, l'Unique nous a enseigné les vertus du pardonement[127] et j'ose croire que je suis une personne magnanime. Mais je vous conseille de ne plus commettre d'impair en présence de personnes supérieures à vous qui pourraient avoir mesprenance[128] sur vos intentions.

— Vous avez raison, opina Brynja. Merci, Votre Magnificence pour votre bonté.

Le Grand Intendant souffla puis fit un geste vague de la main.

— Bien, vous pouvez disposer. Superviseur Logbor, je vous demande de rester pour une entrevue en tête à tête.

Brynja se releva, la respiration haletante et les battements de son cœur accélérés après avoir subi reprimance[129] par la deuxième personne la plus importante dans les environs, après l'Imperare bien sûr. Elle, insignifiante sœur et botaniste de surcroît, avait réussi à se faire regroignier[130] par un tel individu ! Elle suivit frère Sven et Mère Hilda dans le couloir, méditant sur ses facultés à s'attirer les antipathies de ses congénères, fermant derrière eux la porte de bois sur les voix désormais feutrées du Superviseur et du Grand Intendant.

*

Le chemin du retour s'écoula sileement[131], donnant toute liberté à Brynja de repenser à la charge qu'on lui avait confiée. Elle s'interrogea sur ce qu'aurait été la position de l'Unicus à son encontre si la politique d'eugénisme avait été mise en place deux décennies plus tôt. Elle revit son

---

[127] Pardonement (s. m.) : pardon.

[128] Mesprenance (s. f.) : défaut, erreur.

[129] Reprimance (s. f.) : reproche, blâme, réprimande.

[130] Regroignier (v. a) : reprocher, réprimander.

[131] Sileement (adv.) : silencieusement.

village d'enfance, ses parents, ses frères et sœurs, se demandant si sa famille eût mérité que l'on encourage sa procréation ou non.

Certainement pas, conclut-elle. La plupart de ses frères avaient rejoint quelques groupes de banditisme, gagnant leur pain quotidien grâce à des rapines… Et pourtant, malgré leurs forfaits qui étaient probablement nombreux à l'heure qu'il était, il était curieusement douloureux de se dire qu'elle aurait fait partie d'un foyer dont l'avortement aurait été conseillable[132], voire ordonné par l'Unicus.

Brynja attendait une occasion de pouvoir remercier la Mère Hilda lorsqu'elles seraient seules pour son sauvetage auprès du Grand Intendant. Mais cette occasion ne se présenta pas, ni pendant le trajet en calèche ni durant leur ascension pénible et longue du mont Saint Lilith. Ce ne fut qu'une fois arrivé dans la cour de la Communauté, alors que le Superviseur et sa Pupille se dirigeaient déjà vers la tour que la Mère Hilda apostropha Brynja, lui demandant de venir lui porter à nouveau une préparation contre les insomnies. Elle frappa, comme la veille, à la porte des appartements de l'abbesse, qui la somma d'entrer de sa voix claire et sévère. Brynja posa le flacon contenant les simples sur la table de toilette, inspira et prit la parole :

— Mère Hilda, voilà deux fois que vous pardonnez un écart de conduite et que vous faites preuve de miseration[133] à mon encontre, moi qui ne suis qu'une botaniste. Je vous en remercie profondément.
— Allons, Sœur Brynja, ce n'est rien, c'est moi qui vous ai accueilli il y a treize ans, je peux bien garder un œil sur vous de temps à autre.

Brynja resta quelques instants silencieuse, prenant le temps de peser ses mots.

— Mère Hilda…
— Oui mon enfant ?

---

[132] Conseillable (adj.) : de bon conseil.

[133] Miseration (s. f.) : compassion, pitié, grâce.

— Cette politique… cet eugénisme volentereux[134]… Que pensez-vous qu'il me serait arrivé si la campagne de l'Imperare avait déjà été lancée il y a treize ans ?

— Je gage que vous le savez fort bien. Vous, provenant d'une famille déshéritée, à peine sortie de l'enfance, engrossée par son oncle… Cela n'aurait certainement pas obtenu les faveurs de l'Imperare actuellement, vous vous en doutez.

— Certes… répondit-elle, la gorge serrée. Je ne puis m'empêcher de me demander… Si les Hommes sont les créatures élues par l'Unique, ne devraient-elles pas toutes être élues et donc, ne commettons-nous pas un péché d'orgueil en voulant ainsi sélectionner ceux qui nous semblent dignes de vivre et celles qui nous paraissent mériter la mort ? Les Hommes ne devraient-ils pas tous être à égalité, au moins pour ce qui est de la naissance ? Cette œuvre ne devrait-elle pas échoir seulement à l'Unique ?

Avec effroi, Brynja sentit soudain une larme dévaler sa joue droite, qu'elle essuya avec rageuseté[135] du dos de la main. Elle tenta de ravaler ses sanglots et fixa Mère Hilda, attendant sa réaction. Cette dernière avait eu la délicatesse de se détourner d'elle, afin de lui laisser le temps de reprendre ses esprits et elle regardait pensieument[136] par la fenestrette[137] de ses appartements. C'est avec une voix lointaine qu'elle lui répondit.

— Sœur Brynja, malaventurosement[138], les Hommes sont inégaux, et ce dès leur naissance… Je vous ai dit hier que la doutance[139] était une vertu, car cela permettait d'exercer notre esprit critique et je vous le répète aujourd'hui. Néanmoins, s'il vous revient en droit de douter, de questionner, gardez tout cela pour vous. L'interprétation du Recueil, de Sa

---

[134] *Op. cit.,* p. 106.

[135] Rageuseté (s. f.) : action de se mettre en rage, de rager.

[136] Pensieument (adv.) : d'une manière pensive.

[137] Fenestrette (s. f.) : petite fenêtre.

[138] Malaventurosement (adv.) : malheureusement.

[139] Doutance (s. f.) : doute, soupçon.

Parole revient aux théologiens et aux descendants de Prométhée. L'Imperare est de Sa Lignée, et dès lors, sa parole tient lieu de loi... Remettre cela en question ouvertement, auprès de votre hiérarchie ecclésiastique qui plus est, n'est pas de la plus grande prudence. Soyez avertie et tâchez de garder vos pensées hérésiarques pour vous à l'avenir. Il n'est pas toujours bon de faire preuve de trop d'honesté[140] et de transparence. Je vous apprécie, mais tâchez de ne pas oublier votre place et ne mettez pas mon loialtage[141] à l'épreuve, car entre vous et la Communauté, je choisirai toujours la Communauté.

— Je vous demande pardon, ma Mère, je ne tenais pas à vous mettre dans l'encombroison[142].

— N'en parlons plus, vous pouvez disponer[143]. Ah ! Une dernière petite précision à votre encontre : j'ai prié le Superviseur Logbor de me confier la liste des foyers auprès desquels vous devrez vous rendre et de vous encadrer dans cette tâche qui vous est dévolue. Demain, après la *Gymnasia*, vous me rejoindrez et je vous indiquerai vos prochaines attributions et les familles à visiter en priorité.

— Bien ma Mère.

Brynja prit congé et se hâta de dévaler les marches de l'escalier à double révolution afin de ne pas manquer les *Gratiae,* les enjambant tant et si bien qu'elle faillit en louper une ou deux. Ce fut à son tour d'arriver essoufflée dans l'amphithéâtre et à celui de Marieke de lui réserver une place. Brynja savoura la prière, car elle savait que Marieke n'en attendait que la fin pour la presser de questions sur leur perambulation[144], et rien qu'en l'observant, elle décelait tous les signes de son trepeteïs[145]. Son amie ne cessait de se tourner vers elle, ouvrait la bouche avant de la refermer vivement, avait les

[140] Honesté (s. f.) : honnêteté, honorabilité, action honnête, honneur.

[141] Loialtage (s. m.) : loyauté.

[142] Encombroison (s. f.) : empêchement, obstacle, embarras.

[143] Disponer (v. a.) : disposer.

[144] Perambulation (s.f) : voyage, promenade, excursion.

[145] Trepeteïs (s. m.) : trépignement, action de fouler aux pieds.

jambes agitées et levait les yeux au ciel à chaque phrase trop longue des *Gratiae*.

Ainsi que Brynja le pressentait, sitôt sortie de l'amphithéâtre et attablée dans le réfectoire, elle se livra à un harcèlement en règle, ne lui laissant de surséance que lorsque Brynja portait la cuiller à la bouche. Elle força donc son naturel taciturne à un peu de bavardage, et tenta de décrire le plus fidèlement possible chaque infime détail de leur voyage.

— Alors, ma Sœur, narrez-moi par le menu votre périple ? Est-ce bien vrai ce que l'on raconte à propos de la Grande Reconstruction ? Et pourquoi la Mère supérieure vous voulait-elle à ses côtés ? Oh, comme j'envie votre excursion ! Je n'ai point eu le cœur à l'ouvrage aujourd'hui tant j'étais mortifiée de jalousie ! Mais en même temps, je me réjouis que vous ayez eu l'occasion de sortir de notre enceinte ! Prenez garde à ne rien omettre, vous avez la lourde responsabilité d'une esprovance[146] insolite et de mille détails à restituer fidèlement, je compte sur vous !

— Eh bien, tant de questions que je ne sais par où commencer. Effectivement, la Grande Reconstruction vous aurait probablement fait forte impression, il y avait là tant d'engins de chantier et de construction, que toutes les rues étaient obstruées et que notre calèche a dû s'arrêter moult fois au milieu de la chaussée. Il y avait des machines de toutes tailles et de toutes sortes, ce qui m'a valu quelques remontrances de frère Sven, car je ne les connaissais pas toutes…

— Ah, fi donc, quel impénitent celui-là ! Cela ne m'étonne guère qu'il ait voulu faire étalage de sa sapience ; on n'en a oncque inventé de plus prétentieux que ce modèle-là !

Sans qu'elle sache bien pourquoi, Brynja se sentit le devoir de défendre frère Sven, qui, pourtant, ne l'avait guère ménagée ce jour-là.

---

[146] Esprovance (s. f.) : épreuve, expérience.

— Je vous trouve un peu injurieuse[147] ; après tout, il tient sans doute son excellente estime de lui-même du Superviseur qui lui indique gentement[148] tout ce qu'il est en droit de penser.

— Je m'étonne de que vous soyez si indulgente envers frère Sven, ce n'est pas dans votre naturel d'épargner qui que ce soit ! Pour ma part, je suis intransigeante dans mon antipathie.

— Eh bien… disons simplement que j'ai de la compacience[149] pour celui qui doit passer ses journées aux côtés des joues bouffies et fripées de Logbor… Voilà tout. Là commence et s'arrête ma benevolence[150].

— Comme vous y allez avec le Superviseur ! J'aime mieux cela ! Mais poursuivez donc votre récit !

— D'ailleurs, pendant que nous causons de frère Sven, il y a un détail qui m'a frappé…

Brynja lui raconta ensuite ce regard plein de hargne envers la Mère Hilda, se demandant pourquoi elle avait cru déceler quelque animosité entre eux alors que les remontrances de Mère Hilda, si elles avaient été sévères, ne pouvaient possiblement pas déclencher autant de colère si celle-ci ne sourdait pas déjà auparavant en quelques profondeurs de son âme, mais Marieke balaya son hypothèse comme on chasse une mouche insignifiante.

— Vous avez dû prendre pour de la haine ce mépris et cette dedignation[151] qu'il applique à son prochain, quel qu'il soit ; n'oubliez pas, ma Sœur, que le fait d'être Pupille du Superviseur semble lui être monté à la tête et qu'il se considère au-dessus de toute notre hiérarchie, quand bien même son rang est égal au nôtre. Mais assez parlé de frère Sven, nous le voyons assez ici, trop même si vous voulez mon avis. Ayez plutôt

---

147 Injurieux (adj.) : injuste.

148 Gentement (adv.) : gracieusement ‖ noblement, aimablement.

149 Compacience (s. f.) : compassion.

150 *Op. cit.*, p. 101.

151 Dedignation (s. f.) : dédain.

l'obligeance de me narrer les détails des bâtiments, des tenues… Comment était le Grand Intendant ?

Brynja accéda à sa requête de bonne grâce, ravie de détourner l'acrimonie de Marieke envers frère Sven. Pendant qu'elles se dirigeaient vers les dortoirs, elle entreprit de lui raconter toute son épopée et poursuivit une fois qu'elles se furent couchées, lui décrivant les étoffes et draps qu'elle avait contemplés dans le quartier des tisserands, la pestilence dans le quartier des bouchers. Elles rirent de bon cœur face au portrait sans pitié que Brynja fit des dents proéminentes du Grand Intendant, essayant par ailleurs d'imiter aussi bien que possible sa blésité et son air imbu de lui-même, gonflant la poitrine à genoux sur son lit. Mais cela ne fut pas du goût de tout le monde et elle se fit interrompre par sœur Anja, qui l'incendia promptement :

— Sœur Brynja, vous devriez avoir honte de vous ! Non seulement vous faites grand bruit et grand fracas dans le dortoir, troublant la paix d'esprit de toutes les sœurs, mais de surcroît vous faites preuve d'une insubordination que jamais par l'Unique je n'aurais cru capable, pas même venant de vous ! Vous mériteriez que j'aille rapporter vos moqueries auprès du Superviseur, peut-être cela vous rappellerait-il vos vœux d'obedience[152].

— Mais faites donc, Sœur Anja, répliqua froidement Brynja. Cela ajouterait la délation à la liste de toutes vos estimables qualités.

— Sœur Brynja ! s'écria Marieke. Cessez donc d'être méchante ainsi, cela ne vous ressemble guère. Pardonnez-nous, Sœur Anja, c'est entièrement de ma faute, Sœur Brynja me narrait sa journée dans Midjaborg, je l'ai tant et tant pressée de questions qu'elle a fini sur mes instances par céder au vice de babillage. Ne lui tenez donc pas rigueur pour mes écarts de conduite, je vous en conjure !

---

[152] Obedience (s. f.) : obéissance.

Marieke, par son charme et sa gentillesse semblait déjà faire fléchir le cœur de sœur Anja, dont les traits se détendirent. Elle dévisagea avec mesprisance[153] Brynja, qui la défiait toujours du regard avant de se radoucir en revenant vers Marieke. Elle finit par ouvrir les poings qu'elle avait serrés avec rage en venant vers elles et lança d'un ton sec :

— Très bien, Sœur Marieke, si tel est votre souhait et, car je suis convaincue que la discorde entre membres de la Communauté est davantage préjudiciable à notre ordre et aux volontés de l'Unique qu'une marque occasionnelle d'insubordination. Sœur Marieke, sachez néanmoins que votre amistage[154] pour cette Clairvoyante à moitié sorcière me laisse pantoise. Vous montrez bien trop de doucеté[155] pour les épines de sœur Brynja, faites attention de ne point vous y blesser.

Le cœur de Brynja se serra puis lui remonta dans la gorge, et elle regarda sombrement sœur Anja s'en aller. Même si l'inimitié de sœur Anja était poussée à son extrême, cela restait néanmoins douloureux de constater que personne, au sein de la Communauté, hormis Marieke et Mère Hilda, ne la considéraient sous de bons auspices. Sans doute ses pouvoirs provoquaient-ils quelques friçons[156] pour la plupart d'entre eux, mais elle n'était pas dupe. Si ses voiements[157] étaient pour moitié la cause de l'effroi de ses sœurs et frères, son caractère revêche y avait une grande part également. Pourtant, Brynja tâchait de ne point se montrer trop acerbe et elle essayait même, à l'occasion, de faire la conversation, mais échanger des paroles futiles à propos du gruau du jour et du beau ou du mauvais temps n'était guère dans ses cordes.

---

153 *Op. cit.,* p. 95.

154 Amistage (s. m.) : amitié.

155 Doucеté (s. f.) : douceur.

156 Friçon (s. f.) : frayeur ‖ le frisson de la fièvre ‖ peine.

157 *Op. cit.,* p. 62.

Elle sentit la paume tiède de Marieke se poser sur son bras et leva le visage vers elle. Ses yeux aussi ronds que deux écus la fixaient, un petit sourire de compacience sur les lèvres. Sœur Anja avait raison, elle ne méritait guère l'amistance[158] de Marieke et n'avait d'ailleurs jamais réellement compris qu'elle puisse tenir à ce point à être son amie. Mais, au fond, peu importait ses motifs : elle n'avait qu'elle pour lui réchauffer le cœur. Sans son amiableté[159], tout n'était que grisaille. Comme si Marieke avait deviné le fond de ses pensées, elle lui chuchota doucereusement[160].

— Ne vous tourmentez pas pour ses paroles, elle ne vous connaît pas comme moi. Je sais bien moi qu'au fond vous êtes d'une grande gentillesse. D'ailleurs, sans vouloir vous vexer, cela se voit tout de suite ! C'est simplement que vous n'aimez pas le faire paraître.

Brynja ne répondit pas et lui adressa un sourire pâle. Puis elle lui souhaita bonne nuit elle se coucha en lui tournant le dos. Elle tâcha de s'endormir, ce qui, après les évènements de la journée et l'effort de la marche, arriva plus aisément qu'elle ne l'aurait supposé. Elle sombra bientôt dans un sommeil profond, qui l'emmena à mille lieues de là.

Elle se sentait l'âme d'un oiseau, léger, survolant le monde et contemplant le grand Tout dans son ensemble. Cette fois-ci, elle virevolait[161] au-dessus d'une île presque déserte, hostile, aux felisieres[162] abruptes où des vagues venaient se fracasser avec force hargne et écume. Un seul bâtiment semblait conférer une présence humaine aux lieux. Il était d'une roidesse[163] carrée, morne et grise, mais une lueur s'en échappait :

---

[158] Amistance (s. f.) : amitié, attachement.
[159] Amiableté (s. f.) : amabilité ‖ amitié, étroite liaison.
[160] Doucereusement (adv.) : doucement.
[161] Virevoler (v. n.) : tourner en rond.
[162] Felisiere (s. f.) : falaise.
[163] Roidesse (s. f.) : rigidité.

une présence l'attirait. Elle fondit sur le bâtiment, sachant précisément de quel côté et à quelle fenêtre se rendre pour la trouver.

Puis elle la vit, elle qui était enfermée, les bras autour des genoux et qui fixait obstinément le mur, se balançant d'avant en arrière, encore et encore. Elle était, malgré toute la grisaille qui l'environnait, d'une grande luoison[164] *et elle éprouva le besoin de communiquer avec elle, elle voulait son attention. Elle était dos à la fenêtre et ne pouvait ainsi pas la voir… Comment faire pour apercevoir son visage ? Brusquement, comme si elle avait senti sa presencialité*[165]*, la femme tourna sa tête vers la fenestrette*[166] *et planta son regard dans le sien, la dévisageant, comme si elle la voyait, ou plutôt comme si elle voyait en elle. Elle ne la connaissait pas, c'était une étrangère et pourtant c'était comme si elle la connaissait depuis toujours et qu'il s'agissait d'une partie d'elle-même.*

C'est cette certaineté[167] qui mit fin à sa vision.

*

Brynja s'éveilla, avec la sensation d'avoir eu un monologue intérieur, d'avoir fait une profonde introspection. Mais cette fois-ci, elle savait que son don de Clairvoyante ne l'avait pas envoyé en Enfer. Non, elle avait rendu visite à quelqu'un qui s'y trouvait. Cette femme lui avait paru si familière, si proche… Mais malgré ses efforts, elle ne parvint pas à se remémorer ses traits. En même temps, qu'aurait-elle pu y faire ? La libérer ?

Brynja secoua la tête, se frotta le front, s'efforçant de la chasser de son esprit, et entreprit de s'apprêter, comme tous les jours, avant d'aller aux *Salutations*, aux *Gymnasia* puis enfin de se rendre à la section botanique.

---

[164] Luoison (s. f.) : lueur, clarté.

[165] Presencialité (s. f.) : état de celui qui est présent.

[166] Fenestrette (s. f.) : petite fenêtre.

[167] *Op. cit.*, p. 47.

Elle fit le tour des plantes qu'ils avaient à leur disposition, pensant à la mission que leur avait assignée la mère supérieure. Il allait lui falloir des herbes que l'on trouve abondablement[168], sans quoi leurs provisions seraient rapidement en rupture, et elle ne disposerait pas d'assez de préparations pour toutes les familles de la liste.

De retour au laboratoire, elle tourna les pages malmenées d'un *Codex des bonnes et mauvaises herbes*, dans la mesure où, étant donné leurs vœux de célibat et de chasteté, sa vie au sein de la Communauté ne lui donnait ni le besoin de préparations pour la fertilité ni l'utilité de plantes aux propriétés abortives. Son choix se porta sur l'ortie et sur les feuilles de framboisiers pour encourager la procréation, ainsi que du gingembre pour stimuler les appétits de la chair. Quant au dernier recours si une naissance était malvenue, il lui sembla que l'approche la plus judicieuse était d'utiliser les bulbes de colchiques, que l'on trouvait abondantement[169] dans les prés au printemps. Elle consulta leur réserve et compta trente flacons, puis nota mentalement d'en réserver quelques-uns pour la Communauté contre la goutte. Le Superviseur en souffrait régulièrement, surtout pendant la saison froide, et elle ne pouvait pas se permettre de ne point pouvoir le soulager de cette afflicture[170].

Ces informations prises, Brynja entreprit de monter l'escalier de la tour afin de se rendre au quatrième étage, tout en continuant à réfléchir à la manière de s'y prendre pour la politique eugéniste. Il lui faudrait y aller en delicativeté[171] auprès des familles, leur faire comprendre qu'il était dans leur intérêt de suivre les ordres, et tourner les choses de manière à ce qu'ils sentent que l'Imperare en personne leur avait attribué une mission et les distinguait, eux, pour accomplir le bien commun, les Desseins de l'Unique. Elle repoussa au fond de sa conscience ses remordements[172]. Elle soupira : la diplomatie et le tact n'étaient pas son fort. Elle s'attellerait dès demain

---

[168] Abondablement (adv.) : en abondance.

[169] Abondantement (adv.) : abondamment.

[170] Afflicture (s. f.) : affliction.

[171] Delicativeté (s. f.) : délicatesse, mollesse.

[172] Remordement (s. m.) : remords.

matin à la confection de portions individuelles, afin que chaque foyer puisse recevoir uniquement la dose nécessaire, surtout pour le colchique, qui pouvait autrement se révéler hautement mortable[173]. Brynja fronça les sourcils à la perspective de la responsabilité que représentait une potentielle erreur de dosage et à ses conséquences qui n'étaient pas pour la réjouir.

Elle était tant absorbée par ces pensées peu plaisables[174] — comment pourrait-elle se le pardonner si une femme décédait par sa faute à la suite de colchique mal dosé ? — qu'elle ne comprit pas de suite ce qui la heurta de plein fouet. Elle trébucha d'une ou deux marches, se retint de justesse à la rambarde afin de ne pas dévaler purement et simplement l'escalier et se frotta le front et l'arête du nez. Puis, elle s'aperçut que ce n'était nul autre que frère Sven qui lui était rentré dedans. Elle secoua la tête, hébétée, pendant que lui l'incendiait de ses beaux yeux sombres. À sa vue, son cœur se mit tout de suite à tambouriner dans sa poitrine.

— Mais que faites-vous de ce côté-ci ? Il s'agit du sens de la descente, enfin ! À quoi songiez-vous ? lui aboya-t-il dessus.

— Nous sommes dans le sens de la descente ? Je… Je suis navrée, Frère Sven, je devais avoir l'esprit ailleurs.

— C'est une sale habituacion[175] que vous avez là n'est-ce pas ? De n'être jamais à votre place, en tout lieu et à tout instant. Bien, mais qu'attendez-vous ? Poussez-vous, je suis pressé. Je n'appartiens point à la section oiseuse des botanistes !

Elle ne répondit rien, se contentant de faire un pas de côté. Elle se surprit seulement à lever légèrement sa main pour effleurer son bras pendant qu'il reprenait sa descente. Elle voulait juste sentir l'étoffe de sa robe, rien de plus, et pourtant elle frissonna lorsque ses doigts entrèrent en contact avec

---

173 Mortable (adj.) : mortel, qui cause la mort.

174 Plaisable (adj.) : qui cause du plaisir, agréable.

175 Habituacion (s. f.) : habitude.

la peau de son bras. Lui, ne sembla pas s'en rendre compte et poursuivit son chemin, sans un regard en arrière et avec des pas précipités, la démarche ragiable[176].

Sans qu'elle ait eu conscience du trajet, elle se retrouva comme par enchantement devant la porte des appartements de Mère Hilda. Elle frappa. Puis patienta. Et patienta encore. La Mère lui avait pourtant donné rendez-vous ce matin, il était déroutant qu'elle ne soit pas présente pour l'honorer. Brynja tenta de réprimer son impatience, il ne lui appartenait pas de tenir rigueur à la Mère supérieure pour son manque de ponctualité. Toutefois, elle commençait à être parcourue de tremblerie[177] en sentant un courant d'air froid dont les langues glacées venaient lui lécher les mollets.

Elle regarda le couloir, qui était clos et sans fenestrail[178]. Elle percevait la chaleur des dalles du sol au travers de ses chausses réchauffant sa plante des pieds — le système ingénieux de conduits d'air chaud passant sous le quatrième étage leur avait été expliqué par un frère ingénieur lors d'un repas, de toute évidence tant sous le charme de Marieke qu'il avait tâché de l'impressionner par de longs discours sur les manières de combattre la froidure de Vetur. Alors, d'où provenait ce courant d'air froid ?

Elle s'approcha des appartements de la Mère supérieure. Un air glacial sifflait par-dessous la porte et s'infiltrait sous sa toge, couvrant ses chevilles de chair de poule. Elle se souvint de ses précédentes visites que la Mère Hilda n'allumait point l'âtre de la cheminée, mais cela n'expliquait pas qu'il y ait une circulation d'air. Elle devait donc avoir ouvert son fenestrement[179], ce qui était surprenant si l'on n'était pas présent dans la pièce et encore plus en cette époque de l'année. Poussée par la curiosité, et par le vice de l'impatience, Brynja jeta un coup d'œil dans le couloir, mais n'apercevant personne, elle se décida à entrer. Au premier coup d'œil à l'intérieur, elle sut que quelque chose n'allait pas. C'était un calme plein d'intranquillité, et le froid mordant s'engouffrait sans vergogne à travers la

---

[176] Ragiable (adj.) : rageur.

[177] Tremblerie (s. f.) : tremblement.

[178] Fenestrail (s. m.) : fenêtre, ouverture.

[179] Fenestrement (s. m.) : fenêtre.

fenestrette grande ouverte. Elle alla precipiteusement[180] la fermer, puis, en se retournant, sut pourquoi la Mère Hilda avait fait défaut à sa ponctualité : elle gisait morte dans son lit.

[180] *Op. cit.*, p. 57.

Chapitre 5

Aris, 1707 (apr. P.)

Aris poussa un soupir qui alla se perdre sous les poutres de l'entrepôt parmi les autres voix. L'acoustique y était passablement bonne, la salle étant quasiment vide et la hauteur sous plafond conséquente. Un chœur serait probablement parvenu à en tirer parti et à produire quelque mélodie agréable à l'oreille, mais dans l'instant, la seule assemblée d'hommes qui s'y trouvait produisait une cacophonie insupportable. Il tendit l'oreille pour tenter de distinguer parmi les vociférations diverses, les timbres individuels qui composaient cet ensemble dissonant.

— Mais puisque je te dis que c'était à deux lieues d'la côte ! s'écriait l'un avec une voix éraillée.

— On s'en contre-fiche de là où que c'était, ce qui compte c'est qu'ils étaient morts ! l'interrompait un autre, qui, celui-là, disposait d'une voix de baryton enragé.

— Ah ça ! Pour être morts, z'étaient morts, pour sûr !

Était-ce cette fois un ténor ou un contre-ténor ? Aris hésita… Ténor, décida-t-il, se rappelant des leçons de musique que tante Cléia l'avait forcé à pratiquer durant d'interminables années avant qu'il n'ose se rebeller contre cette torture artistique.

— Flottaient tous le ventre en haut… Comme si z'avaient été frappés par la foudre de l'Unique…
— Oui… je prends note.

Ah, cette fois, il s'agissait sans aucun doute du ténor hésitant et bafouillant de ce bon vieux Klemens qui se tenait au milieu de la cohue. Son haut-de-forme de travers sur le crâne, d'où s'échappaient quelques mèches blondes déboussolées, lui donnait un air encore plus perdu qu'à l'ordinaire.

— Pourriez-vous répéter plus lentement, je vous prie ? Je vous demande pardon, Monsieur, je n'entends goutte à ce que vous me dites… énonçait Klemens d'une voix qui se voulait sans doute forte et intelligible, mais qui parvenait à peine à masquer quelques-uns des sons et cris qui l'assaillaient de toute part, tous étant échauffés par le drame qui s'était produit la veille.

Aris, quant à lui, observait la scène en retrait, tapant du pied et serrant les lèvres. Il se mit à songer en regardant sa montre à gousset qu'il allait finir par renoncer au complet trois pièces et aux chaussures de cuir élégantes, tant son métier l'emmenait ces derniers temps dans des endroits tous plus rebutants et crasseux les uns que les autres. Néanmoins, au vu de la tenue arborée par les pêcheurs qui lui faisaient face, il préférait encore crotter ses souliers plutôt que de revêtir des guenilles pareilles.

La foule de pêcheurs qui s'était assemblée autour de Klemens était des plus hétérogène : l'un était maigre et décharné, une mâchoire inférieure proéminente livrant une guerre sans merci à la supérieure qui s'avouait vaincue tandis que le suivant avait un sourire accidenté qui avait cela de commode qu'il pouvait coincer sa cigarette dans le trou laissé par l'absence de feu sa canine. C'était un ensemble très diversifié, un peu grotesque, mais fort pittoresque assurément qui avait un point commun néanmoins : la colère. Tous ces hommes n'étaient que poings serrés, fronts plissés, yeux exorbités.

Il aurait pu goûter avec amusement la façon dont Klemens tentait de se sortir de la mêlée, lui qui était pratiquement englouti au milieu de tout ce corps à corps, mais tout cela n'était pas pour leur permettre d'honorer avec ponctualité leur prochain rendez-vous. Il savoura quelques secondes supplémentaires la douce mélopée des pêcheurs enragés et surtout le contraste divertissant de son ami en uniforme et au teint pâle au sein de ces individus à qui la vie enseignait tous les jours ses plus rudes leçons. Puis, après lui avoir laissé encore une chance de tirer la situation au clair et de trouver une once d'autorité dans les petites feuilles de son calepin, il décida de s'avancer et prendre part à la cohue, prenant la parole d'une voix forte et intelligible. Un ténor suave, distingué et pourvu d'une autorité naturelle, à n'en point douter.

— Messieurs, messieurs, nous allons entendre toutes vos doléances, mais pour cela, nous devons consigner fidèlement les faits. Par conséquent, vous êtes priés de désigner un représentant parmi vous qui sera seul chargé de nous rapporter l'incident, et ce pour plus de clarté. Mettez-vous d'accord, mon collègue et moi-même patientons.

Klemens se tourna vers lui et le rejoignit, ses joues pâles rehaussées de rose, et le souffle légèrement court, son haut-de-forme de travers.

— Je vous remercie Aris, mais je contrôlais la situation…

— Mais certainement, vous la maîtrisiez à tel point qu'un peu plus j'allais être contraint à plonger afin de vous repêcher tant vous étiez noyé sous les complaintes. Mon vieux, vous allez devoir vous trouver quelques miettes d'autorité dans une des poches de votre uniforme, autrement il va falloir que je vous prête assistance dans toutes les circonstances.

Klemens se raidit, son visage se ferma et il lui jeta un regard agacé, les lèvres pincées. Il ne les desserra qu'au bout d'une minute, pour lui répondre d'une voix froide.

— C'est que je ne tenais point à les interrompre et à les frustrer encore davantage ; ils sont déjà tellement en colère, et à raison d'ailleurs. J'ai seulement tenté de faire montre de compassion.

— Oui, comme toujours. Vous avez raison, compatissez, nous n'aurons pas assez de votre commisération pour deux. Prenez garde néanmoins, les bons sentiments ne sont pas la qualité première de notre métier.

Les acclamations et envolées lyriques des pêcheurs cessèrent enfin et l'un d'entre eux, un homme brun, aux rides prononcées, s'avança, grandiose, le dos droit, ses yeux leur lançant un regard défiant sous son chapeau profondément enfoncé.

— Ce sera moi le représentant. Je m'appelle Klaus.

— À la bonne heure mon cher ! répliqua Aris, levant son haut-de-forme, répondant à son air méfiant par toute la prestance que dégageait son impeccable costume et un sourire avenant qui parvint à désarmer son interlocuteur. Pourriez-vous avoir l'amabilité de récapituler tous les faits avec précision, tels qu'ils se sont déroulés hier ?

— Bien sûr m'sieur, si ça peut permettre à ceux d'en haut d'écouter ceux d'en bas… Alors, l'on est tous arrivés avant l'aube, comme toujours quoi, pour sortir en mer. Moi et quelques autres, on a pris le chalutier à vapeur, et ceux qui restaient sont montés dans leurs barques. On s'est éloignés, car les poissons ont déserté les côtes, faut se rendre d'plus en plus loin maintenant, mais bref, donc on est allés à quelques lieues de la côte…

— C'était à deux lieues de la côte ! s'exclama la voix éraillée.

— Ouais si tu le dis, Otto. Mettons qu'on est allés à deux lieues de la côte, et là, pas besoin de sortir les filets d'pêche, z'étaient déjà tous morts.

— Vous voulez nous signifier que vous n'aviez pas besoin de pêcher, car tous les poissons étaient morts, c'est bien cela ?

— J'sais pas s'ils ont tous claqué, on va espérer qu'non, mais en tout cas y en avait des centaines qui flottaient, morts…

— Effectivement, je comprends votre préoccupation… En auriez-vous ramené quelques-uns tout de même ?

— Ah qu'oui ! On n'allait pas les laisser pourrir là alors qu'on n'a déjà rien à se mettre sous la dent ! Y sont tous dehors, sur les étals du marché sur le port.

Aris fit signe à Klemens de terminer l'entrevue en consignant par écrit la déposition et il sortit de l'entrepôt pour rejoindre le port est de Midjaborg. Il fit quelques pas, puis s'assura par un regard à la ronde que personne ne le voyait, et, n'y résistant plus, donna un violent coup de pied dans une caisse de cargaison en bois. Ce qu'il regretta aussitôt : non content de s'être inutilement fait mal, il venait en plus de rayer le cuir de ses souliers onéreux. Il se recoiffa de ses deux mains, remit son chapeau melon, tira sa veste de costume et repartit plus calmement en direction du marché aux poissons. Son sang bouillonnait. Cela faisait une semaine depuis la visite des abattoirs que les morts animales mystérieuses se succédaient.

S'il y avait bien une situation à laquelle il ne s'était pas attendu, c'était de devoir écouter les doléances de propriétaires d'animaleries, de pêcheurs et d'éleveurs. Klemens et lui avaient même eu droit aux galeries de portraits de dizaines de chiens que pleuraient leurs maîtres et le seul constat qui en était ressorti, c'était que la taille des animaux de compagnie était inversement proportionnelle à l'âge de leur détenteur.

À présent, l'exaspération le gagnait. Non seulement, il devait bien admettre que c'était d'un ennui profond de devoir écouter patiemment une sexagénaire éplorée sur la mort de Titus, son toutou adoré, mais en plus, nulle ombre d'un début d'explication ne se profilait à l'horizon. Quel était le point commun entre des abattoirs, des animaux de compagnie, des pêcheurs et des éleveurs ? Ces morts n'avaient strictement aucun sens, et survenaient de surcroît de manière tout à fait impromptue : du jour au lendemain, ils étaient tout simplement morts. Tout en ressassant encore et encore les différentes affaires dans sa tête, Aris se dirigea vers le marché que les pêcheurs leur avaient indiqué.

Il tâcha de se calmer, de prêter attention à l'atmosphère qui se dégageait du port, mais il n'avait guère le pied marin et il ne vit là que de vagues relents iodés, les cris stridents et agaçants de ces volatiles invasifs et stupides qu'étaient les mouettes, sans parler du léger balancement des voiliers, esquifs et goélettes qui lui donnaient la nausée rien qu'à les regarder. C'était, hélas, la parfaite matérialisation de son ressenti : toute cette situation était à vomir. Le cri grossier des marchandes corpulentes qui apostrophaient à tout-va, celui des ouvriers débarquant la cargaison sur les quais et l'odeur se dégageant de filets de pêche mis à sécher près de lui achevèrent de porter sa mauvaise humeur à son paroxysme.

Il parvint rapidement auprès des étals remplis de poissons qui exposaient leurs yeux vides de toute intelligence sans pudeur ni vergogne aux passants et dévisagea la matrone qui le jaugeait derrière sa marchandise. Tout à fait comme il s'imaginait être une femelle de cette espèce : opulente, de petits yeux plissés enfoncés dans leurs orbites, un air mauvais sur sa figure cramée par le soleil, de puissants avant-bras rendus poisseux par son métier. Néanmoins, en homme civilisé qu'il était, il lui adressa son sourire le plus courtois et lui fit démonstration de bonnes manières qui lui faisaient certainement défaut.

— Bonjour, chère Madame ! Je suis inspecteur au Ministère de la Sécurité d'État et j'aurais besoin d'un échantillon des poissons pêchés la veille, les pêcheurs nous ont rapporté leur fâcheuse mésaventure d'hier.

De manière on ne pouvait plus prévisible, la matrone continua de le dévisager sans même ciller devant sa civilité. Quelle aménité ! Elle se dérida après une minute de contemplation, probablement absorbée en son for intérieur par des questions existentielles d'une vacuité totale.

— Combien vous en voulez ? Sont encore bons, hein !

— Ce n'est pas pour ma consommation personnelle. Deux devraient suffire, je vous laisse les choisir à votre guise.

— Voilà Monsieur, ça fera un quinaire, requit-elle après avoir emballé la marchandise.

Aris sourit. Quel toupet elle avait de vouloir le faire payer pour des poissons qui avaient été pêchés le ventre retourné !

— Mais naturellement, je vois que vous ne vous laissez pas aveugler par votre patriotisme ni par sens du devoir. Sachez toute l'admiration que j'éprouve devant votre instinct commercial qui consiste à me faire payer pour de la marchandise avariée, c'est tout à fait culotté, si vous me permettez l'expression.

— Ouais, ben vu votre costume, vous pouvez vous le permettre alors que moi, j'ai cinq bouches à nourrir et rien à pêcher.

— Et de surcroît, vous ne vous laissez ni démonter ni intimider par ma fonction ! C'est excellent, peu d'hommes ont autant de détermination et d'aplomb. Tenez, voilà un quinaire supplémentaire pour vous et vos cinq bouches. Belle journée à vous, Madame.

— Z'en auriez pas encore un autre à tout hasard ?

— À trop querir la générosité, vous risquez fort de récolter de l'animosité, ma chère.

— Bien m'sieur, merci quand même.

Aris souleva son chapeau melon, puis repartit, son trophée empuanti entre ses mains et qu'il offrit avec un soulagement teinté de dégoût à Klemens lorsque ce dernier le rejoignit. Ils se rendirent sur les quais, inspectant les alentours à la recherche d'un uniforme du ministère d'État de la Défense puis aperçurent un individu, certes pas en tenue militaire, mais dont le physique détonnait tellement qu'il ne pouvait s'agir que de leur prochain interlocuteur.

La personne en question était chauve, et dotée d'une superbe barbe brune dont la broussaille exubérante était tenue en respect par un savant tressage où s'entremêlaient des perles et autres ornements. Au vu de sa carrure massive et de sa façon de planter ses pieds dans le sol, il exprimait à travers son langage corporel un mélange de sérénité et d'assurance qui procura à Aris la certitude que c'était bien l'homme avec qui ils avaient rendez-vous.

— Monsieur Erik Magnusson ? s'enquit Klemens.
— Oui, c'est bien moi. Vous êtes en retard, grogna le barbu.
— Mais enfin, que dites-vous là, répliqua Aris. Il est neuf heures trente-six !
— C'est bien ce que je dis, vous avez six minutes de retard.
— Bien, dans ce cas nous vous présentons toutes nos excuses, cher collègue, maugréa Aris. Nous étions retenus par une horde de pêcheurs. Je me présente, Aris Hartman, et voici mon adjoint, Klemens Lindgren, du ministère de la Sécurité d'État.

Aris tendit une main cordiale à Monsieur Magnusson qui ne fit pas le moindre geste pour s'en saisir. Sa main retomba dans le vide.

— C'est bon, je vous pardonne, grogna-t-il. Après tout, nos ministères sont presque frères. Venez par ici, le sloop nous attend.
— Qui nous attend ? s'enquit Klemens.
— Pas qui, mais quoi. Le sloop est un bateau, mon cher Klemens, il faut donc vraiment tout vous apprendre de la vie, c'est exquis, mais exténuant aussi.

Klemens sembla réprimer une réponse balançant vaguement entre le « ah » et un borborygme indistinct, et tous deux suivirent le délicat monsieur Magnusson jusqu'à un voilier dont la coque de bois tanguait doucement dans les eaux du port, la grand-voile et le foc oscillant au gré de la brise fraîche qui faisait onduler le drapeau bleu marine arborant l'Œil doré de l'Unique.

— Et voici notre vieux gréement, que nous avons tendrement baptisé Sloopette. Il ne paie pas de mine comme ça, mais grâce à notre Zéphyr Vindùr, même un bateau à vapeur n'irait pas aussi à cette allure, énonça Magnusson en posant affectueusement sa main sur le bout-dehors qui pointait comme un museau de bois dans leur direction.

Ils embarquèrent, Aris pestant mentalement contre les oscillations désobligeantes du vaisseau, puis le dénommé Vindùr vint se placer derrière la grand-voile, le dos droit et le regard perdu dans le lointain ou en son for intérieur, la différence entre les deux n'étant guère perceptible de l'extérieur. Ses épaules se redressèrent pendant qu'il inspirait profondément puis il gonfla ses joues et souffla un vent régulier qui fit amorcer un mouvement au sloop. Dans un léger élan qui suffit à Aris pour détester plus encore tout ce qui avait trait à l'eau, leur navire s'élança vers la mer intérieure Eldur, prenant de l'allure à mesure qu'il s'éloignait du port et se dirigeait vers l'île Hemlighet.

Klemens jetait des coups d'œil à la ronde, se dandinait sur ses jambes et agrippait le bastingage des deux mains, si bien qu'Erik Magnusson lui lança un regard de biais, puis leva les yeux vers Aris et s'enquit :

— Vous allez bien ?

— Oui, merci, j'ai déjà été sujet à des nausées à cause du mal de mer, je me tiens donc sur mes gardes, répondit Klemens.

— Au vu du teint de votre collègue, je ne m'en ferais pas trop pour vous. Monsieur Hartman, vous devriez peut-être aller sur la proue… Vous n'êtes pas beau à voir…

Mais avant qu'il n'ait pu formuler d'autres compliments élogieux, Aris prit appui contre le bastingage, se pencha au-dessus et vomit le contenu intégral de son petit déjeuner. Il passa le reste du trajet la tête par-dessus bord, son estomac et son cœur protestant de manière virulente contre cette idée saugrenue de prendre un voilier pour effectuer la traversée, regrettant amèrement de ne pas avoir avalé plus de deux tranches de pain au matin. Le paysage fut ainsi entrecoupé, Aris parvenant parfois à jeter un regard de côté aux falaises abruptes et accidentées de l'île Hemlighet qui approchaient, ainsi qu'aux autres îles minuscules et désertes devant lesquelles ils passaient, quelques nuées de mouettes tourbillonnant au gré des vents marins, avant de revenir à son occupation principale.

*

Fort heureusement pour lui, le voyage ne dura guère plus de vingt minutes et c'est avec un intense soulagement qu'il retrouva la terre ferme, et put, après quelques minutes supplémentaires, reprendre une attitude plus digne. Il rejoignit mine de rien Klemens qui, bien que ne faisant aucun commentaire, arborait un petit sourire en coin qui ressemblait fort à un air de moquerie jubilatoire, tandis que monsieur Magnusson marmonnait dans sa barbe quelque chose comme « pas très viril de ne pas tenir la mer ».

Comme Aris devait réprimer toute la bile que la remarque de Magnusson suscitait en lui, il décida qu'il serait opportun de faire la conversation afin de détourner les pensées acrimonieuses qui naissaient en lui. Ils semblaient se diriger droit sur un bâtiment gris, une pauvre chose architecturale sans aucune imagination, tristement carrée. Somme toute l'illustration de l'exubérance militaire dans toute sa splendeur, et qui paraissait en outre être l'unique construction d'origine humaine sur l'île, à en juger par le paysage de lande jaunâtre qu'il avait sous les yeux ; aussi Aris vit-il sa curiosité éveillée.

— Savez-vous, Monsieur Magnusson, qu'en dépit de nos fonctions au sein du ministère de la Sécurité d'État, je n'ai jamais foulé le sol de cette île interdite d'accès ? Pourriez-vous avoir l'amabilité de nous renseigner sur ce qui nous amène aujourd'hui et en quoi consistent les activités de ce bâtiment austère ?

— Sur la première partie de votre question, je peux vous répondre, mais pas la seconde. Secret défense. D'ailleurs, nous n'allons pas pénétrer dans ce que vous appelez un bâtiment austère.
— Vraiment ? Où allons-nous dans ce cas ?
— Juste là.

Il les amena au-dessus d'un pan de falaise qui surplombait une plage de sable noir. Puis, loquace comme il semblait l'être, leur interlocuteur se contenta de pointer du doigt le pied de la paroi ou la grève, Aris n'aurait su le dire, sans daigner leur accorder plus d'explication. Ce ne fut pas nécessaire. L'odeur leur indiqua tout net ce qu'ils cherchaient du regard, et ils distinguèrent de vagues taches noires et blanches en contrebas sur la côte. Aris plissa les yeux, apercevant ici et là des tas, qu'il reconnut être des dizaines de corps d'otaries et de manchots qui gisaient, morts. Pendant ce temps, Monsieur Magnusson semblait avoir conclu que le silence théâtral avait assez duré pour produire son effet, et qu'il se sentait disposé à le rompre.

— L'île Hemlighet abritait une colonie d'otaries et servait aussi de refuge à des manchots, grogna-t-il. C'était l'un de leurs derniers gîtes, puisqu'à part le bâtiment de la Défense, ils étaient plutôt tranquilles. Hier matin, nous les avons remarqués pour la première fois, mais ils sont certainement morts depuis plus longtemps que ça.
— Diantre, encore des cadavres d'animaux… murmura Klemens.

Aris pour sa part, réservait ses commentaires et gardait le silence. Avec précaution devant les bourrasques de vent, il s'approcha jusqu'au bord de la falaise. Il dévisagea Erik Magnusson, attendant que ce dernier leur expliquât comment ils étaient censés descendre. Mais il restait muet. Aris claqua de la langue, se retenant de lever les yeux au ciel.

— Vous avez conscience que nous n'appartenons pas au ministère de la Défense n'est-ce pas ? intervint-il. Nous avons de l'entraînement pour faire parler les gens à travers nos interrogatoires, nous savons réprimer la dissidence, arrêter des criminels ; en revanche, ce que nous ne savons pas, c'est, et je le regrette amèrement, croyez-moi, sauter d'une falaise haute de dizaines de toises ni la descendre en escaladant…

— Vous parlez toujours autant, Monsieur Hartman ? l'interrompit sèchement Magnusson. Vous les civils, vous devriez apprendre à observer plutôt que causer. Il n'est pas question de descendre en sautant. Suivez-moi.

Aris aurait probablement répliqué si monsieur Magnusson n'avait point eu le potentiel de le réduire au silence d'un simple coup de tête. Il se tut donc et suivit la brute barbue dans un mutisme bougon pendant qu'il les emmenait près d'un rocher qui dépassait du bord de la falaise. Derrière le recoin abrupt qu'il formait se dissimulait un étroit escalier taillé dans la paroi qui comptait des centaines de petites marches, à peine de la largeur d'un homme, qui sinuaient jusqu'à la plage de sable. Klemens le regarda d'un air réticent, et, si l'emprunter n'enchantait guère Aris non plus, il finit par hausser les épaules et s'avança vers les marches, dans une surenchère de témérité destinée à exacerber sa virilité malmenée par leur sortie marine.

Il déglutit, sa nausée se rappelant soudain à lui cependant qu'il examinait ce qui tenait lieu d'escalier sous ses yeux. Il était vertigineux : les marches s'ouvraient sur le vide de leur côté gauche, la falaise ayant été creusée et les recouvrant parfois au-dessus d'eux comme si elle s'apprêtait à les engloutir. La roche était aussi désespérément noire qu'une nuit sans lune et des milliers de tourelles et colonnes couleur d'encre, dures et scintillantes érigeaient leurs arêtes côte à côte, tel un orgue majestueux, mais intimidant. Les marches étaient aussi lisses et glissantes que les colonnes de la paroi, mais de toute manière, l'aspect général de cet escalier n'appelait guère à baisser sa garde et à avancer d'un air guilleret.

Ce ne fut que lorsqu'il eut descendu toutes les marches, qu'Aris se rendit compte qu'il avait eu la poitrine serrée tout le long et n'avait, pour ainsi dire, pris aucune véritable inspiration pendant toute la progression. Il s'apprêtait à inspirer de soulagement quand l'odeur dégagée par les chairs en décomposition des cadavres qui se trouvaient sur le sable l'en dissuada. Il se dépêcha par conséquent de sortir son couteau qu'il portait toujours sur lui, puis s'approcha à vive allure d'une otarie et sans plus de cérémonie, planta vivement et profondément la pointe de sa lame dans la carcasse de l'animal.

L'épaisse peau graisseuse résista d'abord, puis céda dans un léger craquement sous la pression de la lame. Il recommença ce funeste rituel auprès d'un manchot et empaqueta les deux morceaux de chair de son mieux dans un mouchoir. En se redressant, il rencontra le regard horrifié d'un Klemens au teint verdâtre, qui le dévisageait, la bouche ouverte.

— Qu'y a-t-il, mon cher Klemens ? Vous préférez donc porter une otarie sur le dos pendant le trajet du retour ? Je vous préviens, ces bêtes-là pèsent leur poids !

— Non, vous avez raison, lui répondit-il d'une voix éteinte. C'est certainement le mieux à faire, bien que je doute que le légiste puisse en faire quoi que ce soit.

— Nous verrons bien. J'ai appris à ne pas anticiper les capacités supposées de cette catégorie à part que sont les légistes. Toute personne aimant vivre en compagnie de cadavres, et *a fortiori* à les disséquer, constitue nécessairement une espèce distincte dans la classification générale et à propos de laquelle on ne saurait tirer de conclusions hâtives.

Ils s'en retournèrent, les poumons écœurés par l'odeur de putréfaction, et entreprirent l'ascension épuisante de l'escalier, avant d'emprunter, les jambes en feux, de manière non moins éprouvante pour Aris, le sloop vers le Port de Midjaborg, le trajet retour se faisant exactement de la même façon qu'à l'aller. Enfin, après avoir pris congé de leur charmant hôte qui ne prenait même pas la peine de dissimuler toute la moquerie que lui évoquaient les nausées d'Aris, et avoir repris le tramway circulaire faisant le tour de l'île Midja, puis le funiculaire, ils parvinrent avec soulagement au ministère. Leur bureau apparut à Aris comme un refuge bienvenu, un cocon qui leur offrait chaleureusement l'asile. Aris se précipita vers le tiroir de son bureau pour en retirer la bouteille de whisky qui s'y dissimulait et leur servit deux verres. Klemens sirota le sien d'un air absent tandis qu'Aris le but d'une seule rasade. Enfin, il put se diriger vers le portemanteau et ôter son couvre-chef.

— Je dois vous avouer quelque chose, mon cher Klemens, confia Aris en suspendant sa veste. Je préfère sincèrement conduire un interrogatoire musclé de dissident à la chasse aux animaux décédés. Par l'Unique, c'est d'un frustrant de constater tous les jours que nous n'avançons pas d'un pouce !

— Pour une fois, je suis d'accord avec vous… soupira-t-il. Johann ne sera pas ravi d'apprendre que les seuls nouveaux éléments consistent uniquement en d'autres morts aussi dépourvues de sens que les précédentes.

La porte entrebâillée s'ouvrit soudain davantage et leur supérieur pénétra dans leur bureau avant d'aussitôt se pincer le nez.

— Comme vous parliez du loup…, fit-il d'une voix aïgue. Je vous ai entendu revenir. Par l'Unique ! Mais quelle puanteur ! Alors, qu'a donné votre rendez-vous avec l'officier du ministère de la Défense ?

— Oui, navré, je n'ai pas encore eu le temps de passer déposer les échantillons chez le légiste, s'excusa Klemens.

— Pas grand-chose, chef, résuma Aris. Si ce n'est une plage dont la vue était gâchée par des dizaines d'otaries mortes et qui empestait à des lieues à la ronde. Pareil pour les pêcheurs ce matin… Les poissons de la mer intérieure semblent s'être passé le mot et avoir décidé de mettre fin à leur jour en même temps.

Johann fut tant sous le coup de l'émotion qu'il libéra son nez, avant de pousser une exclamation dégoûtée et d'immédiatement se le repincer. Les rides de son front se creusèrent davantage.

— C'est une nouvelle exécrable, fit-il d'une voix nasillarde. Les ressources halieutiques représentent un pilier de notre alimentation. Si, après le bétail, les poissons aussi viennent à manquer, je gage qu'il ne faudra pas longtemps avant que la population ait faim et descende dans la rue. Et tous disparus subitement ?

— J'en ai bien conscience, répliqua Aris. En effet, tous morts comme par enchantement.

— Nous devons avoir au plus vite une conversation avec le légiste, afin de constater si quelques cause ou maladie éventuellement, pourraient expliquer ces morts…

— Auriez-vous par hasard une bonne nouvelle à nous annoncer ? s'enquit Aris. C'est exténuant de pourchasser des criminels inexistants.

— Comme je vous comprends Aris ! Mais pour votre plus grande satisfaction à tous les deux, j'ai effectivement une excellente nouvelle : nous avons interpellé un dissident, qui distribuait des tracts à un arrêt de tramway. Un de nos agents s'en est fait adresser un par mégarde, et il a eu le bon goût de ne pas parvenir à s'échapper. Je vous attendais pour conduire l'interrogatoire.

— Quelle exquise nouvelle ! Nous allons pouvoir nous délester de notre mauvaise humeur ! Qu'en dites-vous, Klemens, partant pour une petite séance de chambre des supplices ?

Aris se tourna vers Klemens qui regardait fixement devant lui, les mâchoires crispées, et qui ne sembla pas l'entendre s'adresser à lui.

— Mon vieux ? Êtes-vous toujours avec nous ?

Johann et Aris le scrutèrent, et ce dernier sursauta, avant de répondre d'une voix lointaine.

— Oui, pardonnez-moi, j'étais absorbé par mes pensées. Je vous rejoindrai plus tard Johann, si vous le permettez. Mes trophées puent vraiment trop, je ne supporte plus cette odeur et dois de toute urgence me rendre auprès du légiste.

— Comme vous voudrez Lindgren. Aris et moi nous chargerons donc tous deux de l'interrogatoire. Venez, Hartman, voyons ce que ce dissident de malheur a à nous apprendre sur les réseaux de résistance.

Aris suivit Johann hors de la pièce, abandonnant le benêt moralisateur dans leur bureau.

*

Ils se rendirent alors dans une des salles réservées aux interpellations et pénétrèrent dans l'éclat immaculé et éblouissant de son carrelage blanc. À l'intérieur patientait un homme, vêtu d'un costume de laine grossière et d'une chemise dont le col sale augurait du caractère dépravé de son possesseur. Le prévenu était accoudé sur la table du centre de la pièce, l'air piteux avec ses cheveux jaunâtres qui pendaient en désordre sur son front tandis qu'un officier subalterne en simple chemise lui faisait face, le fixant d'un regard d'acier. Un autre qui leur avait ouvert la porte vint se positionner derrière lui.

Johann traversa la pièce et se rendit près de ce qu'Aris nommait la « table à malice ». Une des choses qu'Aris admirait le plus chez son supérieur était qu'il ne laissait pas ses subordonnés faire tout à sa place, mais qu'au contraire il appréciait le travail de terrain. Johann fit courir ses doigts au-dessus de la mallette dans un geste d'indécision avant de pousser une petite exclamation de satisfaction.

Puis Aris le vit revenir avec un marteau, ce qu'il approuva dans son for intérieur : simple et efficace, d'un bon goût ineffable. Pour sa part, il prit soin d'enlever sa veste de costume, de la lisser puis de la suspendre à un porte-manteau prévu à cet effet, et enfin il remonta minutieusement les manches de sa chemise avant de venir calmement se positionner auprès de son supérieur, en face du prévenu.

Il s'ensuivit alors une rapide séance d'échauffement au cours de laquelle l'homme ne put s'empêcher d'emplir la pièce de ses cris effroyables, cependant que Johann lui frappait les doigts à grands coups de marteau, les deux officiers subalternes lui maintenant les mains sur la table et Aris le questionnant sur son identité et sur son appartenance à la résistance. Ses cris se mêlaient au craquement sinistre de ses phalanges brisées dans une mélopée sordide. Naturellement, comme ils le font toujours, et celui-ci n'échappa point à la règle, il tenta de se montrer courageux et nia tout en bloc, affirmant haut et fort qu'il ne savait rien, ne voyait pas de quoi ils voulaient lui parler et autres sottises que tout criminel trouve de bon ton de leur proférer en début d'interrogatoire.

Après cette mise en bouche, ce fut au tour d'Aris de passer aux réjouissances. Il se dirigea à son tour vers la mallette comprenant les divers ustensiles, tout en hésitant sur l'outil à employer. En matière de torture, deux qualités sont indispensables : l'endurance et un soupçon d'imagination. Car, il ne faut guère conclure hâtivement qu'infliger de la douleur à autrui est chose aisée. Que nenni ! Faire souffrir est un art, et non des moindres : il s'agit de trouver l'équilibre délicat entre deux degrés de supplice. Trop peu, ne s'avère pas assez incitatif pour que le torturé livre ses informations et trop le rend précisément incapable de les livrer. Une vraie gageure qui nécessitait des années d'entraînement que fort heureusement, Aris cumulait.

Il jeta finalement son dévolu sur une serviette, puis fit installer l'insignifiant criminel sur un sommier de lit qui exposait ses ressorts métalliques au fond de la pièce. Le sommier grinça pendant que le prévenu se faisait allonger. Après qu'il eut été soigneusement attaché, Aris posa enfin le linge sur sa face gémissante. Il prit tout son temps pour aller chercher le broc d'eau qui se trouvait à droite de la mallette, et revint à pas lents et sonores, afin de faire monter la pression. Il inclina doucement la carafe, savourant le bruit aqueux produit par le filet d'eau qu'il fit couler doucement sur le visage de leur accusé. Ce dernier commença rapidement à suffoquer, à supplier d'arrêter entre deux hoquets, et Aris, tout sourire, s'interrompit, enleva la serviette et se pencha vers lui.

— Mon cher, vous n'avez qu'à nous dire ce que nous voulons savoir, et si vous faites preuve de coopération à notre encontre, nous saurons nous monter cléments, lui susurra-t-il à l'oreille.

Voyant que ses paroles laissaient encore leur destinataire sans voix, il s'empara à nouveau de son broc et fit mine de le soulever, mais l'homme s'écria aussitôt, sanglotant tant et plus :

— Non par pitié ! Par la miséricorde de l'Unique, cessez cela ! Je vous dirai tout ce que je sais !

— À la bonne heure ! s'exclama-t-il. Considérez bien que nous n'affectionnons pas tant que cela d'avoir à vous torturer, il faut prendre mille et une précautions afin de ne point se tacher ; et il y a en fin de séance une épouvantable corvée de nettoyage. Non vraiment, vous nous enlevez une épine du pied.

Les deux officiers saisirent l'homme par les coudes et l'installèrent à nouveau à table, Aris s'asseyant aux côtés de Johann avec la satisfaction du travail bien fait pendant que le prévenu crachait quelques filets d'eau teintés de sang devant lui, peinant à reprendre son souffle. Johann reprit ensuite la conversation :

— Alors Monsieur Lagtŭr, nous vous écoutons. Commençons par le plus important, qui dirige le réseau de dissidence ?

— Je l'ignore, il faut me croire. Le réseau est organisé en plusieurs petits groupes afin que personne ne connaisse tous les autres individus et nous ne nous appelons jamais par notre véritable nom.

— Très bien… En quoi pouvez-vous bien nous être utile en ce cas ?

— Je ne peux pas vous préciser de nom, mais je sais que j'ai rencontré plusieurs fois un homme et une femme, je peux vous les décrire ! L'homme… L'homme est grand, blanc de peau, blond, et… il a de grands doigts !

— Impressionnant…, lui concéda Aris avec un sourire ironique, votre description consiste ainsi à nous dire qu'un individu ressemblant à la moitié de la population masculine de Midjaborg a de longs doigts ?

— C'est que nous ressemblons à tout le monde, vous savez… Personne n'a de pancarte ou de trait distinctif pour indiquer que nous faisons partie de la résistance.

— Je préfère employer le mot « dissidence » pour ma part, bien moins glorieux, répartit Johann. Bon, et qu'en est-il de la femme ?

— Elle, c'est difficile à dire, je l'ai toujours vue avec une perruque blonde ou rousse selon les jours. Mais elle a les yeux verts, elle est plutôt mince et très belle.

— Mon vieux, il va vous falloir faire quelque effort si vous tenez à échapper à une autre séance d'interrogatoire musclé… le prévint Aris. Vous ne nous donnez pour ainsi dire aucun élément tangible et notre patience a des limites.

— Non, attendez ! s'exclama le prévenu dans un sanglot désespéré. La résistance veut profiter de la colère d'éleveurs et de pêcheurs, pour infiltrer le mouvement populaire et déclencher des manifestations contre l'Unicus dans les prochains jours !

— Oh… Voyez-vous cela, comme la mémoire vous revient, sourit Johann. Merci, Monsieur Lagtŭr, vous ne nous êtes plus d'aucune utilité pour l'instant.

Johann se tourna vers les gardes et les apostropha.

— Messieurs, veuillez le reconduire en cellule, et laissez-le croupir un jour ou deux avant de lui apporter à manger, il a trop d'embonpoint je trouve.

Aris reprit sa veste de costume, s'éventa de la main et se tapota le front de son mouchoir de soie. Puis il suivit Johann dans le couloir, un grand sourire aux lèvres.

— C'est toujours exténuant, mais en fin de compte, quelle satisfaction ! Enfin, nous progressons !

De fort bonne humeur, Johann et Aris retournèrent querir Klemens dans leur bureau avant de se rendre tous trois en salle de réunion. Là, ils entreprirent de narrer par le menu ce qu'ils avaient appris et comment ils étaient parvenus à soutirer ces informations au récalcitrant. Cependant, la réaction de Klemens ne fut pas à la hauteur de leurs espérances : il ne se déridait guère.

— Mais enfin mon cher Klemens, vous avez la mine bien sombre alors que nous venons tout bonnement de sauver notre journée, protesta Aris. J'escomptais un peu plus d'enthousiasme de votre part !

— C'est seulement que pour moi, la torture est une affaire sérieuse, répliqua-t-il. Et si elle est nécessaire, je ne conçois pas qu'on puisse la prendre avec tant de légèreté et d'insouciance, comme si c'était un plaisir d'infliger autant de tourments à quelqu'un !

— Oh, vous êtes d'un ennui avec votre sévérité et vos principes, soupira Aris. Avouez quand même que c'est délicieusement délassant d'administrer quelques petites piques de douleurs à ces terroristes, qui, somme toute, n'ont que ce qu'ils méritent. Remisez donc votre moralité barbante au placard et joignez-vous à nous dans l'allégresse !

Klemens les regarda puis secoua légèrement la tête avant de se décider enfin à sourire.

— Vous avez raison ; au placard la moralité !

Peu importait à Aris qu'il n'ait pas encore convaincu Klemens des bienfaits spirituels de la torture, car dans l'immédiat, ce qui comptait, c'était qu'ils allaient enfin pouvoir progresser et dissoudre le réseau de la dissidence.

Chapitre 6

Sora, 1632 (apr. P.)

Sora avait commis une grosse bévue en octroyant à son rêve une aura de bon présage. Sa détermination vint bientôt céder la place à l'amertume tant les jours puis les semaines qui se succédèrent furent en tous points une fidèle reproduction de sa désastreuse première journée. Elle arrivait au siège du *Quotidien omniscient* le matin avec de grandes espérances et en repartait le soir avec ses illusions perdues. Entre l'une et l'autre extrémité, elle subissait moult quolibets, jacasseries et mille et une humiliations que ses collègues avaient l'incommensurable obligeance d'inventer pour elle.

Elle accordait néanmoins un point d'honneur à conserver une amabilité et une mise irréprochables, bien que Nana doive progressivement augmenter la quantité de poudre à mesure que les cernes se creusaient sous l'effet du rythme harassant de son quotidien.

Elle avait bien songé à se défaire de son pantalon pour revêtir des robes plus conformes à la bienséance en vue d'être acceptée par la gent masculine qui l'environnait de toute part, mais cela n'aurait servi à rien. Le mal était fait et elle ne pouvait pas renoncer également à cela et venir amplifier les meurtrissures de son orgueil. Elle s'efforçait par conséquent de faire bonne figure et de faire son travail correctement, gardant son ambition de devenir chroniqueuse enfermée dans quelques recoins de plus en plus inaccessibles de son cœur. Tous les jours elle rencontrait des citoyens de l'Unicus, et présentait tous les soirs son rapport à messieurs Falk et Lindqvist. Tous les soirs, invariablement, ils balayaient d'un revers de main ses propositions de sujet, les rejetant tous, sans exception.

Ce fut ainsi avec l'impassibilité procurée par l'habitude qu'elle glissa en cette nouvelle journée sur la vague de moqueries qui l'accueillit dans la basse-cour, distribuant en retour de grands sourires à la ronde cependant qu'elle se rendait à ce rebut qui lui tenait lieu de pupitre. Elle poussa un profond soupir lorsqu'elle examina la hauteur de sa pile de missives quotidiennes. L'amoncellement mesurait une dizaine de pouces, avec des billets de tous coloris entassés en tous sens, leur désordre menaçant de se répandre tel un marasme sur la machine à écrire. Sora s'assit et adopta la position savante qu'elle avait mis quelque temps à élaborer de telle sorte qu'elle puisse poser ses deux coudes sur son pupitre, voire, les bons jours où sa pile de correspondance était minime, un avant-bras, ce qui constituait déjà le comble du luxe. Aujourd'hui néanmoins, seuls ses coudes purent élire domicile aux côtés de l'imposante et défectueuse machine à écrire et c'est avec résignation qu'elle commença à lire les lettres de son tas.

Elle écoula peu à peu sa correspondance et retint deux courriers intéressants : l'invitation avant l'ouverture des plus grands abattoirs du territoire de l'Unicus, qui finalisaient leur construction, et un contremaître d'une exploitation minière qui désirait lui exposer une découverte étonnante.

*

Elle débuta par la visite de la dénommée Unicus Stock Yard Company, dont les locaux allaient bientôt être achevés et entrer en fonctionnement. L'entreprise souhaitait offrir un avant-goût exclusif aux lecteurs du *Quotidien omniscient* de la modernité des installations. Pour l'instant, lui expliqua son guide, monsieur Kyr, on prévoyait un abattage journalier d'environ dix mille animaux, mais cela serait temporaire et la firme ambitionnait de pouvoir rapidement atteindre quelques dizaines de milliers de bêtes dans les années à venir. Elle passa une demi-journée à visiter les bâtiments de briques, leur intérieur carrelé flambant neuf, et toute l'ingéniosité industrieuse qui s'y était déployée, à ouvrir des yeux ébahis lorsqu'on lui narrait comment allait s'effectuer cet abattage. Elle fut estomaquée de découvrir la complexité de l'installation, l'enchevêtrement de passerelles élévatrices qui allaient conduire le bétail vers l'entrée du bâtiment, où ils seraient ensuite fixés à d'imposantes roues d'acier permettant de les suspendre tête en bas, la place en long aménagée pour y accueillir des rangées de porcs à égorger, la grande cuve qui allait les ébouillanter après leur mise à mort. Elle frémit devant la sorte d'araignée gigantesque pourvue de brosses qui allait les débarrasser de leurs poils, la salle où allaient bientôt être découpées des millions de bêtes par différents ouvriers puis enfin la station finale : la chambre froide. Son hôte l'emmenait d'un endroit à l'autre avec des commentaires divers et variés allant du « rendez-vous compte de la prouesse technologique… » à « nos braves concitoyens de l'Unicus sont des consommateurs de viande de plus en plus aguerris. Ils veulent de la viande ? Nous allons inonder le marché, vous allez voir ! »

Pour l'heure, les pièces étaient immaculées, d'une blancheur virginale. Les machines projetaient des reflets lumineux depuis leurs armatures métalliques, et un silence presque apaisant régnait dans ces bâtiments. Toutefois, Sora fut parcourue d'un profond dégoût lorsqu'elle toucha le rail auquel seraient accrochés les animaux : elle eut une vision qui la propulsa dans le futur proche des malheureux cochons qui allaient se faire suspendre par les pattes aux anneaux de fer, de leurs épouvantables cris, de leurs gémissements de souffrance, de leurs tentatives pour se débattre et pour échapper à leur destin. Elle vit des éclaboussures de sang, des flaques écarlates se fondant les unes dans les autres pour venir former une mare qui coagulait au fil de la journée, du vacarme et de l'horreur qu'allait constituer cet endroit dans les années à venir.

Cette illusion fut si cauchemardesque, que lorsqu'elle s'arrêta, elle fut saisie d'une nausée abominable et ne put se retenir de vomir sur les chaussures de son guide qui la regarda avec force stupeur et incompréhension, avant d'être en capacité de se révolter contre ce qui venait de se produire. Elle se confondit en excuses, mais monsieur Kyr, qui s'était montré jusque-là mielleux et charmeur à souhait, semblait avoir décidé que finalement Sora ne méritait point ses faveurs et il la reconduisit courtoisement, mais froidement vers la sortie.

*

Après cette mésaventure aux abattoirs, le trajet qui devait la mener à la mine de charbon lui fit d'abord l'effet d'un bain relaxant. Il lui laissa tout le loisir de reprendre ses esprits tant il s'avéra long et fastidieux. Sora dut emprunter un train à vapeur dévolu au transport des marchandises et de la matière première de la périphérie de Midjaborg, seule possibilité pour contourner l'île Midja et sa mer Eldur et passer de la rive gauche à la rive droite. Inconfortablement assise sur une caisse en bois dans un wagon bringuebalant, elle songea avec un sourire à la réaction des mondaines si elle leur narrait au prochain salon dans quelle posture elle se trouvait à présent, à la façon dont des échardes se prenaient dans ses gants de soie, et qu'elle avait voyagé seule de surcroît dans un train ne comportant que des marchandises et quelques ouvriers.

Il y aurait assurément plusieurs cris d'indignation, roucoulements effarouchés, éventails agités, et divers froufrous pour accompagner l'ensemble. Si en plus Sora pimentait le tout en insistant sur le fait qu'elle se rendait à une mine de charbon, elle était assurée d'avoir un grand succès avec son anecdote.

Elle regarda la vaste échancrure de la côte abritant Midjaborg à travers la porte ouverte du wagon, les reflets irisés du soleil sur la mer, les petites îles clairsemées qui s'émiettaient au milieu de cette étendue bleue tirant sur le gris. Elle aurait volontiers fait un somme, mais comment pouvait-on se laisser aller à quelque apaisement dans le cahotement de ce wagon où l'arrière-train était aussi malmené que les lombaires ? C'est donc en serrant les dents et en s'agrippant fermement à sa misérable caisse qu'elle endura le pénible trajet.

Fort heureusement, même les épreuves les plus désagréables ont une fin. Sora entendit l'annonce du terminus et en serait descendu avec célérité si son corps n'avait à ce point protesté de douleur. Elle se leva en titubant, s'étira quelque peu dans une attitude tout à fait indigne d'une aristocrate et posa le pied sur la plateforme. Elle cligna des yeux sous la lumière du jour et inspecta les alentours.

L'impression qu'elle eut alors fut qu'elle avait débarqué au milieu de quelque contrée sauvage et abandonnée. Elle se trouvait sur un petit quai en terre battue, dans un vague goût de bout du monde. Le paysage se composait de rangées strictement ordonnées de sapins qui déclinaient un subtil nuancier de vert avec en arrière-plan la chaîne de montagnes des Titans qui offrait sa dentelure enneigée au ciel. Au loin, dans un cône parfait, le Volcan Prométhée trônait, fier et terrible.

Cette forêt bien alignée s'ouvrait sur une route boueuse que longeait également la voie de chemin de fer, désormais surtout pourvue de wagonnets qui allaient et venaient dans un balancement régulier. Là, des dizaines d'ouvriers avec leur barrette enfoncée sur le crâne marchaient dans une seule et unique direction. Elle n'hésita qu'une seconde avant de rejoindre la horde de travailleurs qui se rendaient sans nul doute à la même destination qu'elle.

Sa progression par-dedans le chemin bourbeux fut malaisée tant elle devait prendre garde où elle mettait les pieds afin de ne pas enliser ses bottines dans les flaques mêlant fange et poussière de charbon, le tout dans un magma noirâtre tout droit sorti des entrailles de la Terre. Toutefois, après divers petits sauts, quelques enjambées et plusieurs moues répulsées, elle parvint au niveau d'un grand porche de pierre qui portait l'inscription en lettres majuscules de la Compagnie des Mines Titans.

Les grilles de fer du portail comprenaient une pioche et une lanterne ouvragées qui s'entrelaçaient, entourées de divers ornements floraux qui n'auraient trompé personne, pas même elle, sur la rudesse de la vie à la mine. Elle emboîta le pas d'un homme épais comme un cheveu de Prométhée et jeta un regard aux alentours en quête d'un interlocuteur auprès de qui s'adresser.

Ses oreilles furent assaillies de toute part par un bourdonnement de voix incessant, par le cliquetis des wagons remplis de charbon qui sinuaient à travers les bâtiments et par des hennissements lointains. Ce n'était guère éloigné du brouhaha qu'elle subissait dans le poulailler du *Quotidien omniscient*, avec ce subtil mélange de sons métalliques et de diverses tessitures masculines. Seuls les hennissements et les tenues loqueteuses des miniers lui rappelaient qu'elle n'était point au local. Pour le reste, elle se sentit presque dans un endroit familier à défaut de se sentir à son aise. Une maisonnette de pierre à la droite du porche attira son attention et elle s'y rendit dans l'espoir d'y trouver trace de l'auteur de la missive. On fit appeler le contremaître Jarn qui allait l'escorter auprès de la mystérieuse découverte.

Elle était en train de subodorer de quelle révélation formidable il pouvait s'agir — un nouveau type de minerai ? une veine de charbon à la dimension spectaculaire ? — quand elle avisa un homme se diriger vers elle. L'individu était doté d'une épaisse barbe noire hirsute et de cheveux tout aussi noirs et hirsutes. L'ensemble ne lui semblait pas très respectable, d'autant que l'énergumène parachevait sa piètre présentation par de grosses bottes en cuir, flottant dans un pantalon et une chemise sale trop grands pour lui. Il marqua une pause à quelques pas d'elle puis, après les présentations d'usage, la conduisit auprès de la fosse, lui faisant la visite guidée et lui narrant chemin faisant leur découverte, raison pour laquelle il avait adressé un télégramme à l'*Omniscient*.

— Le bâtiment que vous voyez à votre gauche, c'est la salle des pendus.

Après un coup d'œil en biais à Sora qui ouvrait une bouche horrifiée, il éclata d'un grand rire franc qui lui réchauffa le ventre, et lui expliqua, fier de sa boutade :

— Mais non, c'est pas ce que vous croyez, c'est juste là qu'on pend nos vêtements, c'est tout ! Venez, je vais vous présenter le galibot qui a fait la découverte.

Elle le suivit, muette, en se demandant ce qu'était un galibot. Elle en était encore à diverses supputations — un chien ? un coquin ? — quand monsieur Jarn tapa sur l'épaule d'un enfant vêtu lui aussi de fripes bien trop amples et bien trop sales pour être décentes.

— Eh gamin, voici une dame du *Quotidien Omniscient*, c'est quoi votre nom déjà ? Ah oui, madame Bergros, fit le contremaître sans attendre de réponse. Elle est venue faire un article sur ce qu'on a trouvé hier à la mine. Dis-lui donc comment que tu l'as trouvé !

— Bonjour M'dame ! fit-il en soulevant sa casquette de cuir à son attention. C'est très simple, on était en train de faire l'abattage d'une gaillette et quand elle est tombée, derrière j'ai vu comme des dessins. Ni l'haveur ni l'herscheur ne l'ont remarqué, occupés comme ils étaient à évacuer le charbon dans les berlines, par voie de quoi, c'est moi qui l'ai trouvé, le… enfin les dessins quoi.

Si une bouche grande ouverte n'eût point été prohibée par la bienséance, Sora en aurait eu la mâchoire pendante en cet instant. Elle se garda néanmoins de faire remarquer qu'elle n'avait strictement rien compris à son explication et se contenta de hocher poliment de la tête, un air de compréhension digne des meilleurs faussaires plaqué sur le visage.

— Monsieur Nyström appelle ça des fossiles, le galibot ! Allez, retourne travailler ! Et vous Madame Bergros, suivez-moi, on va vous montrer la bête de plus près, proposa monsieur Jarn. Vous n'êtes jamais descendue dans une fosse, je parie ?

— Descendue où ? Et qui est Monsieur Nyström ? s'écria Sora, incrédule.

— Monsieur Nyström, c'est le chercheur de l'Université de l'Unicus qui est venu exprès pour nous ! On le connaît bien par ici, il vient souvent. L'est pas commode, mais il a bon fond. Allez, après vous, je vous en prie, montez dans le cuffat.

Le contremaître lui donna une tape sur l'épaule qui l'expédia vers une sorte de panier métallique qui ressemblait fort à un chaudron.

— Suis-je supposée monter *là-dedans* ? piailla Sora.

Son exclamation se perdit dans les aigus. Incrédule, elle contemplait l'engin qui se balançait nonchalamment au bout de chaînes dont les maillons produisaient un cliquetis sinistre au-dessus d'un — Sora ne trouva guère de mot plus approprié pour le nommer — d'un trou. Pas n'importe quel trou, mais précisément le genre de gouffre qui rassemblait tout ce qui dissuaderait une personne sensée de vouloir y pénétrer de son plein gré : noir, béant, poussiéreux, lugubre, irrégulier, étroit.

Elle déglutit, fit un pas en arrière et se tourna derechef vers Jarn. Son guide lui tendait un casque ainsi qu'une lampe, attendant patiemment qu'elle ait réuni suffisamment de courage pour monter dans leur funeste carrosse. Elle prit une profonde inspiration et s'empara, résolue, de son couvre-chef qui allait définitivement jurer avec sa tenue si soignée. Puis, elle fit de muets adieux à ses vêtements immaculés, à sa chemise dont le plastron comportait des broderies raffinées qui serait probablement irrécupérable après les résidus de charbon, ainsi qu'à ses élégants bottillons à talons, le tout formant une tenue on ne pouvait plus éloignée de la praticité de rigueur pour descendre dans le fond. Enfin, après un soupir théâtral, elle enleva son chapeau et coiffa son casque.

— Vous en faites donc pas, vous êtes très élégante, Madame Bergros, la rassura le contremaître.

— Vous et moi savons pertinemment qu'il n'en est rien… maugréa-t-elle. Mais je vous sais gré de compenser mon orgueil meurtri par un zeste de galanterie.

Comme pour lui donner raison, le contremaître lui tendit une main noircie et rugueuse pour l'aider à monter dans leur chaudron bringuebalant. Une fois tous deux installés, ils entreprirent la descente vers un monde de ténèbres. La pénombre se referma sur Sora tandis que l'atmosphère gagnait progressivement en chaleur et en moiteur. La descente lui parut interminable, leur chaudron de malheur que monsieur Jarn appelait « cuffat » tressaillant, hoquetant, parfois même s'arrêtant quelques secondes, ce qui laissait tout le loisir à Sora de se sentir oppressée par la paroi suintante qui lui faisait face et dont sa lampe tentait vainement d'atténuer la noirceur, sa lumière étant comme absorbée par l'obscurité totale qui régnait dans ce puits.

Sora supposait qu'à descendre ainsi sous terre, la température aurait chuté, mais ce fut l'exact opposé qui se produisit. Elle se surprit bientôt à maudire l'ampleur de sa chevelure ainsi que son corset et sa chemise lorsqu'elle se mit à transpirer, luttant pour garder une respiration normale. Elle aurait souhaité inhaler profondément, mais un goût ferreux imprégnait son palais dès qu'elle inspirait et elle percevait la fine poussière de charbon lui emplir les poumons à mesure qu'ils descendaient. Elle fut sûre de deux choses : elle se sentait venir des accès de claustrophobie, et, plus encore, elle avait la certitude que plus jamais après cela elle ne redescendrait dans une fosse.

Après une éternité de ce supplice moite et sombre, le cuffat toucha enfin le sol et Sora put en descendre d'un pas mal assuré. Là, la mine semblait prendre vie, aussi étonnant que puisse être le fait qu'il y ait de la vie si profondément sous terre et pourtant, l'air ambiant était empreint d'une agitation constante.

On entendait des bruits de pas, des martèlements sourds, des chocs métalliques, et même des hennissements à tel point que Sora sursauta en s'apercevant qu'un homme se tenait devant eux. Il patientait près du cuffat, en pantalon et chemise de toile grossière, noircie de charbon, coiffé d'un casque, mais, contrairement aux mineurs qu'elle avait observés pour l'instant, lui n'avait pas le visage entièrement noir. Il avait les mains posées sur les hanches, les pieds écartés qui tapaient nerveusement le sol, et le regard décidé. Elle se surprit à apprécier ses traits harmonieux et sa peau hâlée, mais l'impression favorable disparut sur le champ lorsqu'il prit la parole, apostrophant monsieur Jarn d'une voix sèche au débit rapide et impérieux.

— Vous avez la lampe que je vous ai demandée ?

— Oui, Monsieur Nyström, je vous l'ai apportée.

— Bien. C'est in-dis-pen-sa-ble pour pouvoir avoir une image d'ensemble, ma lampe ne me permet que de distinguer vaguement quelques détails, c'est terriblement agaçant. Et vous, qui êtes-vous ? demanda-t-il en s'adressant brusquement à elle.

Bien que décontenancée par les abords peu avenants du personnage, Sora décida de paraître aussi élégante que le permettait son casque noirci sur la tête, la fine pellicule de transpiration sur le visage et ses bottillons couverts de boue.

— Je me nomme Sora Bergros, je suis envoyée par le *Quotidien omniscient*, lui répondit-elle, sans lui faire l'honneur d'entamer davantage la conversation.

À ces mots, les traits déjà fermés de monsieur Nyström se crispèrent encor. Il serra les lèvres, tourna brutalement les talons et avança d'un train qu'elle ne pouvait suivre avec ses bottillons à talons.

— Ne vous formalisez pas, Madame, il n'est pas d'un abord très aimable, lui indiqua gentiment monsieur Jarn, lui montrant la voie d'un geste.

— C'est le moins que l'on puisse dire en effet.

Le grossier personnage les ayant largement devancés, ce fut monsieur Jarn qui se chargea d'être galant, lui donnant le bras afin qu'elle ne s'embourbe pas et ne trébuche point dans les galeries boueuses. Malgré cela, elle se tordit trois fois la cheville et enfonça le talon de ses chaussures à de multiples reprises dans une fange noire cependant que son guide la faisait progresser patiemment. Il la fit passer devant un cheval de trait qui était attelé à plusieurs berlines sur rail derrière lui, conduit par le « méneux d'bidet » comme il l'appela.

Ils longèrent une galerie, puis une autre, semblant plonger toujours plus loin dans les entrailles de la Terre, avant de remonter quelques galeries en pente et parvenir enfin à destination, où ils rejoignirent ce Nyström renfrogné qui ne leur accorda ni un geste ni un regard et était obstinément penché vers l'une des parois. Ils ne devaient plus se trouver si profondément que cela sous terre, car la température avait diminué et le fond de la galerie était lumineux… De la lumière du jour ! Sora se tourna vers Jarn et lui lança un regard accusateur :

— Monsieur Jarn, était-ce bien nécessaire de me faire effectuer tout ce chemin sous terre, me faire descendre dans une marmite ô combien angoissante alors que j'aperçois de la lumière, ce qui indique qu'une autre entrée nous aurait permis d'accéder directement ici ? Vous vous êtes joué de moi !

Les deux billes noires de Jarn étincelèrent et il éclata de ce rire tonitruant dont il lui avait déjà fait la démonstration.

— Avouez que ce n'aurait pas été si drôle que de voir votre visage en descendant au fond. Au moins, vous pourrez dire que vous êtes descendue dans une mine au moins une fois dans votre vie, vous voilà devenue une exploratrice à présent. Et voilà, c'est ici, Madame, que se trouvent ce que monsieur Nyström appelle des fossiles. Voyez, juste-là, lui indiqua monsieur Jarn en désignant un endroit au milieu de la paroi.

Sora observa d'un œil plutôt dubitatif la paroi, obstinément noire. Elle tenta de s'approcher près de l'emplacement que monsieur Nyström examinait, mais il demeura où il était, sans se mouvoir d'un pouce, signe d'une grossièreté et d'une effronterie sans limites. Elle se réserva le délice rassérénant de pouvoir l'insulter librement en son for intérieur et, étant donné qu'il refusait d'avoir l'obligeance la plus élémentaire de se pousser, elle se planta à ses côtés, tâchant de comprendre ce qu'il était en train de scruter. Elle observa les aspérités et renflements de la paroi, louchant dessus et attendant une révélation. Au bout de quelques minutes, la voix méprisante de monsieur Nyström s'éleva dans un murmure sarcastique :

— Vous ne savez même pas ce que vous êtes censée voir n'est-ce pas ? Et je gage également que vous n'y entendez goutte en fossile, en paléontologie ou ne serait-ce qu'en sciences naturelles ?

Elle garda un silence obstiné, espérant ainsi dissimuler sa gêne, mais elle ne trompa personne et surtout pas cet irritant interlocuteur qui partit d'un petit rire sec et reprit avec ironie, en claquant ses mains sur ses cuisses.

— J'en étais sûr ! Après tout, pourquoi le *Quotidien omniscient* ferait-il un travail consciencieux d'information quand il peut se contenter d'envoyer la première venue, aussi éloignée que possible de toute connaissance scientifique ! Non seulement vous arrivez comme un cheveu sur la soupe de l'Unique, habillée en tenue on ne peut moins déplacée pour visiter une mine, mais en plus vous êtes une ignare dont les rares facultés ont sans doute été attribuées au sens de la mode. Une preuve de plus s'il en fallait que ce papier ne vaut guère plus qu'un vulgaire prospectus de réclame !

Sora s'empourpra, ce gredin allait trop loin. Elle n'était assurément *pas* la première venue, et encore moins ignare.

— Monsieur, n'avez-vous donc pas l'ombre d'une goutte de bienséance ? Ce que vous pensez de moi et de ma profession ne m'importe aucunement. Aussi, ayez l'obligeance, je vous prie, sinon d'être poli et courtois, puisque de toute évidence ces mots vous sont étrangers, du moins de m'expliquer en quoi consistent ces fossiles, et ce qu'ils sont censés représenter. Considérez cela comme un moyen de vous débarrasser au plus vite de ma compagnie importune, ainsi aurons-nous la satisfaction mutuelle de ne pas gaspiller une minute de plus que nécessaire l'un avec l'autre.

Elle vit du coin de l'œil monsieur Jarn qui les observait, se reculant quelque peu, les yeux passant constamment de l'un à l'autre et s'ouvrant grand à chaque effronterie qu'osait prononcer son grossier invité. Monsieur Nyström, pour sa part, avait les poings serrés et les bras crispés. Il pinçait les lèvres et ses yeux, bien que lançant des foudres qui heureusement n'étaient que fictives, car autrement Sora se serait retrouvée mortellement blessée, semblaient également refléter une intense réflexion. Après quelques secondes, quel qu'ait été son débat intérieur, il inspira et se força à faire une tentative de sourire, un effort que Sora ne put s'empêcher de vouloir faire avorter au plus vite.

— Je vous en supplie, Monsieur Nyström, soupira-t-elle. N'essayez donc pas de vous munir d'abords plaisants, ce n'est de toute évidence pas votre fort. Passez aux explications et qu'on en finisse sans plus tarder.

D'un geste théâtral, elle dégaina vivement son calepin malmené dans son sac ainsi que son stylographe, prit une inspiration avant de se pencher pour faire mine d'écrire. Toutefois, cette débauche de mauvaise grâce n'eut aucun effet. Elle se retint de soupirer à nouveau et leva les yeux vers ce scientifique de malheur.

Son regard rencontra le sien : la prenait-il donc pour quelque curiosité ou spécimen à examiner puis à classifier parmi ses autres babioles de paléontologue ? Elle pinça les lèvres et tapota son carnet. Par l'Unique ! Elle n'avait point toute la journée. Les yeux toujours plissés comme si son esprit fût parti pour quelque observation ou réflexion requérant toute sa concentration, monsieur Nyström finit par se redresser, faire un pas en arrière et lui indiquer la paroi dans un geste englobant la totalité.

— Vous êtes trop proche pour vous faire une idée représentative, éloignez-vous le plus possible, lui ordonna-t-il. Voilà. À présent, voyez-vous les trois renflements faisant chacun cinq toises de long ? C'est cela que vous êtes censée étudier. Ce sont des fossiles d'arbres, de leur tronc, plus précisément.

Sora observa les trois bosses considérables, muette et incrédule, marchant lentement le long de la paroi. En venant, elle avait été environnée de forêts, les alentours comportant de nombreuses exploitations sylvestres. Néanmoins, les arbres qui y poussaient faisaient tout au plus deux fois la taille d'un homme pour un tronc qui possédait une circonférence maximale d'un individu pas très épais, encore moins bedonnant. Or, là, on aurait pu facilement aligner une vingtaine de personnes avant d'atteindre le volume d'un seul des renflements. Elle ne parvenait pas à réconcilier ces deux faits : d'une part des conifères ridiculement chétifs et d'autre part des fossiles d'une ampleur sans commune mesure. Cela n'était certes pas sensationnel comme sujet d'article, mais cela restait du moins fort intrigant. Ils étaient si larges, qu'elle en oublia sa rancœur envers son interlocuteur et se mit à le questionner.

— Mais… comment est-ce possible ? Je veux dire par là que si un seul de ces bossages représente un arbre, l'arbre en question devait être absolument gigantesque. Je ne m'y entends guère en botanique, je vous le concède, mais je suis néanmoins sûre de n'en avoir jamais vu de pareil, en tout cas pas à Midjaborg.

— Vous venez de manifester votre premier signe d'intelligence, Mademoiselle Bergros. La réponse est simple : c'est parce qu'il n'en existe pas de si imposant. Et en effet, leur taille, d'après mes estimations, devait équivaloir à plus d'une dizaine de perches, voire plus si l'on en croit le troisième tronc là-bas.

— D'après monsieur Nyström, il s'agit d'un site exceptionnel, annonça fièrement monsieur Jarn, un grand sourire blanc flottant toujours au milieu de sa barbe buissonnante noire, semblable à la lune par une nuit d'encre.

— En effet, nous avons déjà eu quelques fossiles de végétaux, qui sont extrêmement rares, mais jamais encore de cette qualité et en position de vie. C'est une découverte extraordinaire qui va révolutionner notre compréhension du développement et de l'histoire de notre flore.

— Auriez-vous l'obligeance d'expliciter cela de manière intelligible pour une néophyte ? l'interrompit Sora.

— Eh bien, pour le dire simplement, car je vous épargne les détails scientifiques qui de toute façon, ne vous intéresseront pas pour votre article, on pourrait considérer cela comme une empreinte. Comme vous, lorsque vous oubliez un chapeau ou autre bagatelle à une de vos futiles soirées mondaines, c'est un indice de votre passage. C'est la même chose ici. Des arbres anciens, d'une époque que je n'ai pas encore déterminée, ont été pris au piège dans une coulée de lave, et vont nous livrer quantité d'informations sur la période à laquelle ils poussaient, sur leur famille botanique, somme toute, des connaissances indispensables à la compréhension de notre histoire.

— Un instant, Monsieur Nyström, vous allez trop vite. Comment allez-vous pouvoir définir l'époque à laquelle ils poussaient ?

— Notre discipline, la paléontologie, notez ce mot dans votre calepin, je vous prie, p-a-l-é-o-n-t-o-l-o-g-i-e, est récente et étudie des restes d'organismes vivants qui existaient à d'autres époques et qui sont intégrés dans des roches sédimentaires. Ces roches sédimentaires constituent des strates qui se forment de différentes manières au cours d'un très long temps, et chaque dépôt peut ainsi représenter une période. Pour le dire simplement, plus on creuse en profondeur, plus la couche est ancienne. Ici cela étant, au vu de la proximité avec le volcan Prométhée, c'est une coulée de lave qui a dû engloutir soudainement des arbres, permettant d'en conserver une empreinte presque parfaite. Il me faudra déterminer à quelle époque a eu lieu l'éruption volcanique en question.

Pendant qu'il continuait à lui fournir des explications de plus en plus techniques à mesure qu'il parlait et oubliait que son auditoire n'était pas spécialiste, elle s'approcha de la paroi et du premier renflement, comme attirée. Elle tendit la main, s'apprêtant à toucher.

— Défense de poser *vos* mains sur *mes* fossiles, ils sont fragiles ! s'écria Nyström, alors que ses doigts n'étaient plus qu'à un pouce de la surface dure et froide.

Elle se tourna vers lui, et, d'un air de défi, posa résolument ses doigts sur la roche. Elle ressentit d'abord le contact de la lave, sa porosité qui la rendait rugueuse, puis tout fut noir. Tout d'un coup, elle touchait une écorce brune d'un arbre gigantesque et majestueux, qui s'élevait si haut dans le ciel qu'elle n'en percevait guère la fin. Le tronc sous ses doigts n'était plus d'une froideur minérale, mais simplement frais, et tout autour d'elle embaumait l'humus dans un mélange de senteurs de mousse, de terre, de pins. Elle se tenait aux pieds d'arbres qui faisait cinquante fois sa taille, recouverts d'une mousse intensément verte, de grands lambeaux de lichens pendant de leurs branches.

Elle leva les yeux vers leur cime, admira le soleil qui perçait à travers leurs houppiers qui se balançaient doucement sous le murmure d'une brise. Elle se rendit compte qu'elle tenait un arc dans sa main droite, et scrutait ensuite entre les troncs, sa vue tentant de percer les mystères recelés par la forêt. Puis, elle sursauta, et se retrouva projetée dans l'obscurité de la galerie et la vision s'effaça. Monsieur Nyström venait de lui donner une tape sur la main.

— Puisque je vous dis d'enlever vos sales pattes de privilégiée de fossiles dont vous ne mesurez même pas l'importance !

— J'y étais…

— Que me chantez-vous là encore ?

— Je vous affirme que je me trouvais là-bas, dans cette forêt, à l'époque où ces arbres étaient vivants !

— Comment ça, vous y étiez… Minute, vous êtes une Clairvoyante ? Finalement, vous n'êtes peut-être pas totalement inutile ! Je dirais même, dans mon extrême mansuétude, que vous tombez à point ! Allons, pressons, remettez vos mains dessus, et décrivez-moi précisément ce que vous voyez ; c'est d'une importance ca-pi-ta-le, vous entendez ? La science et la connaissance de notre monde sont en jeu ! Alors, qu'attendez-vous !

— Cessez donc de me presser de la sorte, s'agaça Sora. Mes visions ne se déclenchent pas sur commande.

Elle obtempéra néanmoins et posa ses mains sur la pierre ponce volcanique en divers endroits, effleurant du bout des doigts les aspérités qui ressemblaient à autant de petites bulles de savon. Rien ne se passa. Elle tenta en touchant de sa main gauche, mais cela n'eut pas plus de succès.

— Tenez-moi cela, ordonna-t-elle d'un ton agacé à Nyström en lui fourrant ses gants dans la main.

Il s'exécuta, la scrutant intensément pendant qu'elle tâchait de susciter une autre vision en palpant de diverses façons la paroi de la galerie, se sentant petit à petit oppressée par les coups d'œil que posaient sur elle Nyström et Jarn.

— Cela ne donne rien, soupira-t-elle. Encore moins avec vos regards insistants ! Comment voulez-vous que je suscite quelques visions qui sont normalement spontanées quand c'est exactement ce que vous attendez de moi ?

— À quoi sont donc supposées servir vos visions si elles ne surviennent qu'aléatoirement ? Par la barbe de l'Unique, c'est aussi fiable que l'astrologie ! Pouvez-vous vous en souvenir précisément ? Vous étiez en dehors ou en dedans ? Avez-vous vu autre chose à part les arbres ?

À mesure que monsieur Nyström lui parlait, la pressait de questions, il se rapprochait, tant et si bien qu'il finit par ne plus qu'être qu'à quelques pouces de son buste. Avec un claquement de langue réprobateur, Sora lui reprit sèchement sa paire de gants des mains puis se recula et tenta d'esquisser les troncs qui se trouvaient sous ses yeux dans son petit calepin. Elle tâcha de recouvrer son calme et de se concentrer sur ce qui importait réellement : des informations factuelles à présenter à monsieur Falk et Lindqvist.

— Alors ? insista Nyström. Allez-vous me laisser mijoter telle une Súpa de Midjaborg toute la journée ? Faut-il que je vous supplie afin que vous satisfassiez ma curiosité ?

— Il n'y a pas grand-chose à dire, monsieur Nyström. J'étais parmi les arbres, dans une forêt à la taille démesurée dont tous les arbres avaient un tronc aussi grand que vos précieux fossiles, rien de plus.

— Il faudra que vous passiez à mon bureau à l'Université, afin que nous tentions de retranscrire un maximum de détails pour plus de rigueur scientifique. Oui, nous allons faire cela ; vous viendrez, disons demain après-midi, et nous aurons ainsi l'esprit plus clair qu'ici.

— Monsieur Nyström, mon esprit est parfaitement lucide, répliqua Sora. Vous n'avez cessé de vous montrer méprisant et d'une impolitesse criante à mon égard et envers ma profession. Je n'ai donc nulle intention de vous rendre service en prenant de *mon* temps pour venir vous narrer une vision qui a été des plus fragmentaire. À présent, veuillez m'excuser, mes supérieurs attendent que je leur présente le rapport de ma journée. Monsieur Jarn, auriez-vous l'amabilité de me conduire vers l'issue la plus proche, cette fois-ci, je vous prie ? Merci.

Elle vit monsieur Nyström ouvrir grand la bouche, la refermer deux fois de suite, puis hocher la tête en signe de salut et rester immobile, comme cloué sur place. Elle se félicita d'avoir su faire taire un individu aussi volubile et se tourna vers lui, lui adressant son sourire le plus charmant, et lui fit une révérence dont il ne manquerait point de saisir l'ironie. Puis elle partit, la tête haute, précédée de monsieur Jarn.

*

Quand elle arriva enfin au journal, elle était épuisée. Ses chevilles étaient douloureuses à force d'avoir été tordues en tous sens dans les galeries de la mine et la plante de ses pieds lui semblait si gonflée, qu'elle se demanda comment elle réussirait à enlever ses bottines une fois parvenue chez elle. Nana et elle n'auraient sûrement pas de trop d'utiliser leurs quatre mains.

Elle profita de pouvoir s'asseoir à son bureau, et, après un coup d'œil à la ronde, voyant que personne ne faisait attention à elle, elle déplia ses jambes pour laisser ses pieds tendus reposer sur ses talons, fixant d'un regard vide les touches crasseuses de sa machine à écrire. Comme elle se sentait lasse ! N'eût-ce été contre tous ses principes de dignité, elle aurait pu se laisser aller à s'avachir quelque peu, juste un instant, sur son siège et à prendre sa tête entre ses mains, les coudes sur son pupitre, voire même, à poser une joue sur sa machine à écrire. Mais elle sentait à son côté la présence de Linus et il lui était tout à fait impossible de s'abandonner à quelque démonstration de faiblesse à proximité d'un pareil rival.

Elle songea que ce quotidien était bien loin de celui auquel elle avait été habituée, elle dont l'oisiveté était jadis seulement ponctuée par les soirées mondaines et par l'excitation provoquée par ses nouvelles tenues du jour, l'unique renouveau de ses journées consistant à ouvrir les paquets provenant de chez la modiste envoyés par son père et à faire les essayages, se pavanant ensuite devant l'œil émerveillé de ses parents. À présent, elle se tenait dans une posture tout à fait prohibée par la bienséance, fort heureusement dissimulée par son pupitre, dans un laisser-aller indigne, les bottillons crottés, des mèches folles s'échappant de sa coiffure, en pantalon et par-dessus tout avec la tentation de s'avachir.

Ravalant un bâillement, elle reprit ses notes de la journée, les mit au propre, et se leva pour aller au premier étage présenter en détail son épopée auprès du duo inquisiteur. Tout en empruntant l'escalier, découragée d'avance par le refus qu'ils ne manqueraient pas de lui faire et ses pieds la faisant grimacer à chaque marche, elle se dit qu'elle aurait tendance à miser sur les abattoirs qui incarnaient bien la ligne éditoriale du *Quotidien* et les valeurs de progrès et d'industrie de l'Unicus.

Sora frappa à la porte de la salle de réunion et fut invitée à entrer par la voix suave de monsieur Falk. Elle éprouva un soulagement considérable à s'enfoncer dans un des fauteuils moelleux, et s'adossa avec reconnaissance, puis, n'y tenant plus, elle laissa son dos se voûter légèrement pour mieux se détendre et savourer le répit qui lui était accordé. Si seulement elle n'avait pas porté de corset… Il s'en fallut de peu pour qu'elle parvienne à retenir un « ah » de délectation, et qu'elle ne fermât les yeux pour profiter du confort qui était offert à son arrière-train, malmené par cette rude journée et tout autant endolori que le reste de son corps. Filip et Maximilian, avec leur obligeance et politesse usuelles, se tinrent cois pendant cette scène de scandaleuse béatitude, mais l'un d'eux finit tout de même par toussoter, la ramenant à la dure réalité. Elle rouvrit les paupières, se remit aussi droite que son dos le lui permettait et entreprit de narrer par le menu ses péripéties de sa journée.

Elle expliqua avec moult détails les abattoirs, leur fonctionnement et les machines ingénieuses qu'elle y avait observées, ses interlocuteurs écoutant silencieusement, adossés à leurs fauteuils, en retrait de la table, leurs visages dénués de toute expression. Cependant, à l'évocation des arbres pétrifiés découverts à la mine, la réaction de ses supérieurs fut sans équivoque. Filip et Maximilian s'avancèrent de concert pour poser leurs mains sur la table, penchant la tête vers elle, une lueur d'intérêt s'allumant brusquement dans leurs yeux. Elle s'interrompit, surprise que de vieux troncs suscitassent plus de curiosité qu'une innovation majeure dans l'industrie agroalimentaire, mais parvint à se ressaisir et à continuer ses explications.

— Ainsi, d'après monsieur Nyström, cette pétrification serait survenue suite à une éruption volcanique, la lave liquide emprisonnant les troncs d'arbres et rendant de la sorte possible leur conservation exemplaire. Il ne s'agirait plus, à présent, que de déterminer l'époque à laquelle a eu lieu cette éruption.

Elle attendit, son rapport terminé. Elle vit messieurs Falk et Lindqvist échanger un regard puis ce fut Filip, qui, comme de coutume, prit la parole et s'adressa à elle.

— Mademoiselle Bergros, vous êtes parvenue à éveiller notre intérêt avec vos, comment dites-vous ? — fossiles ? — aussi, je vous propose de m'accompagner dès demain, vous ainsi qu'un photographe, afin que nous examinions ensemble ces arbres pétrifiés en détail. Ensuite, il vous appartiendra de rédiger un compte-rendu le plus détaillé possible. Cela vous convient-il ?

— Je… bégaya-t-elle. C'est un immense honneur, je ne sais comment vous remercier.

— En faisant votre travail, cela sera amplement suffisant, lui répondit Filip Falk avec un sourire charmant. À présent, je vous suggère d'aller trouver un repos bien mérité, vos traits d'ordinaire si délicats me semblent un peu tirés, si vous me permettez une telle familiarité. Soyez ici demain à la première heure.

— Bien entendu, Monsieur Falk, je veux dire, Filip. Je vous remercie infiniment ; je vous souhaite une bonne soirée, merci, à demain.

Elle se leva, et sortit de la salle, pantelante, les jambes molles et les mains tremblantes. Une fois dans la galerie, hors de vue, elle prit quelques grandes respirations pour se calmer : elle jubilait. Enfin, c'était arrivé. Elle touchait du bout des doigts ce qu'elle convoitait depuis si longtemps. Elle allait pouvoir publier un de ses articles. Son Destin se trouvait à portée de ses gants de satin.

Chapitre 7

Aris, 1707 (apr. P.)

Aris observait Klemens qui ouvrait pour la énième fois le rideau de leur calèche. Son genou droit s'agitait et il tapotait nerveusement les doigts de sa main sur sa cuisse, cependant qu'il jetait un coup d'œil puis retirait la tenture d'un petit geste maladroit. Ce manège durait depuis trop longtemps, et ainsi, de distrayant, il en était devenu agaçant. Aris, quant à lui, roula des épaules et tenta, en se frottant impassiblement contre le dossier, d'atténuer les picotements qui lui irritaient le dos. Comment pouvait-on porter de la laine d'aussi piètre qualité ?

Il avait eu beau répéter à Johann que son ridicule déguisement ne parviendrait aucunement à le faire passer pour un individu de basse extraction — comment aurait-il pu en être autrement avec sa carrure et son teint pâle, sa carnation délicate et son port altier ? —, ce dernier l'avait néanmoins forcé à adopter cet accoutrement outrageant sous peine de ne point faire partie de la mission. Le point culminant du désagrément de sa tenue résidait sans doute, s'il lui avait fallu n'en choisir qu'un, dans les souliers d'une marque ayant lancé un concept novateur, le prêt-à-porter, mais qui n'était guère qu'une plaisanterie de mauvais goût.

D'après lui, cette marque ne tarderait point à faire faillite, même les hommes du peuple ne pouvaient s'aveugler à ce point sur les faiblesses de ce qu'ils portaient. Rien qu'à les observer, Aris sut qu'il serait ce soir doté d'ampoules à la générosité inversement proportionnelles au confort octroyé à ses pieds.

Ce maudit dadais de Klemens qui lui communiquait par ailleurs sa nervosité… À regarder encore et toujours par la fenêtre, comment était-il supposé faire abstraction de l'inconfort dans lequel il se trouvait, et rester calme, quand son collègue frétillait d'impatience comme une ménagère un jour de marché ? Il n'y tint plus, peut-être qu'une petite remarque lui permettrait de saisir le ridicule de son attitude.

— Mon cher Klemens, ce n'est pas en scrutant la rue à travers les rideaux toutes les trente secondes que la foule arrivera plus vite. Vous l'entendrez, du reste, bien avant de pouvoir la voir.

— Vous n'êtes pas impatient ? Comment faites-vous pour rester aussi impassible alors que nous attendons une horde d'émeutiers ?

— J'ai fait du flegme ma marque de fabrique, je ne souhaite surtout pas porter atteinte à ma réputation en trahissant quelque impatience. D'ailleurs, devrais-je ressentir de la fébrilité que ce ne serait dû qu'à la mauvaise qualité du tissu de mon costume qui me démange affreusement. Mais je me suis avisé que le moindre mouvement ne faisait qu'accroître mon inconfort, aussi j'en reviens à mon constat de départ : faire le moins est le mieux.

— Oh bien sûr, je suppose que ce costume est ce qui vous est arrivé de pire depuis belle lurette.

— Absolument ! J'ai horreur du tissu de mauvaise facture ; tenez, si j'étais à la place des pauvres qui doivent se vêtir de la sorte, il faudrait me payer pour que j'endosse un accoutrement de si piètre qualité !

Klemens roula les yeux vers le ciel et regarda à travers le rideau, encore une fois.

— Bon, récapitulons une dernière fois…

— Si je ne m'abuse, mon cher Klemens, vous avez récapitulé « une dernière fois » au moins trois fois déjà. Vous devez donc être un adepte de l'adage selon lequel la répétition est la vertu de la pédagogie ?

— Certes. Disons que je récapitule une toute dernière fois dans ce cas. Nous, nous tentons de repérer les dissidents qui seront disséminés dans la foule le plus rapidement possible. Nous aurons pour tâche de les rabattre vers les calèches postées devant l'entrée du Palais de l'Imperare, où Johann et le reste de l'équipe se chargeront ensuite de les interpeller.

— Excellent, mon cher Klemens, votre récapitulation est en tous points identique à la précédente. Vous ne souffrez point de défaillance de la mémoire, êtes-vous rassuré ?

— Cessez donc de toujours tout prendre par dérision…

Klemens regarda à travers le rideau, encore une fois, mais cette fois-ci, ce fut pour s'exclamer aussitôt :

— Ils arrivent ! Ça y est Aris, ils arrivent !

Comme un orage que l'on sent poindre avant même qu'il n'éclate, Aris perçut la tension de la foule avant qu'elle ne paraisse à l'extrémité du boulevard de l'Imperare. Ils sortirent de la calèche appartenant au cortège des véhicules de police garés devant les grilles du Palais impérial.

Johann pouvait bien les attifer de tous les costumes médiocres qu'il voulait, un rassemblement de calèches de la sorte n'était pas du meilleur effet en matière de discrétion et la dissidence les aurait à coup sûr déjà repérés. Tous les effectifs de leur unité avaient été affectés à cette mission, où venaient également en renfort quelques équipes de police urbaine. Aris se tourna vers le boulevard pour faire face à la nuée humaine qui s'avançait.

Il entendit d'abord les cris étouffés de la multitude, atténués par la distance. De loin, la masse formait un essaim, des mouvements aléatoires se détachant du flot, mais, à mesure que la foule se rapprochait, Aris était capable de discerner les poings fermés et levés en signe de protestation, les bouches grandes ouvertes, braillant quelques vociférations à travers une dentition plus ou moins — souvent moins — parfaite, les uns brandissant des fourches, les autres empoignant des pancartes de revendications. Quelques minutes plus tard, c'est un ensemble bigarré bourdonnant nerveusement qui arriva à leur hauteur.

Il était désormais en mesure de détailler les figures de la tête du cortège, composé de pêcheurs au teint hâlé et aussi sec que les harengs qu'ils pêchaient, d'éleveurs de bétail en salopette auxquels il ne manquait qu'un épi de blé à la commissure des lèvres pour que leur cliché soit complet, et enfin, les simples habitants de Midjaborg qui s'inquiétaient pour leur pitance. Il sentait la colère du peuple pénétrer ses chairs, son anxiété aussi, face à toutes ces morts animales qui étaient autant de coups portés à leur garde-manger. Lui-même se crispait, son corps éprouvant par empathie la tension de la foule que son intellect désapprouvait fortement.

Aris sortit de la calèche. Du haut de son costume inconfortable, il s'alluma une cigarette et observa plus en détail la foule qui se rapprochait, balayant les silhouettes et les visages à la recherche de leurs dissidents, à l'affût. Elle était à majorité composée d'hommes, des ouvriers en tenue de travail se trouvant parmi les éleveurs et les pêcheurs. Toutefois, quelques représentantes de la gent féminine y figuraient également, comme pour ne pas être oubliées. La plupart portaient des tabliers dont les taches montraient à quel corps de métier elles appartenaient.

Il en vit même une qui l'amusa beaucoup, qui avait encore les mains rougies de sang et n'avait guère pris le temps de les laver convenablement avant de rejoindre le cortège d'émeutiers. Celle-là paraissait d'ailleurs être du genre à se mettre en colère pour un oui ou pour un non. Elle vociférait plus fort que les autres et Aris éprouva une vague de compassion envers le pauvre mari qui devait supporter *ça*, jour après jour : une femelle aux mains salies par le labeur, aigrie par la vie, qui n'hésitait probablement pas à brandir un couteau à désosser pour menacer le mari qui osait la cocufier. Il en frissonna de dégoût.

À une toise de distance cependant, son regard rencontra une femme qui était l'exact opposé de l'énergumène repoussant. Sa chevelure blonde était impeccable et ses boucles retombaient en un mouvement harmonieux sur ses épaules tandis que sa tenue était sobre, mais propre, concept auquel la plupart de ses consœurs semblaient imperméables. Elle devait être du genre progressiste, étant donné qu'elle était vêtue d'un pantalon et d'une veste de costume. Et son visage enfin… Aris en resta bouche bée : son nez, sa carnation, tout était rigoureusement parfait, tant et si bien qu'elle était tout à fait déplacée au sein de cette foule. Il s'attarda sur ses traits, se disant qu'en d'autres circonstances, il s'agissait là du type de femme qu'il aurait pris plaisir à côtoyer d'un peu plus près.

Quelque chose le chiffonnait néanmoins à propos de cette inconnue sans qu'il parvienne à déterminer ce que c'était. Ce devait être dans son allure, dans sa personne, un petit rien, une poussière de détail qui insuffle une incertitude. Ses habits peut-être ? Après tout, il était un irrémédiable et incurable conservateur, et cette vêture de femme progressiste ne lui disait rien qui vaille. Ces femmes qui revendiquaient une certaine liberté vestimentaire pourraient bientôt exiger plus que cela, et des femmes libres et convaincues de leur bon droit ne pouvaient assurément que signifier le début des ennuis. Comme il se plaisait à le répéter, le modèle à suivre était celui de tante Cléia, qui se dévouait corps et âme pour le petit brin d'homme qu'elle choyait, chérissait, aidait jour après jour à atteindre la quintessence de son être, la perfection, en un mot, devenir lui.

Aris souffla lentement la fumée de sa cigarette. Non, ce n'étaient pas ses vêtements. Elle était décalée… *trop* parfaite. Rien dans sa tenue, sa posture ou l'air déterminé, mais calme qu'affichait son visage ne collait avec le reste de la foule. Il retint son souffle : l'inconnue venait de braquer son regard sur lui. Un regard acéré, résolu et froid. Tout se passa en une fraction de seconde : ils se fixèrent, son regard à lui aperçut alors qu'elle serrait dans ses bras un tas de feuillets, il comprit, elle sut qu'il comprit et subitement, elle se mit à fendre la foule et à s'enfuir.

Aris tira Klemens par la manche et s'élança à travers la chaussée pour poursuivre la fuyarde. Fluette et agile, elle avait disparu dans la multitude, et il la chercha quelques instants au milieu du cortège bouillonnant de colère. Il balaya les visages qu'il avait devant lui, un homme grand, carré, aux joues rouges et qui beuglait un slogan anti-uniquéen, un autre, aux yeux vitreux, sûrement un alcoolique qui donnait du sens à son quotidien en se joignant ainsi aux émeutiers pour laisser croire à tous qu'il n'était pas qu'un désœuvré pathétique. Mais où était-elle, par la poitrine de Lilith ? Là ! Une femme, blonde, de surcroît. Aris braqua son regard sur elle, mais ses cheveux étaient raides, et plus courts, elle était en tablier et avait de grandes joues rondes. Subitement, il aperçut les parfaites boucles blondes, en train de se faire engloutir par deux bleus de travail ouvrier noircis par la graisse : elle était déjà presque parvenue de l'autre côté de la chaussée.

Il entreprit de fendre la foule, lui aussi, sans la perdre des yeux. Mais c'était vain. Les corps vibrants de colère l'entouraient de toute part, étroitement serrés, si serrés qu'il se heurtait aux bras, aux dos, aux épaules de chaque personne qu'il s'efforçait de pousser. Les vociférations à son encontre allaient bon train, lui, l'intrus en costume qui progressait à contre-courant de la masse. Il ne distinguait même plus ses propres pieds et n'était pas sûr d'être toujours dans le sens le plus rapide pour rejoindre l'autre côté de la rue. À tâtons, il tâchait de se frayer un chemin, avançant d'abord son épaule puis tentant de séparer les corps fragmentaires de ses bras. Alors, dès qu'une infime trouée se présentait, il s'y précipitait avant qu'elle ne se referme. Tandis qu'il poussait sans ménagement un géant plus carré que les autres, celui-ci répliqua, ne semblant pas apprécier se faire pousser ainsi et le bouscula. Heureusement, la densité de la foule était telle qu'il ne le fit pas trébucher, à peine cogna-t-il le dos d'un autre inconnu.

Aris avait l'impression de devenir aveugle et de devoir se laisser guider par ses autres sens : le toucher, depuis tous ses membres en contact avec cette multitude, et son odorat aussi, se heurtant aux odeurs de poissons de certains, à l'haleine avinée des autres, mais il fut cependant sûr d'être emporté dans la mauvaise direction quand la foule se mit à avancer. Il sentit une boule de colère se former dans son ventre. Il ne pouvait pas échouer si vite, pas après tant de semaines à patauger dans une fange immonde de cadavres avant de découvrir leur seule piste pour la dissidence !

Pourtant, il se faisait inexorablement entraîner, le géant qui l'avait bousculé opposant son immense torse à sa progression et le charriant dans son sillage. Il lutta, redoublant d'efforts. Il pestait dans son for intérieur, elle devait être loin à présent. Le temps au sein de cette mer de silhouettes et sans autre horizon qu'une infinité de corps humains lui paraissait s'écouler de manière aussi laborieuse que sa marche. Soudain, comme une vague se brisant sur un rocher, la foule se fendit. Pourquoi ? Comment ? Il ne le comprit guère, mais cela n'avait pas d'importance. C'était là sa chance de s'élancer et accéder enfin à l'autre côté de la chaussée. Il sentit vaguement quelqu'un le frapper à l'épaule d'un coup de poing, sûrement un autre colérique offusqué de s'être fait bousculer, mais ne s'arrêta pas avant d'être parvenu sur le trottoir opposé.

Abasourdi de se retrouver ainsi à l'air libre, sans plus personne pour entraver ses mouvements, il mit quelques fragments de secondes à recouvrer ses esprits avant de chercher des yeux la silhouette de la fugitive. Combien de temps avait-il mis à traverser la nuée humaine ? Avait-elle pu s'échapper sans laisser de trace ? Il était persuadé d'avoir été le premier à l'apercevoir, ni Klemens ni le reste de l'équipe, situés plus loin, ne l'avaient entrevue. Tout reposait sur lui. Il sentit plus qu'il ne vit Klemens surgir derrière lui, mais il se précipitait déjà : il venait de retrouver la chevelure blonde qui tournait au coin de la rue menant au ministère de la Sécurité d'État.

Ils s'élancèrent à sa poursuite à toutes jambes, les poumons d'Aris lui brûlant à chaque respiration, et ses chaussures de mauvaise qualité, comme il l'avait prédit, lui frottant douloureusement les pieds. Ils parvinrent à gagner du terrain sur leur fugitive, qui, à la grande stupéfaction d'Aris, osa s'introduire dans l'enceinte du Ministère.

Là, il la vit franchir la cour du Ministère, sans un coup d'œil à la ronde, sans marquer d'hésitation, passer dans le péristyle en courant étonnamment vite et pénétrer dans le bâtiment. Il se précipita à sa suite, accélérant encore, quand, sans savoir pourquoi ni comment, il tomba. Il trébucha royalement, éraflant son costume, cognant son genou et égratignant ses mains contre le pavé. Il regarda en arrière et vit Klemens étendu par terre et il comprit que ça avait dû être cet empoté qui l'avait fait chuter. Pestant dans sa barbe et ayant perdu quelques précieuses secondes, il se releva aussi vite qu'il put, titubant à moitié, abandonna son collègue sur place et pénétra à son tour dans le vestibule du bâtiment. Il était tellement obnubilé par sa poursuite qu'il ne prit le temps de ralentir une fois dedans qu'en voyant le majestueux hall désert. Seul le portrait de l'Imperare le dévisageait avec, lui sembla-t-il, une pointe de déception dans son regard mélancolique.

Aris tourna la tête dans tous les sens, le cœur battant. Elle n'avait pas pu se volatiliser tout de même. Soudain, comme par enchantement, une dactylographe brune avec une coupe à la garçonne apparut. Il bondit sur elle, l'empoigna par les épaules et la secoua vivement.

— La blonde, par où est-elle partie ?

— La blonde ? Quelle blonde ? hoqueta-t-elle.

— La blonde qui vient d'entrer à l'instant en courant ! lui hurla-t-il dessus.

— Je... je ne sais pas. J'ai bien aperçu quelqu'un se précipiter au premier étage, mais je n'ai pas fait attention à ses cheveux.

Il la repoussa sans égard sur le côté et reprit sa course, montant les marches quatre à quatre dans de grandes enjambées, voyant du coin de l'œil le portait de l'Imperare qui lui jetait son regard mélancolique avec, cette fois, un muet encouragement. Il n'avait pas le droit d'échouer, il fallait qu'il la retrouve, qu'il l'arrête. Il parvint au premier étage, ses poumons lui brûlant, une goutte de sueur lui chatouillant le dos, elle aussi dans une course poursuite effrénée avec la gravité.

Il lança un regard à l'aile gauche : rien. Puis à l'aile droite : rien. De part et d'autre ne l'entouraient que des bureaux désertés pour l'occasion de la manifestation. De dépit, de déception et de rage, il cria, mais seul le silence lui répondit. Puis, tel un écho lancinant, les paroles du dissident qu'ils avaient torturé lui revinrent en mémoire :

« *Elle, c'est difficile à dire, je l'ai toujours vue avec une perruque blonde ou rousse selon les jours. Mais elle a les yeux verts et est plutôt mince et très belle.* »

Comment avait-il pu être aussi aveuglément stupide ? C'était pourtant évident, la seule personne qu'il avait croisée dans l'entrée étant une femme, que dans sa bêtise il avait aussitôt prise pour une dactylographe. Il redescendit sur le champ, hors d'haleine, mais, bien entendu, le hall était désert. Klemens y pénétra une seconde plus tard, l'air ahuri et la main droite sur les côtes, boitillant et quelque peu penché. Le sang d'Aris battait dans ses tempes, une mèche de cheveux venait lui chatouiller le front. Pour une fois, sa mine épouvantable et son allure probablement débraillée ne lui importaient guère.

— Bon sang, nous l'avons perdue ! C'est insensé, où a-t-elle pu aller ? Elle ne connaît pas le bâtiment !

— Elle a dû fuir dans une des ailes, elle ne peut pas être loin, lui répondit Klemens essoufflé.

— Je prends le rez-de-chaussée et vous le sous-sol avec les cellules des prisonniers, dépêchez enfin ! Elle ne va pas nous attendre sagement !

Il tourna aussitôt les talons et entreprit d'inspecter les couloirs, les salles une à une, mais c'était peine perdue : l'inconnue s'était volatilisée. Il finit par trouver dans l'une des poubelles du vestibule une perruque blonde et espéra que Klemens reviendrait moins bredouille que lui. Il fulminait et contenait avec difficulté la colère qui se déversait par vagues tempétueuses en lui donnant l'impression d'être habité par d'intenses vibrations. Aris faisait les cent pas, les poings serrés, lorsque Johann et le reste de l'équipe passèrent les portes du hall, l'air aussi énervés et dépités que lui.

— Aris, dites-moi que vous avez été plus chanceux que nous et qu'elle ne vous a pas échappée ! lui lança Johann avant de pousser un juron devant le silence excédé que les mâchoires crispées d'Aris lui renvoyèrent.

Johann lui apprit en quelques mots qui tenaient plus du grognement que de propos intelligibles que ses collègues et lui s'étaient élancés à la poursuite de deux autres dissidents qui s'étaient enfuis dans la direction opposée lorsque la fausse blonde fourbe s'était mise à courir. Il entreprit de lui résumer rapidement qu'eux également avaient été distancés, le tout avec moult borborygmes de dépit. Ce à quoi Aris répondit par une onomatopée indistincte. Mais cela restait moins improbable que le fait que la fugitive les ait semés dans leur propre bâtiment, au sein de leur propre ministère.

Klemens revint pendant qu'Aris était en train d'expliquer comment la femme leur avait échappé et, la mine déconfite, il leur exposa la terrible nouvelle :

— Elle s'est échappée par une des portes menant sur l'arrière du bâtiment, je l'ai retrouvée ouverte. Et ce n'est pas la seule mauvaise nouvelle : elle a également libéré le prisonnier dissident, monsieur Lagtŭr.

— Comment ? Mais c'est impossible ! s'écrièrent de concert Johann et Aris et ils se précipitèrent au sous-sol.

Parvenus dans l'aile droite dans laquelle l'opposant avait été emprisonné, ils coururent le long des cellules, passant devant les portes blindées métalliques à la peinture verte qui s'écaillait lugubrement, et parvinrent au bout d'une dizaine de portes devant celle du dissident. La porte, épaisse de plusieurs doigts, était légèrement entrebâillée sur un fait inédit dans l'univers carcéral du ministère de la Sécurité d'État : une cellule vide. Aris et Johann y entrèrent, comme si le fait d'y pénétrer pouvait rendre la désastreuse réalité moins affligeante.

— Je vous l'avais dit. Par je ne sais quel miracle, elle est parvenue à forcer la serrure pour l'aider à s'enfuir, leur dit la voix de Klemens dans leur dos.

Johann s'assit sur le lit du détenu, lentement, dans un calme souverain qu'Aris était loin de posséder. Il bouillonnait et se sentait prêt à sortir de ses gonds. Il se força à inspirer, mais il éprouvait un besoin impérieux de se défouler. Il sortit de la cellule en bousculant Klemens, qui se retourna et s'insurgea :

— Mais enfin qu'est-ce qu'il vous prend ? Je n'y suis pour rien moi s'ils ont pu s'enfuir !

— Si, c'est de votre faute, gronda Aris en se rapprochant de lui, si vous ne m'aviez pas fait trébucher je l'aurais eue ! Je serais parvenu à la rattraper et ce désastre n'aurait jamais eu lieu ! Mais comment pouvez-vous être aussi empoté, bon sang ! Par l'Unique, je jure que si jamais je pouvais, je vous enverrais valser à l'autre bout de la cellule, droit sur le pot de chambre !

— Mais allez-y donc, faites une démonstration de votre légendaire flegme !

Aris saisit Klemens à la gorge et lui attrapa le col de sa chemise, les mâchoires tant crispées que pas une molécule n'était en mesure de passer. Le visage de son co-équipier commença à virer au rouge, une veine apparut sur sa tempe.

— Calmez-vous vous deux, ordonna Johann en les rejoignant. Klemens, cessez de le provoquer, Aris, reprenez-vous, ce n'est pas digne d'un gentleman. Cela ne sert strictement à rien de nous quereller pour ce qui est arrivé. Il nous faut plutôt chercher à comprendre comment une fugitive dissidente a pu tromper notre vigilance et s'échapper à notre barbe, dans notre propre bâtiment. Klemens, conduisez-nous à la porte par laquelle vous pensez qu'elle s'est enfuie.

Klemens s'éloigna d'Aris et de ses narines dilatées, Johann lui enfourcha le pas, et Aris finit par les suivre de mauvaise grâce. Il les mena après une série de marches près d'une porte à sens unique qui donnait sur l'arrière de l'édifice et servait d'ordinaire à sortir les ordures. Là, Aris fut encore plus étonné : le cadenas qui verrouillait normalement la porte était ouvert, pendant tristement du loquet. Aris se pencha en avant et examina le boîtier de plus près : il ne comportait aucune égratignure, rien qui fût susceptible d'indiquer que quelqu'un l'avait crocheté dans la hâte.

— Il est remarquablement préservé pour un cadenas forcé, grogna-t-il. Ce qui m'amène aux deux possibilités suivantes : soit nous avons affaire à une crocheteuse de serrure de haut vol qui possède l'habileté nécessaire à l'ouverture d'une porte de cellule puis d'une issue de secours en un temps record et le tout sans laisser de trace… soit les portes lui ont été ouvertes en amont.

Johann et lui se regardèrent d'un air sombre. Tous deux hésitaient à dire à haute voix ce qui les taraudait. Aris ne voulait pas croire la chose possible, pas dans leur rang, pas au sein de leur famille du Ministère, si dévouée à leur cause. Mais finalement, Johann commença à formuler à voix haute la seule conclusion qui s'imposait réellement, aussi douloureuse fût-elle.

— Cela ne peut vouloir dire qu'une chose… commença Johann.
— Nous avons une taupe, dirent-ils de concert.

Chapitre 8

Brynja, 1132 (apr. P.)

Le corps inerte de Mère Hilda gisait, tout en roideur, dans son lit. Son teint avait désormais une consistance qui se rapprochait des bougies, cireuses et jaunâtres, accentuant les rides de son visage tandis qu'une légère brise soulevait delicativement[181] quelques cheveux solitaires qui balayaient sa figure. Eût-elle été vivante, que cela n'aurait point manqué de lui chatouiller le nez. Un soudain boufement[182] vint frapper Brynja de plein fouet et elle sursailla[183] sous la morsure du froid.

Elle se dirigea à grands pas vers la fenêtre à double battants et la ferma en claquant. Les carreaux de la vitre vibrèrent, comme pour protester contre sa brusquerie, mais elle le remarqua à peine. Brynja contempla la neige qui arrondissait les contours des sapins qui s'étendaient sous ses yeux, ce blanc qui lissait tout le paysage et jusqu'aux felisieres[184] escarpées qui tombaient abruptement dans la mer Eldur. Ce blanc qui ôtait tout relief, ce blanc si paisif[185], si lumineux et si vide à la fois.

---

[181] Delicativement (adv.) : délicatement.

[182] Boufement (s. m.) : souffle du vent.

[183] *Op. cit.,* p. 45.

[184] *Op. cit.,* p. 116.

[185] *Op. cit.,* p. 53.

Elle se retourna lentement. Évidemment, Mère Hilda n'avait guère bougé et pourtant, Brynja eut un pincement au cœur de la retrouver exactement telle qu'elle l'avait laissée quelques secondes auparavant. Une boule vint se loger au creux de son ventre et dans sa gorge cependant qu'elle s'avançait, précautionneusement, auprès de la morte. Elle la regarda loignement[186]. Mère Hilda avait les yeux grands ouverts, comme stupéfaits par la réalité de son trépas.

Le reste de sa figure était marqué par sa sévérité, avec des rides qui esquissaient des traits qui avaient été davantage crispés que joyeux de son vivant. Brynja approcha sa main de son visage, et caressa ses joues, souriant devant l'intimité de ce geste qu'elle n'aurait jamais osé espérer en d'autres circonstances. Elle ôta la mèche de cheveux qui barrait son front puis se redressa : elle ne connaissait même pas son nom complet. Elle avait côtoyé et aimé cette femme durant plus d'une décennie, avait conçu grande admirance[187] pour elle, mais ne connaissait pas sa véritable identité. Pour elle, elle n'avait jamais été que Mère Hilda. Elle se détourna, la voir plus longtemps lui était insupportable.

Elle balaya la pièce du regard. L'âtre de la cheminée lui renvoya un vide sinistre, dégageant une odeur de cendre froide renforcée par l'humidité ambiante. La lumière hivernale amplifiait les ombres du mobilier dépouillé, donnant des allures de spectre à chaque recoin d'obscurité. Seul le secrétaire semblait être l'unique endroit de la pièce en desarroiance[188] : il y régnait un enchevêtrement de parchemins, de codex en tout genre. Piquée par la curiosité, elle s'avança vivement avant de plisser le nez devant les colonnes et les chiffres qui couvraient des feuillets entiers. Des documents comptables. Elle aurait dû se douter que Mère Hilda, avec son caractère austereux[189] aurait jugé la poésie ou la littérature indigne d'être étudiée.

---

[186] Loignement (adv.) : longuement.

[187] Admirance (s. f.) : admiration.

[188] Desarroiance (s. f.) : désordre.

[189] Austereux (adj.) : dur.

Elle les parcourut néanmoins rapidement et put décrypter, à grand-peine tant l'encre était presque effacée, un relevé de provisions. Le parchemin était plissé, raturé et froissé en moult endroits tant il semblait ancien. Mère Hilda avait probablement dû emprunter ce document aux parents de Marieke ou dans quelque archive. Jugeant le feuillet sans le moindre intérêt, elle passa au mobilier suivant, qui, lui, recouvrait une véritable saveur sentimentale : son cabinet de toilette.

Elle détailla la modeste table en bois, en gratta distraitement le vernis qui s'écaillait en fixant un broc en métal aussi défraîchi qu'un épi de blé à la fin de l'été et qui se trouvait à droite d'une petite bassine. À gauche de la cuvette, un nécessaire à toilette composé d'une trousse dont l'ouverture qui bâillait laissait entrevoir un peigne et une brosse, ainsi que, chose rare, un miroir à main. Elle sourit au souvenement[190] de leur entrevue près de ce même cabinet, il y avait quelques jours à peine, lorsque Mère Hilda lui avait confessé son amacion[191] incongru des cheveux bien ordonnés et soignés.

Sans trop savoir pourquoi, Brynja en approcha lentement une main un peu tremblante, et d'un coup vif, s'empara du nécessaire qu'elle dissimula hastanment[192] sous sa robe de toile. Puis, honteuse, elle sortit précipitamment, refermant la porte brusquement derrière elle, et s'en fût trouver le Superviseur dans ses appartements afin de l'informer la mort de la Mère supérieure.

*

Le Superviseur résidait également au quatrième étage de la tour, et en sa qualité de dignitaire de haut rang, les plus beaux logements de la Communauté lui revenaient de droit. Cela facilita grandement les

---

190 Souvenement (s. m.) : souvenir.

191 Amacion (s. m.) : amour, affection, attachement.

192 *Op. cit.*, p. 100.

recerchement[193] de Brynja qui ne mit ainsi pas longtemps à trouver ses appartements, déduisant que la plus fastueuse huisserie du couloir en serait la porte d'entrée. Elle frappa avec force bruiance[194], et y pénétra à vive allure sans attendre d'être invitée.

Toutefois, à peine entrée, elle s'arrêta net. Elle n'escomptait certes pas à ce qu'il y ait un tel contraste avec ceux de la Mère Hilda. Ceux du Superviseur Logbor étaient aussi superbement chargés que ceux de la Mère supérieure étaient sobres. Par terre se prélassaient d'innombrables tapis luxueux, aux motifs complexes et délicats, tandis qu'aux murs étaient pendues de riches draperies dépeignant des scènes historiques ou issues du *Recueil de l'Unique*.

Maints fauteuils, canapés, guéridons et méridiennes se livraient une concurrence féroce pour le moindre espace laissé libre dans la pièce, cependant qu'au fond, un somptueux lit à baldaquin orné de colonnes en noyer semblait ouvrir ses bras dans une invitation à l'ociosité[195]. Un feu de cheminée emplissait de sa chaleur rougeoyante et de ses crépitements la vaste salle, procurant un effet débilitant sur les chairs.

Ce desbauchement[196] de luxe stupéfia tant Brynja qu'elle s'arrêta quelques secondes en clignant bêtement des paupières. L'éblouissement provoqué par les grandes verrières ne l'aidait guère à y voir clair, et elle plissa les yeux, tâchant de repérer au milieu de toutes ces tentures où se trouvait le Superviseur. Elle se laissa finalement guider par sa voix, cette voix mielleuse et doucereuse qu'elle ne pouvait souffrir. Elle émanait d'un espace situé à l'arrière du lit à baldaquin et que Brynja découvrit après avoir écarté encore quelques épaisseurs de tissu en velours rouge et violet.

Là se trouvaient Logbor ainsi que frère Sven. Le premier était avachi sur un monticule de coussins, ses joues molles pendant avec une certaine langueur tandis que le second était assis en tailleur sur le tapis, le dos droit

---

193 *Op. cit.,* p. 65.

194 *Op. cit.,* p. 47.

195 *Op. cit.,* p. 44.

196 Desbauchement (s. m.) : débauche.

et écoutant avec une attention qui touchait à l'exaltation, l'homélie melliflue que lui prodiguait le Superviseur. Brynja y pénétra avec la delicativeté[197] d'un cochon le jour du saigneur. Elle soufflait fortement, ayant couru depuis les appartements de Mère Hilda, et la chaleur étouffante qui régnait la faisait rougir, transpirer, et se sentir encore plus oppressée. Le Superviseur ainsi que frère Sven levèrent les yeux vers elle, en haussant un sourcil. Néanmoins, aucune parole ne voulut jaillir de sa bouche, qu'elle ouvrit et referma à plusieurs reprises. Après l'avoir considérée avec une indifférence proche de la dedignation[198], il se retourna vers frère Sven, pensant manifestement que l'intruse trouverait par elle-même le chemin de la sortie.

— Voyez-vous, Frère Sven, vous êtes dans l'erreur quand vous mesaesmez[199] les autres créatures de l'Unique ; en effet…

— Superviseur Logbor, l'interrompit Brynja. Pardonnez mon intrusion, mais je mande audience sur le champ, l'urgence de la situation l'exige.

Le Superviseur ne daigna pas même sourciller, il regardait fixement frère Sven, lequel semblait tout aussi déterminé à l'ignorer. Brynja attendit patiemment, mais aucune autre réaction ne vint.

— Comme je le disais, reprit-il, les créatures de l'Unique méritent notre considerance[200] dans la mesure où elles peuvent nous être utiles pour les Desseins de l'Humanité. Que serions-nous sans cheval de trait pour labourer les champs ? Que ferions-nous sans la chair que nous offre le cochon ? Nous devons les traiter avec reconoissement[201].

---

[197] *Op. cit.*, p. 118.

[198] *Op. cit.*, p. 113.

[199] Meseasmer (v.) : faire peu de cas de, dédaigner, mépriser.

[200] Considerance (s. f.) : action de considérer, considération.

[201] *Op. cit.*, p. 60.

— Mais malgré les services rendus, l'Unique professe le surmontement[202] incontestable de l'Homme sur les autres créatures, n'en est-il pas ainsi, Superviseur ? répliqua Sven. Par conséquent, si l'humanité est au centre de la Création, pourquoi devrions-nous accorder quelque reconoissement aux autres êtres qui nous sont pourtant subordonnés ?

— Mon cher enfant, vous êtes jeune, mais vous verrez au cours de votre existence que l'amabilité attire bien plus l'obéissance et le respect qu'une main de fer. Vous êtes supérieur par le rang futur à tous vos frères et sœurs de la Communauté, puisque vous êtes appelé à un jour me subcedir[203]. Pour autant, faut-il que vous suscitiez quelque sentiment d'injusteté[204] dans le cœur de vos compatriotes en le leur rappelant constamment ? Il en va de même avec les autres créatures de l'Unique : nous leurs sommes supérieurs, et donc il relève de notre responsabilité, de notre honneur même, de les traiter covenamment[205]. Vous comprenez, elles sont nos brebis, et nous sommes leur berger.

— Comme nos frères et sœurs sont les brebis de la Communauté !

— Exactement, mon cher enfant. Le maître qui est supérieur aux serviteurs doit traiter avec considerance les personnes qui le servent, sans quoi, non seulement son honneur en pâtit, car ils sont sous sa responsabilité, mais en plus, il fait naître en leur esprit de simple quelque volonté de révolte et d'insurrection, qu'il faut après réprimer, ce qui est fâcheux. La discorde est une situation dispendieuse en énergie.

— Pour l'amour de l'Unique, allez-vous consentir à m'accorder quelque attention ? s'écria Brynja. La Mère Hilda est morte !

Les mots avaient échappé à Brynja, qui les avait criés malgré elle, d'une voix à moitié cassée. Elle ne parvenait qu'à prendre des respirations saccadées, entre deux hoquets dissonants. Les larmes lui venaient, mais

---

[202] Surmontement (s. m.) : supériorité.

[203] Subcedir (v.) : succéder.

[204] Injusteté (s. f.) : injustice.

[205] Covenamment (adv.) : convenablement.

elle s'efforçait de les refouler afin de ne pas se ridiculiser plus encore devant frère Sven et le Superviseur.

Ce dernier daigna finalement réagir et, dans un mouvement lent, posa les yeux sur elle, comme s'il découvrait seulement sa présence. Il ouvrit la bouche, par esbaubissement[206] ou pour répondre quelque chose, Brynja n'aurait su le dire, tandis que frère Sven tournait instamment la tête vers elle en fronçant les sourcils. Toujours est-il que les paroles de Brynja produisirent leur effet et qu'ils cessèrent enfin de proférer des propos creux et condescendants devant une simple botaniste qui pouvait ouïr toute l'opinion qu'ils se faisaient des « brebis » de la Communauté.

Pour la première fois depuis qu'elle était au sein de la Communauté, Brynja vit les joues du Superviseur Logbor se remplir de quelque consistance. Elles devinrent dures et autoritaires, tandis que son regard lui aussi perdait cette indolence et revêtait un éclat de détermination. Il ordonna à frère Sven de l'aider à se lever, et se hissa pesamment sur ses pieds. Puis, adoptant une allure vive que Brynja eut presque du mal à suivre, il s'élança, poussant sans ménagement toutes les tentures, sinuant entre les assises avec une aisance qu'elle ne lui aurait pas soupçonnée. Une fois dans le couloir, elle dut presser le pas pour ne point se faire forsloignier[207] et il traversa la distance qui séparait ses appartements de ceux de la Mère Hilda avec de grandes enjambées.

Enfin, parvenu devant la porte, il l'ouvrit avec fracas, et s'arrêta net. Brynja accourut à ses côtés, talonnée par Sven. Elle vit toute la dureté de ses traits s'estomper devant le corps de Mère Hilda. Son visage redevint flou, il retrouva son expression falote usuelle et elle sentit sa poitrine gonflée d'espoir se vider d'une traite. Frère Sven pour sa part, se balança légèrement d'une jambe sur l'autre, le regard fixé sur la fenêtre de la chambre. Il ne lui était guère coutumier d'afficher sur sa face quelque tourment d'esprit. Elle eut de la compacience[208] pour lui : ce devait être la

---

[206] Esbaubissement (s. m.) : étonnement.

[207] Forsloignier (v.) : distancer.

[208] *Op. cit.*, p. 113.

première fois que ce jeune homme rencontrait la mort, privilégié comme il l'était auprès du Superviseur, loin des afflictions que procure la vie.

Logbor pénétra lentement dans la pièce, la parcourut du regard, marquant une imperceptible pause avec ce qui sembla à Brynja une pointe de désapprobation à la vue du secrétaire en désordre, puis sa tête se tourna à nouveau vers Mère Hilda. Soudain, comme saisi d'une impulsion, il s'approcha et attrapa durement son poignet, sans ménagement, et le souleva en l'air avec une telle brutalité que Brynja en fut choquée. Puis il entrouvrit à l'aide de son pouce et son index l'une des paupières de la défunte, et se pencha si près du visage qu'il pouvait presque la toucher.

Puis il tourna brusquement les talons et vint se poster face à Brynja, la saisit par les épaules et l'interrogea d'un ton ferocieux[209] :

— Sœur Brynja, avez-vous pris ou dérangé quoi que ce soit lorsque vous êtes entrée ici ? Répondez !

— Non… non, rien, Superviseur, je le jure par l'Unique.

— Très bien… Frère Sven, allez querir un médecin. Quant à vous, Sœur Brynja, vous pouvez disposer, nous nous chargeons du reste. Je ferai un parlementeïs[210] dans la journée pour annoncer sa mortaille[211], par conséquent, je vous demande de ne point ébruiter ce que vous avez vu ou entendu dans cette pièce jusqu'à présent.

Un peu ahurie par une telle réaction, Brynja mit quelques secondes à comprendre ce qu'il attendait d'elle, puis elle acquiesça lentement et sortit, fermant la porte derrière elle. Elle parcourut le couloir comme quelque fantosmerie[212], le regard absent et les pas lourds, puis elle descendit l'escalier, mais, au lieu de s'arrêter au premier étage, elle continua avant de traverser la cour de la Communauté afin d'atteindre les dortoirs des

---

209 Ferocieux (adj.) : féroce.

210 Parlementeïs (s. m.) : discours.

211 Mortaille (s. f.) : décès.

212 Fantosmerie (s. f.) : fantôme.

sœurs. Là, elle marcha droit vers sa couche et se laissa tomber dessus, les épaules voûtées et la sensation d'avoir un mortier de botaniste coincé dans la gorge.

Elle ne pouvait se résoudre à considérer la Mère Hilda disparue à jamais. La Communauté n'avait aucun sens ni aucune âme sans elle, et elle sentait confusément qu'elle serait désormais perdue, errante au sein d'un abîme contre lequel elle devrait lutter pour ne point être engloutie. Les souvenirs qu'elle avait d'elle commencèrent à affluer, et elle mesura plus que jamais sa perte.

*

Les nuits de Vetur étaient souvent pleines de froidesse[213]*, mais celle-ci avait été particulièrement glaciale. Le ventoir*[214] *était impitoyable et lui envoyait des rafales de neige comme autant de tourments au visage et faisait battre les pans miteux de sa cape sur ses mollets. Malgré la rude ascension du mont Saint Lilith pour parvenir à la Communauté, Brynja avait l'onglée sous ses chausses et ses moufles, tant et si bien que ses membres lui semblaient enflés et qu'elle ressentait une vive douleur, des engelures menaçant d'apparaître. Elle se souvint que la pensée l'avait effleurée, que si elle devait attendre encore plus longtemps devant le porche de la Communauté, elle serait probablement paralysée par le froid.*

L'ascendement[215] *lui avait demandé nombre d'efforts, et il lui avait fallu une bonne partie de la nuit pour atteindre le sommet, si bien qu'elle y arriva essoufflée, affamée, une main sur son dos, l'autre sur son ventre. Il était si tendu qu'elle avait l'impression que sa peau avait été mise en tension sur une herse par quelque parcheminier. À l'intérieur, le petit être plein de vie ne se départissait pas d'une vive énergie et tambourinait contre sa peau comme elle tambourina avec désespoir à la porte de la*

---

[213] *Op. cit.*, p. 41.
[214] Ventoir (s. m.) : déchaînement du vent.
[215] Ascendement (s. m.) : action de monter, ascension.

communauté, l'Œil du fronton la fixant pendant qu'elle trépignait en attendant qu'on vienne lui ouvrir.

Une sœur munie d'une torche ouvrit après quelque temps, l'œil vitreux et le visage mou de quelqu'un tiré du sommeil. Après avoir dévisagé Brynja de haut en bas, elle la somma de la suivre et la conduisit auprès de la Mère supérieure. Elle se souvint des longues minutes d'expectation[216] *cependant que la Mère Hilda la faisait patienter, car elle plaidait sa cause auprès du Superviseur et enfin, la souageté*[217] *mêlée d'écœurement et de désespoir quand elle lui avait présenté sa réponse. Le marché était simple : Brynja pourrait rejoindre les rangs des sœurs, à condition qu'elle accepte de se séparer de son enfant.*

Mère Hilda avait été là pour l'accueillir, mais bien plus encore elle fut à son chevet quand on lui enleva son enfantin[218] *après le travail, quand Brynja pleura et cria de désespoir, les entrailles et tout son être bouleversé par la separance*[219]*. Mère Hilda fut présente pour les soigneries,*[220] *et bien qu'elle gardât une certaine distance due à son rang, Brynja n'avait jamais oublié ces gestes empreints de compacience dans les semaines qui avaient suivi son arrivée à la Communauté.*

À présent, elle était partie. En silence, seule dans sa couche. Sans que Brynja ait pu la regracier[221] ou l'accompagner dans ses derniers instants, sans qu'elle ait pu lui rendre les soins et les gestes qu'elle lui avait prodigués à son arrivée. Brynja contempla les pieds de la couche de Marieke qui lui faisaient face, l'aspect rugueux des dalles au sol, le brun de ses draps de toile.

---

[216] Expectation (s. f.) : attente.

[217] Souageté (s. f.) : soulagement.

[218] Enfantin (s. m.) : petit enfant.

[219] Separance (s. f.) : séparation.

[220] Soignerie (s. f.) : soins.

[221] *Op. cit.*, p. 59.

Et, comme émergeant d'un resvement[222], elle prit conscience de quelque chose d'anguleux contre sa poitrine. Subitement, elle se souvint de ce dont il s'agissait, et elle tira lentement de sa robe la petite trousse de toilette qu'elle y avait dissimulée. Elle la tint devant ses yeux dans ses deux mains, et les larmes se mirent à couler sans discontinuer de ses joues, sinuant entre ses taches de rousseur, embuant ses cils, troublant sa vue. Tout autour d'elle devint flou, et il ne lui resta plus qu'une indicible tristance[223] ainsi qu'un sentiment de profonde soleté[224] dans le cœur.

Elle n'aurait su dire combien de temps au juste s'était écoulé depuis qu'elle avait quitté les appartements de la Mère supérieure ni depuis combien de temps elle pleurait. Elle se laissa tomber sur sa couche, se recroquevilla et s'abandonna à sa peine, profitant de ce que personne n'était là pour l'obliger à reprendre contenance. Après une durée indéfinissable, une minute, une heure, une éternité ? Brynja se redressa, essuya ses larmes et se remit à regarder la trousse de toilette.

Avec un faible sourire, elle l'ouvrit, et en extirpa un à un les effets qui s'y trouvaient. Elle sortit le peigne d'abord, attendrie par un cheveu gris qui s'y était entortillé, puis la petite brosse à cheveux, et enfin le miroir. Alors qu'elle s'en saisissait, elle fut prise d'un sursaut, et tout devint noir.

Elle était nerveuse, tapant des doigts sur sa table de toilette, jouant avec ses ongles et agitant le genou. Ses cheveux gris étaient déliés de leur chignon pendant qu'elle se regardait sans vraiment se voir dans son petit miroir à main. Le reflet d'elle avait pourtant de quoi l'effrayer. Elle avait les yeux grands ouverts, écarquillés, les sourcils haussés, le front plissé, et elle se mâchait les lèvres, dépouillée de son air sévère et impassible habituel.

---

[222] *Op. cit.,* p. 40.

[223] *Op. cit.,* p. 46.

[224] Soleté (s. f.) : solitude, isolement.

Il allait venir, elle en était certaine. Toutes ses pensées étaient habitées de sa peur, de la craintise[225] *de sa réaction quand il apprendrait. Et il n'allait pas tarder à l'apprendre. Elle savait que sa fin était proche, sa mort ou sa disparition imminente. Il ne pouvait en être autrement, car elle avait enfreint l'interdit le plus essentiel de tout l'Unicus.*

Elle avait enfreint l'interdit, et elle avait eu l'imprudence de le faire savoir. Elle avait peut-être le temps de fuir ? Elle n'avait pas beaucoup d'affaires, il lui suffisait peut-être de disparoir[226] *et de ne plus jamais faire entendre parler d'elle, et ainsi peut-être qu'il l'oublierait. Mais au fond d'elle, elle savait qu'elle n'avait plus l'âge de partir en cavale, elle était trop vieille pour passer le restant de ses jours à fuir, à vivre dans la craintise. Elle se devait de se montrer digne, de garder la tête haute et d'assumer les consecutions*[227] *de ses actes. Elle eut un pincement au cœur en songeant que la peur viscérale de la mort qu'elle ressentait était bien loin de l'attitude digne de celui qui est prêt à mourir. La boule au ventre et à la gorge qui la saisissait lui révélait assez qu'elle n'accueillait pas la perspective de rejoindre l'Unique avec tout l'honneur qu'elle aurait dû. Oui, elle trouvait l'idée de mourir terrifique*[228]*. Tout son être s'indignait devant cette perspective.*

Elle avait sûrement le temps d'adresser une dernière prière à l'Unique. Peut-être l'exaucerait-il ? Cela étant, est-ce que cela en valait encore la peine, après ce qu'elle avait fait, ce qu'elle avait dit, ce qu'elle avait appris ? Finalement, la seule chose qu'il lui restait à faire était de se montrer déterminée devant l'inévitable. À l'instant où elle redressait le dos et jetait un coup d'œil fixe au regard acéré dans son miroir de poche, elle entendit un bruit derrière elle. Elle se retourna vivement et vit la poignée de sa porte s'abaisser lentement. Ainsi, c'était l'heure. Il était arrivé.

---

[225] Craintise (s. f.) : crainte.

[226] Disparoir (v. n.) : disparaître.

[227] Consecution (s. f.) : conséquence.

[228] Terrifique (adj.) : terrifiant.

Brynja ouvrit les yeux, encore empreinte des dernières pensées et sentiments de la Mère Hilda, ressentant sa friçon[229]. Elle savait désormais que Mère Hilda n'était pas morte naturellement et elle savait qui se trouvait derrière tout cela. Il fallait à tout prix qu'elle trouve instamment Marieke. Elle se leva d'un bond et sortit des dortoirs.

[229] *Op. cit.*, p. 115.

Chapitre 9

Sora, 1632 (apr. P.)

Le lendemain matin, Sora eut la délicieuse sensation d'effectuer sa routine en planant. Elle voyait et percevait tout depuis les hauteurs vertigineuses de son petit nuage, et c'est en chantonnant d'un air guilleret qu'elle se rendit au local du journal, achetant le *Quotidien* à un enfant au coin de sa rue, et distribuant généreusement des sourires éclatants à la ronde.

Elle aperçut la silhouette de Filip Falk de dos et sourit. Ce dernier l'attendait de pied ferme dans le hall du local. Être attendue ainsi par l'homme le plus important de la rédaction, qui plus est lorsqu'il vous tend une pâtisserie avec un grand sourire, a de quoi mettre en joie n'importe qui.

— Je vous ai pris un Œil aux raisins, Madame Bergros, et j'ai également pris la liberté de nous faire réserver un wagon de première classe pour nous rendre conjointement à la carrière, j'espère que vous ne m'en tiendrez pas rigueur.

À côté d'eux, dans le hall, passa un Linus qui ouvrit de grands yeux en voyant leur supérieur tendre à Sora un sachet en papier fleurant bon le beurre et les raisins secs. Sora savait désormais que la victoire avait un goût sucré légèrement brioché et elle décocha son sourire le plus charmeur, le plus beau à son collègue. Puis elle le salua avec la plus parfaite politesse, lui souhaitant une excellente journée, ce qui lui valut un regard noir en retour. Rien n'aurait pu l'indifférer davantage, car en cet instant, monsieur Falk lui offrit son bras afin qu'ils se rendissent à la gare ensemble. Le photographe de la rédaction avait pris de l'avance en raison de la quantité et du poids du matériel qu'il devait emmener avec eux, lui expliqua en chemin monsieur Falk.

Sora se laissa guider jusqu'à la gare dans la plus complète insouciance, appréciant la sensation de pesanteur de son bras reposant sur celui de monsieur Falk, et elle ne put s'empêcher de songer qu'enfin on la considérait à sa juste valeur lorsqu'elle pénétra dans le wagon luxueux de la locomotive à vapeur. Filip prit place dans un large fauteuil de cuir capitonné tandis que Sora opta pour un fauteuil cabriolet revêtu de velours bordeaux à broderie dorée dans lequel elle s'enfonça avec alacrité et qui était parfaitement assorti à la fleur ornant le côté de son chapeau de feutre. Le sol était pourvu d'une douillette moquette vert bouteille et çà et là étaient disposées de petites lampes sur pied conférant une lumière tamisée et une atmosphère charmante à l'ensemble. Le personnel avait également pris soin de placer de belles fleurs issues des cultures en serre de la périphérie de Midjaborg, les disposant de telle sorte qu'elles soient en harmonie avec les tissus des assises et composent un agréable rappel. Tant d'harmonie chromatique lui réjouissait les pupilles et elle laissa échapper un petit rictus de satisfaction.

Le photographe de la rédaction les rejoignit bientôt dans le wagon, essoufflé, quelques gouttes de transpiration perlant sur le front ; il se présenta à Sora, mais elle n'en retint que vaguement le nom, quelque chose comme Mynd ou Myndur. Rien d'autre n'avait d'importance que Filip. À présent qu'elle l'avait si proche d'elle, il lui apparaissait qu'il avait une stature encore plus impressionnante et belle qu'elle ne l'avait jusque-là remarqué. Il croisait de longues jambes sur lesquelles il avait posé ses mains dessus, le tout dans son costume d'une distinction admirable où Sora ne put déceler aucun faux pas vestimentaire.

Elle épia ses mains du coin de l'œil, et remarqua quelle finesse elles avaient. Elles étaient de grande taille, mais en aucune façon cela ne les départissait d'une certaine élégance, la délicatesse de ses doigts venant la compenser allègrement. Ses ongles étaient lisses, taillés en amande, propres, en un mot tout était parfaitement assorti en la personne de son supérieur.

— Êtes-vous bien installée, mademoiselle Bergros ? lui demanda le sujet de son admiration de façon fort obligeante, ce qui la fit immédiatement rougir.

Elle répondit par l'affirmative, puis, fidèle à sa nature courtoise, il engagea la conversation avec elle.

— Mademoiselle Bergros, il est vrai que nous n'avons point eu le loisir de trop discuter jusqu'à présent, mais étant donné que nous avons un peu de temps devant nous, nous allons pouvoir y remédier. Je me demandais, comment se porte votre père ? Il m'a semblé entendre à quelque repas mondain pris dernièrement que l'extension des voies de chemin de fer lui donne bien du fil à retordre, au Ministère des Transports.

— En effet, si j'ai bien compris, il y a tout un chantier préalable d'assainissement de marais à effectuer, et bien évidemment, il reçoit quotidiennement des requêtes pour modifier la trajectoire prévue pour les voies ferrées par quelque citoyen mécontent de tout le tintamarre que le train ne manquera pas d'occasionner. Cependant, malgré toutes ces difficultés, il se porte bien, il me semble.

— Et votre mère également ? J'ai ouï dire à ce sujet un bruit de couloir dont je ne sais s'il s'agit d'une légende urbaine ou si ces propos ont quelque véracité : il paraîtrait que vous êtes toutes deux des Clairvoyantes ?

— En effet, Monsieur Falk, je veux dire, Filip. Je suis confuse et ne suis pas encore accoutumée à avoir le privilège de vous appeler par votre prénom, répondit Sora, rougissant jusqu'aux oreilles. Ma mère et moi-même sommes effectivement des Clairvoyantes, et pour ce qui est de votre première question, elle se porte bien également et prépare un prochain salon artistique où exposer des œuvres qui lui tiennent à cœur.

Filip se pencha dans son siège vers elle, au point de lui permettre de humer son parfum frais.

— Mais, de ce fait, cela fait de vous, si je ne m'abuse, les dernières représentantes de ce pouvoir ? Vous devez sans nul doute être au fait que les pouvoirs sont en voie de disparition, du moins pour les plus anciennes spécialités, dont font partie les Clairvoyants.

— Pensez-vous ? Je ne saurais vous renseigner davantage là-dessus, je le crains. Je suis moi-même dans une grande méconnaissance de ce sujet. À la vérité, c'est un pouvoir des plus dérangeant que mes parents ne m'ont jamais encouragée à exploiter.

— Vraiment ? Pourquoi cela ?

— Eh bien, les visions se déclenchent d'elles-mêmes, bien qu'il me soit possible en certaines circonstances de les orienter, et en des moments parfois on ne peut plus inopportuns. Le plus souvent, c'est la nuit en rêve qu'elles m'apparaissent, mais pas plus tard qu'hier, j'en ai eu une en touchant la paroi que nous nous apprêtons à aller voir ! C'était fort malaisant et non professionnel.

— Ah ? Vous ne nous avez pas rapporté cette vision si je me souviens bien…, ce disant, monsieur Falk se pencha encore davantage vers Sora, plissant le front.

Sora cligna des yeux. Avait-elle manqué à son devoir en oubliant de rapporter ce fâcheux incident ?

— En effet… Cela ne me paraissait pas pertinent dans le cadre d'un article de le faire. Ai-je eu tort ?

— Non, bien sûr que non, mademoiselle Bergros, la rassura Filip d'une voix douce. Je suis cependant ravi que nous ayons l'occasion d'en discuter entre nous maintenant.

Il posa sa main sur son coude, un air entendu de complicité sur le visage.

— Seriez-vous d'accord pour m'en livrer la teneur dans de plus amples détails ?

— Bien sûr, Monsieur Falk, Filip, avec plaisir ! Ainsi que je le mentionnais à l'instant, j'ai simplement effleuré la paroi, et cela m'a transporté vers une époque indicible, à tout le moins fort éloignée de la nôtre. Je me trouvais être une femme vêtue de façon inconvenante, portant un arc à la main, les doigts nus sans le moindre gant, à contempler des arbres faisant une vingtaine de toises de hauteur et qui s'étendaient à perte de vue. Ce n'étaient pas des arbres semblables aux nôtres, qui sont si petits, chétifs et poussent en rangées bien ordonnées. Non, là, il s'agissait véritablement de géants. Pourtant, malgré l'absence évidente de civilisation aux alentours, une sorte d'harmonie émanait de ces lieux. Et c'est précisément à cet instant que cet importun de monsieur Nyström m'a fait une tape sur la main, mettant fin à ma vision. Voilà tout ce dont je me souviens et que je peux vous narrer. Je suis bien marri de n'avoir que cela à vous rapporter. Cela doit vous paraître bien insignifiant.

— Bien au contraire Sora, puis-je vous appeler Sora ? C'est absolument passionnant. Peut-être serez-vous en mesure d'en avoir une autre aujourd'hui ? Il serait fort intéressant d'en apprendre plus sur cette femme et le contexte dans lequel elle vivait. Une forêt à perte de vue…

Filip tapota quelques fois son accoudoir de sa main. Puis il s'enfonça de nouveau dans son siège, et se tut, regardant pensivement à travers la vitre du wagon. Sora passa le reste du trajet pour l'essentiel à tâcher de contenir son impatience, cette dernière semblant lui avoir disposé quelques charbons ardents sur le velours de son cabriolet, si bien qu'elle devait faire montre d'une parfaite maîtrise d'elle-même pour ne point se tortiller sur son assise dans une attitude qui eût été des plus malséantes.

*

Enfin, après une éternité de tourments, le photographe, quel que fût son nom, Filip et Sora descendirent de voiture. Filip causait de nouveau plaisamment avec Sora, lui parlant de son fils Otto, lui narrant le désintérêt qu'il portait aux affaires du journal et combien il préférait tout ce qui avait rapport avec le Ministère des Transports. Il lui faisait tant de traits d'esprit et d'humour, que Sora rit de bon cœur durant tout le trajet à pied qu'ils effectuèrent, et c'est avec gaieté qu'elle retrouva ensuite monsieur Jarn, qui les accueillit dès le porche de la carrière. Là, cependant, elle se trouva fort étonnée, car ce dernier qui avait été la veille d'un naturel joyeux, lui adressa à peine la parole, baissant les yeux, et ayant aux épaules un voûtement dont il était dépourvu le jour précédent.

Leur cortège reprit sa route, enrichi en plus de deux enfants qui portaient des lanternes, afin de leur éclairer au mieux la paroi de fossiles. Ils y parvinrent au bout de quelques minutes, les ouvriers s'écartant de leur chemin comme si une délégation princière s'était avancée et avait par Sa Majesté divisé la mer de travailleurs. Monsieur Falk, dans son extrême courtoisie, eut la galanterie de tenir l'ombrelle de Sora de sorte qu'elle puisse disposer de ses deux mains pour atteindre la galerie sans encombre, et, alors qu'elle se retournait en riant vers la paroi de fossiles, elle eut la désagréable surprise d'y rencontrer la mine renfrognée de monsieur Nyström.

Il était cette fois vêtu d'un costume, ce qui avait au moins le mérite de pallier grâce à son élégance et sa sobriété la grossièreté du personnage qui le portait. Sora le toisa depuis les hauteurs séraphiques d'où elle se trouvait, mais le regard méprisant et noir qu'il lui lança la fit dégringoler de son nuage pour atterrir avec fracas dans la poussière ambiante. Elle déglutit avec difficulté, tentant d'ignorer les mâchoires carrées et le teint mat qui la dévisageaient toujours. Elle se retourna vers son allié les lèvres serrées et tâcha de se recomposer un sourire de circonstance.

— Monsieur Falk, Filip, si vous le permettez, voici donc les fossiles dont je vous ai rapporté la découverte hier soir. Voyez-vous les trois imposants renflements ? C'est de cela dont il s'agit.

Monsieur Falk écarquilla les yeux et une étincelle s'alluma dans ses pupilles, gonflant d'orgueil la poitrine de Sora. Son supérieur s'approcha lentement de la paroi, se courbant et plissant les yeux, et prit tout son temps pour marcher devant les trois troncs fossilisés, les analyser, les décrypter sous tous leurs angles. Il passa ses longs doigts blancs aux ongles parfaitement entretenus sur la paroi noire. Puis il se retourna vers Sora et monsieur Nyström, qui attendait, la mâchoire serrée, à ses côtés.

— Et vous êtes ? lui demanda courtoisement monsieur Falk.

— Monsieur Actéon Nyström, monsieur, marmonna mesurément Nyström, articulant méticuleusement les syllabes.

— Ah, l'homme qui a l'impudence de faire une tape sur la main de ma journaliste ! Le voici, le briseur de vision ! s'esclaffa Filip. Que faites-vous exactement, Monsieur Nyström ?

— Je suis paléontologue, répondit encore plus lentement Actéon, desserrant à peine les mâchoires. Paléobotaniste de spécialité.

— Intéressant… Mademoiselle Bergros, fit-il, se retournant promptement. Pourriez-vous m'indiquer l'endroit précis que vous avez touché et qui a déclenché votre vision, je vous prie ?

Sora s'exécuta, lui désignant la paroi et, à sa demande, tenta d'en susciter une autre, mais, tout comme la veille, rien ne se passa. Elle était déconfite et craignait surtout que cela n'endommageât la bonne opinion que Filip semblait avoir d'elle, mais il la rassura. Il posa une main délicate sur son épaule et lui susurra que ce n'était rien et que par ailleurs il la félicitait pour son flair de journaliste, que son initiative en choisissant ce sujet avait été une idée audacieuse qui plaisait à la rédaction.

Sora aperçut pendant cette tirade Actéon dans le dos de Filip froncer le nez en signe de répulsion, ou de désapprobation, et qui la fixa en secouant la tête, comme s'il était déçu par elle. Pour qui se prenait donc ce sacripant ? Il la déconcentrait fortement avec sa pantomime du dégoût alors qu'elle tentait de se focaliser sur les éloges de Filip. Malheureusement, ce dernier semblait arriver au bout de ses louanges, et pendant que le photographe remballait son matériel, il tourna brusquement les talons et commença à s'éloigner. Puis il l'appela, et annonça à monsieur Jarn qu'ils avaient vu tout ce dont ils avaient besoin.

Après leur retour au Journal, Sora passa une bonne partie de la journée à taper à la machine un rapport aussi détaillé et exhaustif que possible, y incluant désormais sa vision, ainsi que le lui avait demandé monsieur Falk. Elle tapait si frénétiquement sur sa machine que Linus lui jeta plusieurs regards noirs, soupirant aussi fort qu'il lui était possible de le faire. Elle n'en avait cure et ne s'interrompit que pour procurer quelque repos au bout de ses doigts tout autant qu'à la mécanique rouillée de sa machine qui commençaient à souffrir de tant de mauvais traitements.

Elle remit son rapport à monsieur Falk et monsieur Lindqvist en fin de journée avec moult fébrilité et eut alors la satisfaction d'être chaleureusement félicitée. Les mots de remerciements qu'ils lui adressèrent furent comme autant de baume appliqué sur son orgueil meurtri pendant de si longues semaines. Elle fut même autorisée à rentrer chez elle afin d'y prendre un peu de repos, et elle s'exécuta avec beaucoup d'allant, emportant ses affaires sous l'œil agacé de Linus à qui elle décocha un baiser de la main moqueur.

*

Lorsqu'elle parvint chez elle, elle trouva sa mère en train de boire le thé dans son boudoir avec un peintre de sa connaissance, parlant de tableaux qui allaient prochainement figurer à l'exposition devant s'ouvrir pour l'inauguration de l'Exposition Universelle à quelques semaines de là. Les deux débattaient manifestement de l'ordre dans lequel il convenait de présenter les toiles, l'artiste préférant une approche *crescendo* tandis que Rosalie penchait plutôt pour une exposition thématique.

— Mais enfin Rosalie très chère, tout l'effet de ma série serait annihilé si nous les exposions de façon thématique ! Je l'ai pensée tout en *rinforzando*, pas de façon plate et linéaire ! Tu m'avais habitué à davantage de goût venant de toi !

— Mais cela est par trop attendu et risque d'atténuer l'intérêt des visiteurs, ne penses-tu pas ? Une approche thématique permettrait quant à elle, comme une palette de couleurs, d'aller par petites touches dans ta série, et le spectateur en déduirait lui-même l'effet initial souhaité ! Oh, Sora, ma chérie, toi ici ! Et de si bonne heure ! Approche donc, je parlais avec monsieur Hartman de l'Exposition Universelle.

L'ami de sa mère esquissa un geste pour se lever, posant sa tasse de thé devant lui.

— Je vais vous laisser en famille en ce cas, fit-il en inclinant le chef. Mademoiselle Bergros, Madame Bergros, salua monsieur Hartman, prenant son chapeau et se levant du canapé où il était installé.

— Mais non, restez, je vous en prie, Monsieur Hartman ! J'espère que vous ne pensez pas nous importuner, car il n'en est rien, soutint Rosalie.

— Non pas, non pas, je dois de toute façon aller retrouver ma Brigit et ma petite Cléia. Nous reprendrons notre débat prochainement, ma chère Rosalie, nous avons encore quelques semaines de discussions houleuses devant nous.

Accoutumée à la passion artistique qui régnait dans le boudoir de sa mère, Sora accorda à peine un hochement de tête au visiteur pendant qu'elle prenait place dans la méridienne vert anis, sa favorite, et faisait apporter une tasse supplémentaire pour prendre le thé en compagnie de sa mère. Une bonne lui en procura une de porcelaine fine avant de la lui remplir avec déférence. Ses exhalaisons délicates vinrent renforcer l'excellente humeur de Sora. Après un soupir de profonde satisfaction, elle conta par le menu toute sa journée à sa mère, qui ne put retenir de grandes exclamations enthousiastes en des démonstrations exubérantes de fierté maternelle.

— Nous devons faire modifier le menu de ce soir ! Par l'Unique, le moment est enfin venu ! Ma fille va devenir grande chroniqueuse ! Je te l'avais bien dit, mon enfant, que tu étais appelée à un destin exceptionnel ; je l'ai toujours su ! D'ailleurs, il te faudra songer à me féliciter plus souvent pour mon excellent flair ! fit-elle en se tournant vers la bonne d'un air impérieux qui ne souffrait aucune nuance.

Elle claqua des doigts et Julia fit un pas en avant, toute prête à écouter les caprices de la maîtresse de maison.

— Julia, allez en cuisine, nous prendrons ce soir un dîner de fête. Ah ! Que Sofia prépare ses meilleures spécialités, et qu'elle fasse confectionner un gâteau à l'amande en dessert, c'est bien celui-là ton préféré, ma chérie ? Quoique, j'ai l'amande en horreur… Disons plutôt un gâteau à l'abricot ! Tu n'y vois pas d'inconvénient, n'est-ce pas ? Je le savais ! Tout doit être absolument parfait… Ah, et Julia ? Faites également mettre quelques boissons au frais, nous allons trinquer à la destinée de ma fille ! Et à présent, parle-moi donc un peu plus de ce charmant monsieur Falk, et de cet odieux monsieur Nyström ! Quel impudent ! Comment ose-t-il s'adresser de la sorte à ma fille !

Sora n'avait guère le cœur de se montrer rancunière. Toute à sa gloire, elle était fort disposée à être magnanime, même quand on lui imposait le seul gâteau qu'elle ne pouvait souffrir. Elle balaya la vindicte de sa mère du revers de la main et prit une gorgée de thé avant de répondre.

— Cela n'a guère d'importance Maman, il doit être seulement rongé par la jalousie, tout le monde n'a pas la chance de bénéficier de notre situation privilégiée et encore moins de travailler dans un contexte aussi stimulant que le *Quotidien omniscient*. Rends-toi compte, il est paléontologue !

— Par l'Unique ! Je n'ai aucune idée de ce dont il s'agit, mais en effet, cela m'a tout l'air d'être épouvantable ! Tu as raison, quelle grandeur d'âme, ma chérie, je te reconnais bien là ! Encore un trait d'esprit que tu as hérité de ton auguste mère, en toute modestie, bien sûr. En tout cas, ce monsieur Filip me semble être d'une courtoisie exemplaire et j'escompte bien pouvoir le rencontrer prochainement. Que dirais-tu de l'inviter à dîner pour fêter ton article ?

— Oh non, maman, enfin ! Je n'oserai jamais et il serait parfaitement déplacé qu'une employée invite ainsi son supérieur à quelque dîner !

— Mais puisqu'il connaît ton père ! Ce ne serait pour ainsi dire qu'un dîner mondain supplémentaire. Nous pourrions également y inviter son fils, lui fit-elle avec un clin d'œil, je gage qu'il doit être un fort beau parti s'il tient au moins pour moitié du caractère charmant de son père.

— Oui-da, ce doit être un bel homme s'il lui ressemble et tout à fait plaisant encore, concéda Sora.

— Qui doit être plaisant ?

— Papa ! Enfin, vous êtes rentré !

Le père de Sora, menu et voûté, pénétra dans le boudoir en ôtant son couvre-chef, un sourire fatigué pendant à ses lèvres comme un écritoire bon marché sur une devanture ne payant guère de mine.

— William, mon cher et tendre, approchez ! Notre fille a une grande nouvelle à vous annoncer ! Dis-lui Sora ! Allons, ne fais pas ta timide !

— Eh bien, oui père, comme maman le disait… commença Sora.

— Elle va être publiée pour un de ses articles ! l'interrompit Rosalie. Pardon, chérie, je suis tellement excitée que je n'ai point su me retenir !

Le père de Sora pénétra plus avant dans la pièce, et Sora les contempla tous deux, avec une profonde reconnaissance pour tout le soutien qu'ils n'avaient jamais cessé de lui manifester et qui portait enfin ses fruits. William, comme toujours lorsqu'il était question de sa fille, eut son visage pâle et d'habitude si discret qui s'alluma d'une lueur de fierté et il serra Sora avec entrain contre lui. Elle se laissa aller à cette étreinte paternelle, à cet enthousiasme maternel avec délectation et insouciance.

Le reste de la soirée se déroula dans la même allégresse et ils passèrent un moment familial chaleureux. La table fut dressée au grand salon pour l'occasion, bien qu'il ne servît d'ordinaire que pour les réceptions mondaines, et la mère de Sora fit allumer tous les chandeliers ainsi que tous les lustres. Rien n'était trop beau pour sa fille adorée comme elle ne cessa de le répéter durant toute la soirée, avant de souligner que tout le mérite lui revenait. Le père de Sora lui promit de faire confectionner une nouvelle robe pour fêter son premier article, sa mère de dire un mot à propos de sa chronique à tout son cercle d'artistes et c'est le cœur aussi léger que son ventre était lourd que Sora regagna sa chambre.

*

Le lendemain, Sora se réveilla très matin. L'aube ne pointait pas encore dans l'obscurité. Elle ouvrit les yeux d'un coup, réveillée subitement comme par un appel de sa conscience et se leva lestement, repoussant les lourds rideaux de velours qui obstruaient ses fenêtres. Puis elle chaussa ses pantoufles et manda prestement Nana afin qu'elle l'habillât. Elle lui fit vêtir une de ses tenues préférées, un ensemble dont le haut comprenait une pièce d'estomac fort ornementée avec un brocart raffiné et une jupe à petite tournure, sobre. Sora résolut de se rendre de bonne heure au local, afin de découvrir le plus tôt possible le traitement qui avait été réservé à son article.

A la seconde où elle eut fini d'engloutir son petit déjeuner sous l'œil amusé de son père et des encouragements ensommeillés de sa mère, elle dévala les marches du perron et se précipita sur le premier vendeur ambulant de journaux qu'elle put identifier dans la rue. Le garçon, encore à moitié endormi, la contempla d'un air vitreux et lui vendit un exemplaire du *Quotidien Omniscient* sans enthousiasme. Sora le lui arracha des mains, courut près d'un lampadaire pour tenter d'en déchiffrer les articles.

Elle tourna fébrilement les pages du *Quotidien*, les passant avec une telle ardeur qu'elle en déchira une ou deux. Elle parvint enfin à la page 8, celle des chroniques. Elle survola la rubrique « Mode canine » de *Madame Toutout* qui y parlait des dernières tendances de la saison mondaine, quels frisottis seyaient le plus aux caniches, assortis d'un questionnaire « quelle frange mérite votre Yorkshire ? » et fut stupéfaite de découvrir que *Madame Toutout* osait conseiller le nœud papillon à carreaux pour le fox-terrier. Elle secoua la tête, écœurée, avant de se ressaisir : les nœuds papillon pouvaient attendre. Suivaient deux rubriques, la première comportant un entretien avec monsieur Hartman, l'ami de sa mère, sur sa prochaine exposition, et l'autre qui promettait d'emmener le lecteur dans les coulisses du chantier de la construction d'un pavillon des curiosités pour la prochaine Exposition Universelle.

Elle contempla la page huit avec la profondeur intellectuelle d'un bovin à qui l'on aurait enlevé la pitance, puis décida qu'elle avait sans doute fait erreur et examina plus attentivement la page. Elle la relut une fois, deux fois et à la troisième, elle se résigna à admettre qu'elle n'avait guère commis d'étourderie. Son article n'y figurait tout simplement pas.

Peut-être allait-il paraître dans une prochaine édition ? Il ne pouvait s'agir que de cela. Dans le doute, elle résolut d'aller causer avec Filip qui ne manquerait probablement pas de la rassurer et de lui ôter toutes ses craintes à ce sujet. Elle se rendit d'un pas décidé au local de l'*Omniscient*, tantôt en proie à de grands tourments, tantôt se rassurant. Sitôt arrivée, elle monta hâtivement au premier étage, grimpant les marches dans un froufrou chahuteur, ouvrit la porte du bureau de Filip Falk avec fougue, lui fit face, posa son exemplaire du jour presque avec violence sur son bureau, croisa les bras et attendit.

Néanmoins, elle regretta aussitôt son geste déplacé envers son supérieur, aussi décroisa-t-elle les bras et tenta-t-elle d'adopter une expression plus aimable. Son interlocuteur croisa les doigts, haussa un sourcil d'un air surpris et chaussa un sourire vaguement amusé sur ses lèvres fines.

— Mademoiselle Bergros, que me vaut cet énergique plaisir matinal ?

Son calme la décontenança tout à fait.

— Mon article… je ne comprends pas, bégaya-t-elle. Il ne figure pas en page huit, il doit y avoir une erreur… N'est-ce pas ?

— Par l'Unique, vous dites vrai ! Nous avons totalement oublié de vous prévenir, je vous présente mes excuses les plus plates. Nous avons finalement convenu de ne pas le faire paraître. Vous mettre au courant aurait été plus courtois de ma part, j'en conviens. À présent s'il s'agissait du seul motif de votre visite, je vous suggère de vous mettre au travail, vous avez sans nul doute une pile considérable de courrier à lire. Vous pouvez disposer.

Il la chassa d'un vague geste du revers de la main qui acheva de stupéfaire Sora. Elle était tant abasourdie qu'elle ne songea même pas à répondre. Elle sortit du bureau, chancelante, la gorge serrée, déglutissant avec difficulté et refluant ses larmes avec plus de difficulté encore. Elle prit quelques instants pour reprendre ses esprits, puis descendit et s'installa à son bureau, son orgueil mortifié. Linus eut le bon goût de s'abstenir de toute moquerie, ce dont elle lui sut gré, et il hocha simplement la tête devant sa mine déconfite. Son humiliation était suffisante comme cela, il n'y avait besoin d'aucune adjonction.

Afin de se changer les idées, elle entreprit de commencer le déchiffrage de sa pile de lettres. C'est après la lecture de quelques missives dépourvues du moindre intérêt qu'elle tomba sur une petite enveloppe en papier brun, comprenant une épître griffonnée à la hâte avec une écriture en patte d'oie :

« Rendez-vous à l'Université IMMÉDIATEMENT, A. N. ».

Sora retourna le papier, incrédule, pour vérifier s'il comportait quelque mention complémentaire. L'enveloppe lui était bien adressée pourtant. Elle mit quelques instants avant de comprendre que les initiales ne signifiaient nul autre qu'Actéon Nyström, qui, dans son impudence usuelle, se donnait le droit de la convoquer, elle.

*

Elle laissa s'écouler volontairement toute la matinée avant d'aller à l'Université. Elle avait bien songé à ne point s'y rendre, mais sa curiosité était par trop attisée pour ne guère honorer ce rendez-vous autoritaire. De plus, elle pensait qu'il lui offrirait peut-être l'occasion d'une bonne querelle lui permettant de passer ses nerfs, lesquels étaient mis à rude épreuve après sa cruelle déception matinale. Elle se rendit donc sur l'île de la Communauté, curieuse de découvrir les bâtiments de l'Université de Midjaborg, la plus grande et prestigieuse de tout l'Unicus et toute disposée à se montrer acrimonieuse s'il le fallait.

Une fois arrivée, elle prit le temps d'admirer le cloître ainsi que la Cour de la Communauté, sa tour dont elle ne put que révérer l'architecture, qui, malgré sa construction ancienne, était d'une ornementation superbe. Sa mère lui avait narré la quantité innommable de marbre qu'il avait fallu extraire, ainsi que le nombre exact d'années que le chantier avait duré, mais tout cela était parti dans quelques recoins poussiéreux de sa mémoire ; aussi, n'eut-elle que ses yeux pour savourer béatement l'ouvrage.

Elle demanda à l'accueil la section paléontologie, consciente qu'elle risquait de froisser quelqu'un avec la vague inflexion dédaigneuse que comportait sa question et s'y rendit, tâchant de trouver son chemin dans un dédale de couloirs et de bureaux. Elle passa devant une bibliothèque somptueuse puis, après encore quelques galeries labyrinthiques, finit par atteindre le bureau qui indiquait Actéon Nyström. Elle frappa et entra.

Là, ce qu'elle découvrit la frappa de stupeur. Il s'agissait d'un véritable capharnaüm. La pièce avait dû être relativement spacieuse. Autrefois. Dans des temps fort lointains. Mais à présent, les murs étaient dissimulés par d'imposantes étagères sur lesquelles un encombrement monstrueux ne permettait même plus d'en percevoir le fond. Des piles de livres, entassés négligemment, y attendaient des jours meilleurs, couverts de poussière, tandis que quelques objets insolites reposaient dessus. Il s'agissait de bouts de roche de diverses consistances et couleurs, dans lesquelles s'y étaient comme imprimées des formes, probablement d'autres fossiles, mais plus petits, en déduisit Sora. Le bureau l'épouvanta plus encore, car dessus y gisaient des monceaux de papiers, de feuillets, tous plus froissés les uns que les autres, quelques-uns posés sous une tasse de thé. Un stylographe avait même répandu son encre sur deux livres ouverts. Les seuls objets qui paraissaient soignés étaient des plantes.

Il y en avait de partout, certaines pendants du plafond, la plupart alignées près des vitres, d'autres sur les étagères, des vertes, des panachées, des rouges, tout un défilé botanique se concentrait dans le bureau anarchique de monsieur Nyström. C'était un tel désordre que Sora en frissonna d'effroi et resta bouche bée sur le pas de la porte, jusqu'à ce qu'elle se fasse bousculer par quelqu'un qui voulait entrer.

Il ne s'agissait de nul autre que du responsable de l'état de cette pièce, dont Sora n'avait pas même remarqué l'absence, tant la pièce était remplie de chaos. Actéon la bouscula sans ménagement, et enjamba avec élégance un carton ouvert, rempli de documents, qui se situait fort opportunément en plein milieu du passage. Puis, il se retourna vers elle, les bras croisés, et lui fit face. Sora constata qu'il prenait autant soin de sa personne qu'il négligeait l'ordre de son bureau, à en témoigner par l'élégant complet trois pièces qu'il portait, et à l'étoffe de soie bigarrée minutieusement nouée autour du cou. Il pinça les lèvres.

— Eh bien, mademoiselle Bergros ? J'attends.

— Vous… attendez ? C'est vous qui m'avez sommé de venir, aussi pensais-je que vous auriez l'obligeance de m'informer du motif de cette entrevue, mais peut-être était-ce faire montre de trop de naïveté de ma part.

— De naïveté… C'est plutôt moi qui suis naïf, étant donné que je pensais que vous auriez au moins suffisamment de considération à mon égard pour me demander pardon. Savez-vous au moins à quel point ces fossiles étaient précieux ? En avez-vous la plus petite idée ? Bien sûr que non, vous n'êtes décidément qu'une jeune sotte prétentieuse issue d'une famille privilégiée de l'Unicus, qui se pavane en tenue novatrice pour souligner tout le progressisme de sa pensée, mais qui pourtant suit en droite ligne, soutient et prend même une part active, à la propagande de l'Imperare ! L'espace d'un instant, j'ai caressé l'espoir que vous étiez différente du système auquel vous appartenez, lorsque vous avez eu votre vision, et que vous mesureriez toute l'importance de ces fossiles, les premiers de cette envergure à être découverts, mais non. Non, même pas, ça pour être une sotte, vous êtes une sotte, et doublée d'une inconsciente !

La bouche de Sora s'ouvrit en grand. Elle ne s'était certainement pas attendue à cela, plutôt à son contraire d'ailleurs. Elle avait vaguement pensé que monsieur Nyström lui présenterait ses plus plates excuses pour sa conduite grossière les fois passées. À présent, elle pouvait constater qu'il n'en était rien et ne pouvait concevoir qu'une explication à sa fureur : il était en colère, car son article n'avait point été publié et que cela enlevait ainsi de la notoriété à sa découverte qu'il avait souhaité médiatiser.

— Monsieur Nyström, je comprends votre déception, mais vous n'avez aucunement le droit de vous épancher sur moi. Je n'y suis pour rien, il s'agit là du choix du comité de la rédaction. Si vous le souhaitez, je peux cependant faire part de votre déconfiture auprès de ma hiérarchie, peut-être accepteront-ils de revoir leur position quant à leur choix de publication.

— De ma déception ? De ma… ? Vous devriez parler de fureur plutôt, et si, c'est entièrement de votre faute, si vous ne vous étiez pas rendue sur les lieux de la découverte, si vous n'aviez pas donné suite à la missive du contremaître, tout cela ne se serait jamais produit !

— Jamais produit ? Mais enfin qu'essayez-vous de me communiquer ? Vous n'êtes pas furieux par rapport à la publication de l'article ?

— Je vous parle bien évidemment de la destruction des fossiles, que vous et vous seule avez causée.

— Les fossiles ont disparu ? Mais comment est-ce possible ?

— C'est très simple : vous avez eu la stupidité de rapporter à votre hiérarchie l'existence des fossiles, qui a ensuite tout mis en œuvre pour les faire disparaître.

Sora ne put retenir un grand éclat de rire. Décidément, la paléontologie faisait subir un lavage de cerveau à ses tribuns. Ou bien peut-être était-ce une discipline ne comportant que des personnages hauts en couleur ?

— Disparaître ? Monsieur Nyström, mesurez-vous le ridicule de vos propos ? Le comité de rédaction n'a certes pas publié mon article, mais ils ne rayeront pas des fossiles de la surface de l'Unicus simplement parce qu'on en a écrit un article dessus ! C'est risible ! En tout cas, je ne me promets guère une grande carrière si le sujet de mes articles est constamment éliminé après mon passage ! Que c'est grotesque !

— Vous osez mettre en doute mes propos ? Mais, je vous en prie, rendez-vous donc sur les lieux et constatez par vous-même ! Ils n'y sont plus.

— Vraiment ? répondit Sora en tâchant de maîtriser son fou rire. Et on les aurait fait disparaître par quelque enchantement ? Dites-moi voir, je ne connais aucun pouvoir qui eût permis cela, mais peut-être ont-ils fait venir un Zéphyr qui aura soufflé si fort dessus que vos précieux fossiles se seront envolés ? Ou un Naturel qui les aura ramenés à la vie ? Vos inestimables arbres ont-ils été pris d'une envie de liberté ?

— Vous vous moquez de moi ?

— Ah non, n'inversez point les rôles. Vous vous montrez méprisant envers moi depuis le départ, j'irai même jusqu'à dire condescendant, alors qu'à ma connaissance je ne vous ai causé aucun tort, du moins pas volontairement. Je ris seulement de vous voir suggérer avec sérieux pareille imbécillité. À présent, n'escomptez pas d'excuses de ma part, je ne vous en ferai point et serai même en droit d'en attendre de vous, mais comme je suis d'une grande bonté, je vais seulement m'en aller en vous claquant la porte au nez, vous laissant seul et stupide avec vos accusations infondées.

Et c'est exactement ce qu'elle fit. Elle partit en claquant la porte derrière elle, et retourna, encore plus énervée, à la rédaction. Elle s'assit et tâcha d'oublier cette entrevue désastreuse. Néanmoins, elle ne parvenait pas à comprendre les missives qu'elle lisait, et devait s'astreindre à ramener ses pensées du bureau de monsieur Nyström où résonnaient en boucle ses allégations fantasques vers les lignes de ses missives qui lui paraissaient illisibles.

Au bout de quelque temps, elle se leva d'un bond et alla résolument vers le pigeonnier qui se trouvait au fond de la cage à poules. Elle y pénétra, interrompant le roucoulement des volatiles, en saisit un au hasard, lui attacha un mot pour le contremaître Jarn à la patte et le fit s'envoler pour les carrières ; il n'y avait que comme cela qu'elle en aurait le cœur net.

Monsieur Jarn eut l'amabilité de lui répondre plutôt rapidement, et elle reçut sa réponse dans l'après-midi par retour de pigeon voyageur. Le mot était court et lapidaire, mais explicite : « Mademoiselle Bergros, inutile de venir revoir les fossiles, leur paroi s'est effondrée dans la nuit. Il n'y a plus rien. Jarn »

Chapitre 10

Aris, 1707 (apr. P.)

Le lendemain, sur le parvis de son domicile, Aris lança un regard plein de reproches au ciel gris maussade de Midjaborg. Un fin crachin déversait ses perles limpides sur le feutre de son couvre-chef et commençait déjà à embuer son visage. Faire le trajet à pied sous une telle météorologie n'allait guère améliorer son humeur. Cela étant, la simple idée d'avoir à supporter la proximité de ses semblables dans les transports en commun lui était insupportable. Il préférait encore arriver trempé au ministère, ce qui lui laisserait de surcroît tout loisir pour ruminer leur défaite pendant le chemin.

Il prit donc l'itinéraire du Ministère sous le ciel dénué de promesses de sa ville, fourrant ses mains dans ses poches de pantalon, et poussant un profond soupir. Tout n'était qu'une succession d'échecs et d'impasses depuis des semaines : les charniers de bêtes inexpliqués, la fuite des dissidents qui était trop parfaite pour ne pas avoir été préparée en amont, la libération de leur seule piste sur le réseau des résistants. Qui pouvait bien être cette taupe ? Un agent d'entretien ? Un collègue de leur section ? Comment allaient-ils le découvrir ? La taupe et la fugitive étaient-elles la même personne ?

Sans qu'il s'en rendît véritablement compte, il parvint à son bureau et n'émergea de ses réflexions qu'à la contemplation stupide de la chaise inoccupée de Klemens. Il grogna : à tous les coups, Johann avait réuni toute l'équipe au fond du couloir afin qu'ils échangeassent de concert sur leur dépit respectif. Il traversa le couloir à contrecœur, mais se redressa avant de pénétrer avec droiture dans la salle de réunion. La tension y était palpable, les mines renfrognées. Seul Klemens avait son air ingénu habituel. Johann, quant à lui, tout comme les agents qui l'avaient accompagné la veille, arborait de profonds cernes sous les yeux.

Johann patienta cependant qu'Aris prenait place aux côtés du grand dadais, enlevait son couvre-chef détrempé, sa veste et s'asseyait, non pas sans avoir déboutonné son veston. Alors seulement, il prit la parole, sa voix calme et posée trahissant néanmoins une tension sous-jacente, comme les ridules d'une étendue d'eau qu'une brise vient froisser.

— Merci de nous honorer de votre présence, Hartman, lui fit-il, avant de se tourner vers le reste de l'assemblée. Bien, maintenant que nous sommes au complet, nous pouvons commencer. Nous avons seulement quelques certitudes : hier se trouvaient au moins trois dissidents disséminés dans la foule. Nous avons poursuivi deux hommes, tandis qu'Hartman et Lindgren pourchassaient une femme, qui portait une perruque blonde. Tous sont parvenus à s'enfuir, avec de surcroît le prisonnier, monsieur Lagtŭr, que nous avions capturé la semaine dernière. Voilà pour nos certitudes. Pour le reste, nous en sommes réduits à émettre des conjectures.

— Ils étaient forcément au courant que nous allions tenter de leur tendre une embuscade, ne put s'empêcher d'intervenir Aris.

Dans un élan, il se leva et vint se placer aux côtés de Johann, face à la longue table de réunion.

— Il m'est avis que les deux opposants que vous avez pourchassés, Johann et les autres, ne servaient en réalité que de diversion pour laisser le champ libre à la blonde afin qu'elle puisse s'introduire sans encombre dans le ministère et près des cellules afin de libérer un prisonnier, poursuivit-il en déambulant dans la salle. Elle connaissait le bâtiment, il eût été impossible autrement qu'elle parvienne à s'y retrouver dans ce dédale que nous mettons nous-mêmes plusieurs années à intégrer. Il faut de toute urgence interroger les détenus dont les geôles étaient proches de celle du dissident afin de voir si certains d'entre eux n'auraient pas entendu, voire vu quelque chose ; pour les agents qui étaient sur place hier, j'espère que nous arriverons à établir un portrait des contestataires, ce serait déjà une excellente base de travail.

À bout de souffle, Aris remarqua qu'il avait retenu sa respiration, emporté qu'il l'était par ses hypothèses. Il inspira et se rendit soudain compte qu'il se tenait aux côtés de son supérieur, et que ses collègues le dévisageaient avec des yeux béats tandis que Johann le fixait les lèvres pincées. De toute évidence, il s'était laissé entraîner par sa fougue et n'avait guère respecté le protocole vis-à-vis de la hiérarchie. Il alla calmement se rasseoir à la droite de Klemens. Il avait formulé ce qu'il avait à dire, voilà tout ce qui importait réellement, le reste n'était que bagatelles en comparaison des enjeux de sécurité intérieure de l'Unicus.

— Je partage les réflexions d'Aris, lui concéda Johann. D'où connaissait-elle notre bâtiment ? Peut-être y a-t-elle travaillé ou y travaille-t-elle en ce moment ? Ou alors ses connaissances lui proviennent d'une source tierce, une personne qui y travaille, que nous connaissons ?

— Peut-être s'agit-il d'une ancienne détenue ? proposa Klemens.

— Peut-être… toujours est-il qu'elle savait dans quelle aile chercher le prisonnier. Nous n'avons pas trouvé de traces d'effraction sur la porte de la cellule ni sur celle de la sortie qu'ils ont empruntée, ce qui suggère là encore qu'ils ont reçu de l'aide de l'intérieur. Aris, je veux que vous fassiez établir un croquis de la femme que vous avez bousculé dans le hall, il s'agissait vraisemblablement d'elle. Quant à vous, messieurs, vous allez fouiller nos archives de prisonniers et tâcher de voir si une femme qui correspondrait en faisait partie sur les, disons, trois dernières années. Cela me paraît un bon début. Hartman, dans mon bureau. Sur le champ.

Dans un bruit de raclement de chaises, tous se levèrent et quittèrent la salle, à l'exception d'Aris, qui attendit avant de suivre Johann dans son bureau. Aris affectionnait particulièrement cette pièce toute lambrissée, la plus vaste de l'étage et avec une vue imprenable sur les jardins impériaux. Son supérieur alla s'installer derrière son grand secrétaire en acajou et le fixa, les lèvres serrées. Pour se donner contenance, Aris se rendit près du buffet et se saisit de la carafe de cristal, leur servit deux verres avant de retourner s'asseoir en face de lui. Il lui tendit un verre puis plongea son regard dans le sien. Il se doutait de ce que son chef allait lui reprocher, aussi attendit-il en silence. Au bout de quelques instants, il releva la tête. Johann avait-il décidé de tout lui communiquer par la pensée ? Finalement, il desserra ses lèvres blanchies à force d'être pincées dans un effort manifeste pour garder contenance.

— Aris, si vous voulez vraiment ne devoir votre poste qu'à vous-même, ainsi que vous vous plaisez à le répéter à tout bout de champ, vous allez devoir apprendre à vous comporter comme n'importe quel autre de mes subalternes. Aucun officier n'aurait osé m'interrompre de la sorte, devant toute l'équipe réunie et vous le savez parfaitement. Vous êtes sous mes ordres et non l'inverse, je vous prie par conséquent de ne plus piétiner mon autorité à l'avenir et de commencer à me manifester un peu plus de respect.

— Johann, enfin ! Vous devriez savoir toute la considération que j'ai pour vous…

— Ce que vous ressentez n'a aucune espèce d'importance, c'est ce que vous exprimez et affichez en public qui en a. Vous, plus encore que quiconque dans l'équipe, me devez de la déférence, surtout devant autrui.

Le ton de Johann était aussi sec et tranchant que le coupe-chou ouvragé qu'Aris avait eu pour son anniversaire et que son barbier personnel utilisait lors de ses visites hebdomadaires. Ainsi, comme de coutume, tout se résumait à ses origines, malgré ses efforts pour les faire oublier et tout le mal qu'il se donnait à son travail. Manifestement, il était le seul désireux d'enfouir ses appartenances sous le tapis poussiéreux du passé. Johann le décevait, lui en qui il avait placé tant d'espoirs, tant d'admiration, qu'il considérait comme un père. Il l'aurait cru au-dessus de ce genre de chicane. Mais de toute évidence, lui ne l'envisageait guère comme un fils et se sentait uniquement menacé. Qu'à cela ne tienne, si ses origines ne se laissaient point oublier, autant les assumer. Il vida son verre d'un trait puis posa son verre sur le bureau, prenant garde à afficher sa désinvolture, se leva, et enfin reboutonna soigneusement son veston.

— À votre guise. Y avait-il autre chose dont vous souhaitiez m'entretenir, monsieur Holm ?

Johann le dévisagea un long moment avec une expression qu'Aris trouva indéchiffrable, comme s'il pesait les pour et les contre. Finalement, il soupira.

— Non, Aris, ce sera tout. Vous pouvez disposer.

Aris lui fit un petit salut de la tête, espérant que son supérieur percevrait dans son geste toute l'ironie qu'il mettait dans sa *déférence*. Il n'était guère laquais, mais s'il n'avait dû se choisir qu'un seul maître, il l'avait : sa patrie. Comment pouvait-on s'inquiéter du décorum lorsque le réseau de terroristes était encore et toujours en liberté, quelque part dans les rues de la capitale, à fomenter quelques nouveaux coups bas portés à leur empire ?

Il rejoignit son bureau, absorbé par son amertume. Certes, Johann avait blessé son amour-propre, mais il s'agissait plus que de cela. Il aurait pensé que cet homme, qu'il avait tenu pour exemplaire, serait au-dessus du paraître et du protocole officiel pour se préoccuper uniquement des résultats. En fin de compte, leur entrevue lui avait témoigné du contraire. L'efficacité et leur mission passaient apparemment au second plan lorsqu'il s'agissait de réputation et de la futile hiérarchie bureaucratique. La bureaucratie signerait prochainement la mort de leur civilisation, c'était une évidence. Il arriva sur le seuil de leur porte, et vit Klemens qui était déjà plongé dans une intense conversation avec leur portraitiste officiel, monsieur Malaryr.

Ce pauvre bougre, auquel était échue cette lamentable fonction, se tenait avachi sous le poids de la défaite en face de Klemens. Aris rejoignit son bureau et s'installa confortablement. Tant qu'à froisser les sensibilités hiérarchiques, autant le faire dans une position qui lui seyait, aussi mit-il, comme d'ordinaire, ses pieds sur son bureau, dévisageant la face pâle de Malaryr, aussi blanche et vaporeuse que les rues de Midjaborg perdues dans une brume hivernale.

Qu'il était comblé de n'être point doué en dessin ! Ainsi Johann ne pouvait-il guère le remiser à des fonctions miséreuses et d'un ennui à faire sourciller le portrait de l'Imperare. Autrefois, lorsqu'il avait pris ses fonctions, dans des temps qu'il peinait à se remémorer, Malaryr était un agent semblable aux autres qui les accompagnait sur le terrain. Puis, au détour d'une enquête, Johann avait découvert son talent pour le dessin et tout le potentiel que cela impliquait dans la recherche de dissidents ou de criminels en fuite.

Depuis, ce dernier s'était progressivement voûté, avait pâli, croupissant derrière son poste. En somme, il n'était devenu rien de plus qu'un simple gratte-papier comme l'administration de l'Unicus en comptait par milliers.

Rien d'étonnant, par conséquent, à ce qu'il s'adressât à Klemens d'une voix dénuée de toute substance vitale, sans volonté et empreinte d'une lassitude et d'un désintérêt tout bureaucratique. Quelques années de plus à être portraitiste de leur section et il pourrait candidater au ministère de l'Information officielle ! Laissant ces funestes considérations pour ses méditations ultérieures, il tâcha de se concentrer sur la conversation entre ses deux collègues. Malaryr tenait un fusain dans la main droite et un carnet de croquis dans la gauche.

— Bien, je vous écoute, disait-il à Klemens. Je vous propose de commencer par la forme générale de son visage : rond, ovale, long… ?

— Elle avait un long visage, au nez droit, des pommettes saillantes, énonça froidement Aris.

— Vraiment ? J'aurais pour ma part plutôt un visage ovale en souvenir, intervint Klemens.

— Non, mon cher Klemens, je vous assure qu'il était long, rétorqua Aris.

— Hum… Long ou ovale ? Il faut vous mettre d'accord.

— Long, trancha Aris avec autorité.

— Ovale, assura Klemens. Et j'ai également noté un menton fuyant.

— Un menton fuyant ? Mais enfin Klemens, qu'avez-vous pris avec votre thé du matin ? Les traits de cette traîtresse étaient acérés, aussi tranchants qu'une lame, harmonieux, comme taillés dans la pierre.

— Mais si, je me souviens bien avoir noté ce détail qui détonait avec le reste du visage fort sympathique au demeurant.

— Donc j'opte pour un visage ovale avec un menton fuyant ? ânonna Malaryr.

— Tout à fait ! s'écria un dadais bien trop enthousiaste.

— Absolument pas ! protesta Aris.

— Bon… Laissons le menton de côté pour l'instant.

C'était bien là le genre de proposition d'un individu habitué à fuir tout type de conflit et de situation périlleuse. Dans la même tentative d'apaisement, il poursuivit de sa voix atone.

— Nous pourrions peut-être nous concentrer sur le haut du visage ? Le front par exemple : haut ou bas ? La couleur des yeux ? Celle des cheveux ?

— Elle portait une perruque blonde au départ, mais elle avait une coupe courte à la garçonne avec des cheveux bruns lorsque je l'ai percutée dans le hall, asséna Aris. Quant à ses yeux, ils étaient en amande et d'un vert émeraude.

— Superbe, voilà qui nous fait avancer, répondit Malaryr avec un enthousiasme si peu commun pour lui qu'il se colora les joues.

Aris failli bien le mettre en garde de ne point trop faire courir d'adrénaline dans ses veines sous peine d'activité intempestive.

— Quel âge lui donneriez-vous ?
— À peine la trentaine, trancha Aris.
— Aris, vous ne pouvez parler sérieusement ! Elle devait frôler la quarantaine !

Cette fois, ce grand empoté de blond l'agaçait. Il avait vu cette femme, c'est-à-dire non pas comme on regarde une passante, mais comme on voit une personne du regard pénétrant que procure l'attirance. Que Klemens puisse penser qu'il soit attiré par des personnes bien plus âgées que lui le dépassait complètement. Quel outrageux sous-entendu !

— Douteriez-vous de mon expertise en matière de gent féminine Klemens ? siffla-t-il. J'ai presque l'impression que vous faites exprès de me contredire.
— Si vous n'étiez point si mauvais observateur, je n'aurais pas besoin de vous reprendre sans cesse !

Aris jaugea Klemens, et vit que ses narines frémissaient. Cela lui arrivait uniquement lorsque la conversation lui tenait à cœur et qu'Aris l'irritait, c'est-à-dire d'ordinaire quand il essayait de lui faire ressentir quelque empathie à l'égard de son prochain ou qu'il lui assénait une de ses épouvantables leçons de morale sur l'avilissement que constituait la torture. Pourquoi se mettait-il dans un état pareil ? Les enjeux de ce portrait étaient considérables, certes, mais là, tout de même, cela lui tenait trop à cœur. Lui en voulait-il donc toujours pour leur accrochage de la veille ? Il est vrai qu'il ne s'était guère excusé de l'avoir bousculé et plaqué au mur, mais Klemens le connaissait mieux que quiconque, excepté tante Cléia, et il devait bien savoir que jamais il ne s'abaisserait à reconnaître qu'il lui arrivait, fort rarement du reste, d'avoir tort.

— Hmmm, d'accord… fit Malaryr avec une prudence digne d'un bureaucrate que toute once de courage a déserté. Peut-être pourrions-nous établir deux portraits différents puis y chercher par la suite des concordances ?

— Quelle fadaise ! s'exclama Aris.

Malaryr et Klemens eurent néanmoins gain de cause et Aris dut se plier à l'exercice ridicule de faire élaborer un portrait blond au visage fin avant d'assister à la réalisation de la version fallacieuse de Klemens. Les résultats furent à la hauteur de la médiocrité qu'il escomptait : des figures en tous points dissemblables. Il commença à sentir son sang s'échauffer devant tant d'aberrante inefficacité. Toutes ces bagatelles étaient autant de sursis accordés à la fuyarde pour qu'elle disparaisse et soit particulièrement difficile à retrouver.

Il n'eut cependant pas le temps d'exprimer toute son exaspération — ce qui le mécontenta d'autant plus — car Johann vint interrompre ce manège absurde. Les traits cernés de son supérieur étaient davantage tendus que dans son bureau et son regard se perdait dans le vide, par-delà leur sinistre trio.

— Hartman ! Lindgren ! aboya-t-il. Laissez Malaryr et ses portraits pour l'instant, vous y reviendrez ultérieurement, nous avons plus urgent à faire. Après moi.

Il tourna sèchement les talons et disparut dans le couloir. Aris et Klemens échangèrent un regard. Aris haussa les épaules : une autre saute d'humeur de leur supérieur, et alors ? Il se leva et, accompagné de l'adjoint le moins coopératif de tout l'Unicus, suivi leur supérieur. Johann les mena dans son bureau, ferma vivement la porte derrière eux et alla directement près de la carafe en cristal qu'Aris avait tenu un peu plus tôt pour se remplir un verre qu'il vida d'une traite. Klemens ouvrit la bouche : manifestement, même en face de leur supérieur il ne disposait guère d'assez de patience et de retenue pour attendre que Johann en vienne aux faits de lui-même, Aris lui décocha donc un regard noir qui fit ravaler sa curiosité à l'intéressé quelques secondes. Klemens referma la bouche aussi sec, sa lippe s'avançant sous l'effet de la frustration.

Ce fut le temps qui fut nécessaire à Johann pour soulever derechef la carafe, l'incliner lestement pour se servir un verre aussi généreux qu'une poitrine de nourrice, et avec une franchise empreinte d'urgence, vida ce deuxième verre. Enfin, il alla s'asseoir en face d'eux, à son bureau. Aris croisa les jambes et s'installa confortablement : de toute évidence, ce qu'il avait à leur apprendre valait le détour, autant être bien assis. Une petite partie — entendu, une partie non négligeable de lui-même — se délectait en outre d'observer le trouble dans lequel Johann se trouvait. Après son humiliation du matin, après ses déceptions et l'amertume qu'il en ressentait, il était ravi que son supérieur essuie quelques déconvenues à son tour. Il le vit déglutir puis inspirer. Néanmoins, au lieu de leur expliquer le motif de leur présence, il se releva et se servit un troisième verre et enfin, après une dernière gorgée qui sembla lui procurer tout le courage dont il avait besoin, il parut disposé à converser.

— Hartman, Lindgren, nous sommes convoqués au Palais de l'Imperare. L'Impe… Il souhaite nous voir… J'imagine qu'il a eu vent de nos mésaventures d'hier.
— L'Imperare souhaite nous voir ? s'exclama Klemens.

Ce grand dadais n'avait pas son pareil pour enfoncer avec sa candeur toutes les portes déjà bien ouvertes et il émit un petit sifflement tout autant superflu, sans doute destiné à exprimer à toute l'assistance qu'il convenait d'être impressionné.

Aris pour sa part, remerciant l'Unique de lui avoir fourni un pragmatisme et une présence d'esprit à toute épreuve, jugea plus opportun de se lever et de se diriger vers le buffet afin de les servir tous trois. Il rapporta leurs verres et se rassit, époussetant son veston de soie et sirotant son breuvage en toute quiétude. L'Imperare les convoquait, et ensuite ? Certes, il leur passerait un savon, mais s'il le faisait avec la même expression que sur son portrait, il n'y avait guère de quoi s'inquiéter, éventuellement d'assister à une mine pâlissante d'un Imperare mollasson et incompétent, rien de plus et somme toute rien de moins que de coutume avec l'Imperare Justinien.

Cependant, comme Klemens ne semblait guère disposé à endosser sa manie de bavarder à tort et à travers et que le silence s'éternisait, Aris se risqua à rompre l'atmosphère taciturne de la pièce.

— Quand devons-nous nous y rendre ?

— Aussi vite que possible, mais avant de nous mettre en route, que cela soit bien clair : nul autre que moi ne s'adressera à lui. Sommes-nous d'accord sur ce point ?

Bien évidemment, cet avertissement lui était tout spécialement destiné, mais Johann eut malgré tout la grossièreté de le fixer avec insistance. Son supérieur ne le lâcha du regard qu'une fois qu'il eût hoché la tête en guise d'assentiment. C'est ainsi, avec une tension palpable entre eux trois qu'ils sortirent du bureau de Johann pour se mettre en route vers le Palais de l'Imperare.

*

Ils descendirent les marches du hall démesuré du Ministère, passant sous le portrait officiel de l'Imperare. Cette fois, c'est avec le regard d'un père déçu qui s'apprête à faire la leçon qu'il dévisagea Aris dans son imagination, et il dut secouer la tête pour se ressaisir et rattraper Johann et Klemens. Ils sortirent sous le fin crachin de Midjaborg et traversèrent la rue pour se retrouver nez à nez avec les grilles dorées qui entouraient les jardins impériaux. Là, deux gardes patibulaires les contemplèrent, attendant d'eux qu'ils déclinent leur identité. C'est seulement après la venue de deux ombres sinistres supplémentaires qui leur tinrent lieu d’escorte qu’ils purent pénétrer dans l’enceinte privée de la divine progéniture de Prométhée.

Aris sentait les gravillons de l’allée centrale rouler et racler la semelle de ses souliers dans un léger crissement régulier cependant qu’il tentait de conserver l’allure de ses deux collègues dont il ne possédait guère la taille démesurée des jambes. Pour une fois, Klemens se tenait coi, ce qui lui donna tout loisir de se concentrer sur l’austérité des jardins qui l’environnaient.

Tout y était parfaitement ordonné, géométrique, à croire que les jardiniers impériaux s’inspiraient de tiroirs à couverts tant l’ensemble était composé de lignes droites, de démarcations impeccables entre bosquets et allées, bien qu’Aris notât que certains massifs de buis étaient taillés dans des formes fort fantasques qui détonaient, le jardinier s’étant probablement laissé emporter dans son art topiaire. Ainsi y avait-il parfois de curieuses volutes de buis qui s’élevaient, surmontées de sphères, voire même de simples courbes qui dénotaient une certaine poésie de fort mauvais goût.

Ils passèrent en face d’une fontaine monumentale ayant pour statue centrale l’Imperare Justinien tenant sa foudre, ce qui, quand on connaissait le portrait officiel et surtout son air chétif et mélancolique, rendait cette sculpture ridicule. Certes, c’était là une démonstration du pouvoir prométhéen dans toute sa splendeur, mais tout de même, il y avait un monde entre une représentation de l’Imperare et une autre. Klemens marqua un arrêt devant la statue justement, et Aris se demanda dans sa barbe s’il allait oser la trouver de bon goût. Il n’y manqua évidemment pas.

— Juste ciel, par l’Unique ! Comme il a l’air impressionnant ! Est-ce donc vrai ce que l’on dit sur la lignée impériale ?

— Que dit-on, cher Klemens, sur la lignée impériale ?

— Oh, ne faites pas l’innocent Aris ! Vous savez fort bien de quoi je veux parler. Du fait que tous les descendants de Prométhée sont les uniques possesseurs du pouvoir de Foudroyeur et tout le reste…

— Bien entendu que c’est véridique, mon cher. D’ailleurs, je vais vous confier autre chose, un petit secret entre vous et moi.

Aris se pencha en avant pour chuchoter, et il vit l'excitation briller dans les yeux de Klemens qui s'avançait avidement vers lui pour entendre sa confidence. Il s'efforça de parler aussi bas que possible tout en conservant une mine impassible.

— Il paraît que les cuisines impériales font venir l'Imperare spécialement pour allumer le feu lorsqu'ils s'apprêtent à faire cuire un cochon en broche. Je ne vous raconte pas le brasier que c'est lors de la fête nationale de la marche de Prométhée !

Les yeux et la bouche de Klemens, pareillement béats, se crispèrent de déception en entendant la chute de sa délicieuse boutade.

— Ce que vous pouvez être mesquin à vous moquer de moi ainsi ! s'écria-t-il. Il existe bien des pouvoirs encore, alors pourquoi se jouer de moi ? Je sais bien que les pouvoirs sont quasiment tous en voie de disparition. Néanmoins, il n'est pas si fantaisiste de penser que l'Imperare en personne pourrait en avoir un.

Aris s'apprêtait à lui rétorquer quelque réplique bien sentie, spirituelle, mordante et audacieuse comme il lui était coutume d'en faire, mais Johann coupa court en prenant la parole, laissant sa cynique inspiration pantelante de frustration.

— Vous êtes probablement tous les deux dans le vrai, répondit leur supérieur. Vous dites vrai Klemens, tous les descendants de Prométhée et Lilith sont en possession du gène de Foudroyeur. C'est pour cela que la lignée est si farouchement préservée et que tout bâtard est pourchassé, afin de ne pas répandre le pouvoir ultime à droite et à gauche.

Il marqua une longue pause en observant un bosquet de buis. Ridiculement taillé en forme de berger titanesque, cette race qui n'avait de grandiose que le nom et dont la petite taille et la forme allongée de saucisse couvraient de ridicule des générations d'Imperare depuis son adoption par l'impératrice Lizbeth au XVe siècle. Johann coula un bref regard à Aris avant de poursuivre.

— Néanmoins, comme le suggérait Aris, ce n'est pas parce que l'on possède le gène que le pouvoir s'est exprimé et, l'Unicus étant bien établi, nos Imperares n'ont plus eu tant d'occasions que cela de foudroyer à tout-va.

— Mais peut-être pourriez-vous lui demander une petite démonstration lors de notre rencontre, mon cher Klemens ? intervint Aris. Ce serait fort distrayant de voir notre Imperare mettre le feu à son tapis impérial !

C'est en causant plaisamment qu'ils traversèrent une énième allée de buis taillés cette fois en inventions humaines diverses, parmi lesquelles une locomotive, un derrick de pétrole, une ampoule électrique dont la ressemblance laissait parfois à désirer. Afin de bien marquer les esprits des visiteurs sans nul doute, ils furent obligés de passer devant trois nouvelles statues démesurées et tout aussi dénuées de goût que la première que Klemens avait admirée. Enfin, ils parvinrent à proximité du Palais, près de la Cour Impériale qui étalait sous leurs yeux un damier de marbre noir et blanc. Au centre, une mosaïque comportant l'Œil de l'Unique enchâssé dans des éclairs rappelait au visiteur oublieux l'emblème impérial afin que même le plus étourdi des citoyens de l'Unicus ne puisse guère arriver ici par mégarde sans savoir à qui appartenait la petite demeure pittoresque qui érigeait ses différentes tours en face de lui. Dans un rictus, Aris détourna le regard du sol pour les lever vers le palais, mais ce qu'il vit le laissa bouche bée.

Il connaissait bien sûr le Palais pour l'avoir sous les yeux tous les jours, et avait même visité les jardins quelques fois dans son enfance avec tante Cléia lorsque se produisaient les journées portes ouvertes de l'Unique, mais le Palais se situait alors suffisamment loin pour prendre une forme vague seulement pourvue de tous ses fantasmes d'enfant. Pouvoir détailler le bâtiment, l'avoir sous les yeux et à une si petite distance le rendait encore plus impressionnant. Devant lui se déroulait le faste impérial dans toute sa splendeur et Aris fut forcé de trouver au bâtiment un certain panache, bien que la sobriété n'ait clairement pas figuré sur la liste des préoccupations architecturales.

Les toitures à dorures avaient probablement coûté cher à quelques générations de contribuables uniquéens, mais le résultat était là : le toit flamboyait tant sous le soleil qu'il en fut ébloui tandis qu'il levait les yeux vers les tourelles qui s'élançaient élégamment vers le ciel, et leurs spirales lui évoquèrent une danse tournoyant vers les nuages — Aris n'avait jamais eu de penchant poétique, mais cette comparaison mièvre fut la première qui lui vint à l'esprit. Pour une fois, il n'eut pas le cœur de se moquer du petit sifflement que Klemens laissa échapper à sa droite, il en aurait même émis un lui-même si cela avait été moins indigne de son flegme.

Une fois passés les premiers moments de saisissement, tous trois reprirent leur chemin et se dirigèrent d'un pas pressé vers ce qui avait tout l'air d'être l'entrée principale, à en juger du moins par l'arche monumentale qui siégeait au centre d'une vaste colonnade. Lorsqu'ils passèrent les portes d'entrée, Aris pris note mentalement de venir gratter les dorures des grilles du portail si un jour sa paye devait diminuer. Enfin, ils pénétrèrent dans le Palais impérial. Le cynisme d'Aris en fut émoussé tant il était ému : il se tenait là au cœur du pouvoir de leur empire, au cœur de toute leur civilisation, le socle sur lequel tout l'Unicus reposait et la flamme de son patriotisme brûla avec davantage encore de vigueur qu'à l'accoutumée.

Leurs pas résonnèrent alors qu'ils pénétraient dans une salle où les accueillit une débauche de marbre, de colonnes, de miroirs, de lustres et de fresques au plafond, le tout sur un parquet à tel point ciré, qu'ils s'y reflétaient. Klemens ne se départissait plus désormais d'une bouche grande ouverte, tandis qu'Aris tâchait de se composer un air digne et vaguement indifférent. Lui qui était pourtant habitué au luxe de son hôtel particulier était impressionné par la démesure qui s'étalait sous ses yeux.

Un serviteur vint les recevoir, aussi raide que les macchabées que fréquentait Aris au quotidien, ce qui ne l'empêcha guère de les dévisager pompeusement et avec un regard hautain, comme si être dans la domesticité au Palais de l'Imperare lui conférait un rang supérieur à celui d'officiers du ministère de la Sécurité d'État, pauvres gueux qu'ils étaient à résider en dehors de ce lieu hors du temps et de l'espace. Il se proposa de les accompagner jusqu'aux appartements impériaux, et lorsqu'ils lui emboîtèrent le pas, Aris se demanda s'il avait doublé ses semelles de moquette, tant ses pas étaient silencieux alors qu'à eux trois ils faisaient davantage de tapage qu'un orchestre qui eût trouvé opportun de fanfaronner dans le hall.

C'est ainsi, dans ce cortège mal assorti d'un serviteur se prenant pour un maître et de nobles se prenant pour des serviteurs, qu'ils traversèrent moult galeries, toutes semblables et pourtant différentes dans leurs aménagements. Chacune arborait un thème ou une dominante architecturale différente, des colonnes, des fresques, des couleurs particulières, tantôt ayant un marbre rose, tantôt vert et pourtant chacune ressemblait aux autres en ce qu'elle n'omettait aucun élément qui permettait d'asseoir la toute-puissance du résident. Il ne leur fut épargné aucun lustre de cristal, aucun miroir au cadre mouluré doré, aucune fresque ni aucune statue de marbre susceptible de rappeler aux visiteurs qu'ici logeait l'Imperare, la personne la plus puissante, la plus riche, la plus dotée en superlatifs de tout l'Unicus.

Enfin, ils pénétrèrent dans ce qui devait tenir lieu de ce qu'Aris supposa être une atmosphère intimiste, une sorte de cabinet de thé aux tons et décorations bleues. Malgré son ornementation feutrée avec ses tapisseries et velours aux murs, il n'en mesurait pas moins au bas mot trente fois la superficie du bureau de Johann, qui lui-même, mesurait déjà le triple de celui d'Aris et Klemens. Si c'était là toute la modestie dont disposait l'Imperare, cela allait s'avérer être une entrevue prometteuse. Pourtant, Aris fut désappointé lorsqu'il vit la silhouette qui les y attendait tant elle ressemblait en tous points à celle d'un homme parfaitement ordinaire. Si ce n'est qu'il portait des souliers de velours et à talonnettes ciselées.

*

Aris ressentit la même déception et le même mépris que quand il tombait face au portrait officiel de l'Imperare Justinien : le vrai Imperare qu'il avait sous les yeux se tenait debout derrière un fauteuil et avait beau essayer de se munir d'une expression altière et d'un haussement de sourcil condescendant, il n'en restait pas moins mince, presque chétif, avec un visage si commun que croisé dans la rue, Aris ne l'eût pas reconnu. Pour une demi-divinité descendante de l'Unique, il manquait assurément de prestance. Aris se rengorgea en songeant que lui au moins, quand bien même il ne serait jamais l'Imperare en personne, ne ressemblait pas à *ça*, mais à un homme, un vrai, aux épaules carrées, au dos droit et point voûté comme la démonstration coupable de mélancolie et de faiblesse qui s'offrait sous ses yeux. Brusquement, une pointe de ressentiment s'empara de lui : c'était à cause d'un Imperare aussi insignifiant que la résistance proliférait et que tout semblait péricliter dans leur société.

D'un signe gracieux à défaut d'être viril, l'Imperare les invita à s'installer en face de lui, dans un canapé azur aux nombreuses ciselures. Ils attendirent qu'il daignât s'asseoir pour s'effondrer à leur tour dans un mouvement anarchique sur leur séant, tous trois gênés par l'étroitesse de leur siège, se tenant serrés et incapables du moindre geste. Finalement, Aris décida qu'il n'avait pas à se ridiculiser ni à froisser son costume et il choisit plutôt de prendre place dans un fauteuil assorti où il se sentit plus à son aise, croisant les jambes, se trouvant désormais entre ses collègues et la personne la plus puissante de l'Unicus. Ce dernier les dévisagea tous trois sévèrement, les lèvres pincées sur son visage fin et les mains serrées sur ses genoux anguleux avant de prendre la parole. La voix qui s'éleva de sa poitrine avait une tessiture agréable, c'était indéniable, mais son contreténor aurait mieux correspondu à un soliste eunuque qu'à la quintessence du pouvoir prométhéen.

— Monsieur Ström, si je vous ai sommé de venir au plus vite, c'est, car je voulais vous entretenir des émeutes qui ont eu lieu hier ainsi que de la fuite des dissidents qui avaient trouvé refuge au sein du cortège de la foule. Avez-vous une explication à me soumettre concernant cette succession d'échecs, tant pour ces morts mystérieuses qui se multiplient parmi les bêtes de l'Unicus que pour l'évasion des opposants ?

— Sire, nous avons en effet failli à notre devoir, répondit Johann d'une voix atterrée. Et, bien que nous eûmes placés beaucoup d'effectifs sur cette mission, les dissidents sont parvenus à nous échapper grâce à leur coordination et leur organisation. Les deux premiers dissidents ont entrepris de détourner la majorité de nos hommes dans une direction opposée permettant à la dernière résistante de pénétrer au sein du ministère afin d'y libérer un prisonnier qui appartenait à leur rang.

Les mains crispées de l'Imperare se mirent à être agitées de tremblements cependant qu'il se levait vivement en foudroyant Johann du regard.

— Leur « organisation » et leur « coordination » ? répéta-t-il en détachant toutes les syllabes. Dois-je en déduire que cette bande de mécréants vivant dans l'illégalité serait mieux préparée que mes propres forces de l'ordre, qui, si je ne m'abuse, disposent d'un entraînement des plus rigoureux ? Comment une telle chose a-t-elle pu se produire ? N'engagez-vous donc que des incapables ? J'exige une explication.

— Nous n'en savons rien pour l'instant, Votre Majesté… balbutia Johann. Tous nos moyens sont déployés sur l'enquête et nous entreprenons de découvrir les failles de notre organisation qui ont permis à une telle ignominie d'arriver.

— Et concernant les morts d'animaux ? J'espère que vous en mesurez également la gravité étant donné que la sécurité alimentaire de l'Unicus tout entier se voit menacée.

— Là aussi, nous entreprenons avec la plus grande ardeur d'en découvrir davantage.

— Si je vous suis correctement, Monsieur Ström, vous ne disposez d'aucun élément, tant sur l'une que sur l'autre affaire ? Est-ce de l'incurie de votre part ou êtes-vous seulement sot au point de n'y rien entendre dans la direction d'une enquête à proprement parler ?

Les mains d'Aris agrippèrent plus fermement les accoudoirs molletonnés de son fauteuil et il se tassa malgré lui, sentant les battements de son cœur s'accélérer. L'atmosphère avait changé de teneur et était à présent électrique. L'Imperare se tenait toujours debout devant eux, la silhouette roide et ses poings serrés sauf qu'en cet instant, des étincelles et éclairs jaillissaient tout autour de lui. Malgré sa chétivité, il était impressionnant. Ses pupilles étaient devenues violettes et toute sa personne semblait transfigurée, habitée par son pouvoir, sa peau avait revêtu une luminescence qui irradiait tout autour de lui. En lui-même Aris se dit que Klemens n'allait pas manquer de lui agiter sous le nez qu'il avait eu raison et que lui-même s'était trompé.

Ainsi, l'Imperare possédait le pouvoir de Foudroyeur et avait activé son gène. À quelle occasion ? Lors de l'attentat qui avait coûté la vie à son frère, l'Imperare Auguste et qui l'avait mené sur le trône ?

Johann lui faisait de la peine. Il n'aurait pas aimé se trouver sous le feu de la fureur impériale, encore moins devant ses subordonnés. La poitrine de l'Imperare se gonfla et, avec des mouvements saccadés, il desserra ses poings, et reprit son expression mélancolique, comme regrettant son emportement. Progressivement, l'air redevint respirable, les éclairs s'espacèrent puis disparurent. L'éclat violet de ses yeux s'éteignit et il reprit figure humaine. Son expression favorite de langueur revint effacer le masque de puissance qu'il avait revêtu un instant plus tôt et enfin il reprit la parole d'un ton plus maîtrisé.

— Dans la mesure où vous semblez proprement incapable de faire votre travail correctement, Monsieur Ström, je vous suggère de lier les deux affaires.

— Votre Majesté, j'implore votre mansuétude… Mais je ne vois pas de quelle façon les dissidents seraient liés aux morts accidentelles de millions d'animaux sur le territoire. Toutes ces morts sont survenues peu ou prou au même moment, sans cause apparente, et en un tel nombre qu'il est impossible que les dissidents aient tout orchestré…

— Vraiment ? N'était-ce pas vous qui disiez à l'instant qu'ils étaient organisés et coordonnés ? Il me paraît pour ma part tout à fait évident que le réseau des opposants est derrière tout cela ; qui d'autre, d'ailleurs ? Ces terroristes souhaitent la chute de l'Unicus depuis des décennies et sont de plus en plus nombreux, et, telle de la vermine, ont à ce point infiltré toutes les strates de notre société qu'ils la rongent de l'intérieur.

Johann gardait le silence, mais Aris devina à son expression qu'il n'était pas convaincu par l'explication de l'Imperare et ne le contredisait pas uniquement parce qu'il était ce qu'il était.

— Je vous somme donc instamment de parvenir, par tous les moyens nécessaires, à exterminer ces parasites afin de stopper cette hémorragie qui menace notre société. Dois-je vous rappeler qu'ils ont assassiné mon frère ? Qu'ils anéantissent depuis des semaines nos élevages, et toutes les bêtes qui sont au service de l'Homme ? Qu'ils sèment la discorde parmi les sujets de l'Unicus avec leur propagande ? Bref, mettez tout en œuvre pour les détruire, votre Imperare vous l'ordonne. Et afin que je puisse suivre personnellement l'avancée de votre enquête, vous viendrez, hebdomadairement, me rendre compte ici même. Si les progrès ne sont pas significatifs, je veillerai à ce que l'on mette un terme à votre carrière et à ce que vous terminiez assigné à une tâche ingrate jusqu'à la fin de vos misérables jours, est-ce assez clair, Monsieur Ström ? J'en ai fini avec vous, disposez.

Aris vit la pomme d'Adam de Johann monter et descendre dans sa gorge avec difficulté, ses mains légèrement trembler pendant qu'il se levait pour reboutonner sa veste puis s'éloigner en direction de la porte. Lui et Klemens lui emboîtèrent impassiblement le pas et c'est tout aussi silencieusement qu'ils traversèrent derechef le Palais impérial, encore saisis par la foudre qui avait failli les terrasser. Tous ces marbres, ces bibelots dorés et ces tapisseries luxueuses revêtaient désormais une autre signification maintenant qu'ils avaient été témoins du gène divin suprême. Ce ne fut qu'une fois qu'ils furent dans les jardins que la tension ambiante sembla retomber à mesure que chaque pas les éloignait davantage du courroux impérial. Trouvant le moment idéal pour une petite saillie toute en légèreté et en finesse, Aris prit la parole :

— Eh bien, mon cher Klemens vous l'avez eue, votre démonstration du pouvoir du Foudroyeur ! J'espère qu'elle vous a donné entière satisfaction, badina-t-il.

— L'Unique Tout-Puissant, c'était terrifiant ! J'ai pensé un instant qu'il allait véritablement nous foudroyer sur place.

— Il a certainement pensé une seconde le faire pour de vrai, mais il s'est ravisé en voyant la soie coûteuse de mon veston, c'eût été misère de la gâcher !

Le front couvert de taches de rousseur de Klemens se barra soudain d'un pli soucieux tandis que son regard se faisait lointain. Il ne mit pas longtemps à s'ouvrir à Aris du motif de sa préoccupation.

— N'empêche... Pensez-vous vraiment que la résistance soit derrière toutes ces morts ?

— Je constate avec tristesse que comme de coutume les grands sujets épineux de notre siècle tels que les vestons de soie ou encore l'art et la manière de les porter vous sont parfaitement indifférents et que vous vous entêtez à propos de considérations futiles comme l'avenir de notre société... Puisque votre entendement refuse de se laisser emmener vers les rivages lumineux de l'habillement masculin, autant vous livrer mon opinion à propos de notre entrevue passée. Pour ma part, j'émets de sérieux doutes, nous n'avons trouvé aucune preuve qui soit susceptible de corroborer cette hypothèse. Mais quand bien même cela ne serait pas le cas, je ne vois aucun inconvénient à leur mettre cela sur le dos. Pourquoi semblez-vous tant réticent à ce que ces terroristes soient accusés de tous nos maux ? Autant que cette vermine ait une utilité. Servir de bouc émissaire leur irait à ravir, ne pensez-vous pas ?

— C'est juste que… Eh bien, cela les rend d'autant plus terrifiants et menaçants si d'aventure ils étaient vraiment capables d'orchestrer tout cela, non ?

Aris ne put s'empêcher de ricaner avec toute la distinction d'un ouvrier ayant remporté un pari dans un bar des faubourgs.

— Je me permets de temporiser, mon cher vieux : nous parlons bien de l'hypothèse selon laquelle des individus seraient capables de tuer otaries et épis de blé ? J'ai vu plus farouche comme adversaire ! Il en faudra plus pour m'impressionner, mais je saisis parfaitement qu'avec votre caractère de bonne pâte, vous soyez plus à même d'être touché par l'assassinat froid et d'un cynisme sans commune mesure de dizaines de toutous de petites vieilles fortunées de la capitale.

— Aris, il s'agit tout de même d'une majeure partie de la faune de l'Unicus qui est touchée, pas seulement de trois hamsters et deux perruches enfin ! Dois-je vous rappeler qu'hier encore on nous a rapporté que des milliers d'oiseaux sauvages s'étaient brusquement mis à tomber du ciel, raides morts comme s'ils avaient été frappés par la foudre ?

— Je vous rappelle que j'étais présent lorsque lesdits faits nous ont été rapportés. Ma mémoire n'est pas encore défaillante à ce point. Mais je vous répète ce que je vous ai déjà dit : pour ma part, je ne pense pas que les terroristes soient liés à tout cela.

— Pourquoi tenez-vous à les appeler comme cela ? grimaça Klemens.

— Comment donc ? Terroristes ? Parce que c'est ce qu'ils sont.

— La plupart d'entre eux ne font que distribuer de pauvres prospectus aux coins de rue et dans les transports en commun. Pour vous paraphraser : j'ai vu plus farouche comme adversaire !

La boule de colère dans le ventre d'Aris se réveilla et contracta douloureusement son estomac.

— Je les appelle terroristes parce qu'ils bombardent et assassinent un Imperare ainsi que toute sa famille pendant qu'ils se rendent à des festivités. Je les appelle terroristes, parce qu'ils s'octroient le droit d'infiltrer la population de Midjaborg et de semer la discorde au sein de notre unité nationale. Tous les moyens sont bons pour eux tant qu'il s'agit de nous nuire et ils ne font aucune distinction entre les différentes personnes visées. Qu'ils veuillent assassiner l'Imperare Auguste peut encore se concevoir, mais qu'ils le fassent malgré la présence de son fils qui n'était alors âgé que de sept ans, c'est absolument révulsant.

Aris s'interrompit, et inspira profondément. Il releva son chapeau melon pour le repositionner, en profita pour se recoiffer et vit que Klemens le regardait avec un sourire en coin.

— Peut-on savoir ce qui me vaut un sourire digne d'une racoleuse, Lindgren ?

— Eh bien… Pour un adepte de la torture, vous disposez d'une corde bien sentimentale.

— Quand il s'agit de ma patrie, indéniablement. Tout coup porté à mon pays me touche de plein fouet et me fait saigner. Et concernant la torture, c'est d'une simplicité élémentaire, mon cher Klemens : j'use des mêmes armes que mon ennemi.

Avisant soudain que Johann progressait à leurs côtés dans le plus grand des silences pendant qu'ils passaient devant la statue mensongère de l'Imperare Justinien, Aris se tourna vers son supérieur.

— Quoi qu'il en soit, nous n'avons aucun indice à avancer pour l'instant sur la corrélation des deux. Vous, qu'en pensez-vous, Johann ?

— Je n'ai pas à penser quoi que ce soit, répondit Johann, les lèvres serrées. Puisque notre Imperare nous ordonne de placer le démantèlement de la résistance en priorité et qu'il pense que les opposants sont derrière tout cela, qu'il en soit ainsi, c'est l'empereur après tout.

Son ton fut si sec qu'il souffla la flamme de leur conversation, et c'est en silence qu'ils parcoururent le reste de distance qui les séparait du siège du ministère de la Sécurité d'État.

*

Ce soir-là, Aris invita Klemens à l'accompagner dans leur bar favori, *Les deux monts de Lilith*. Il fixa leur programme d'avance, le présentant sous son meilleur jour à son assistant : encourager l'esprit d'équipe, l'émulation collective et leurs réflexions grâce à la relaxation des synapses induite par l'effet dysleptique de la consommation purement récréative d'une boisson contenant de l'éthanol. Devant la mine incrédule de son collègue, il fut forcé — après un soupir bien appuyé — d'emprunter la voie succincte pour préciser son invitation. Perdre une partie de leur paye durement obtenue dans un cabaret en buvant sans compter tout en espérant vainement qu'une gueule de bois leur donne miraculeusement la solution à toutes leurs impasses professionnelles. S'il y avait bien un domaine où Klemens et lui tombaient souvent d'accord, c'était lorsqu'il s'agissait de s'adonner à quelque loisir nocturne, aussi Aris n'eût-il pas trop à le cajoler pour vaincre ses réticences.

Ils pénétrèrent ainsi dans l'alcôve réconfortante du cabaret, où l'ambiance mit instantanément du baume au cœur d'Aris. Il ôta son chapeau melon avec toute l'excitation d'un enfant qui est parvenu à soutirer suffisamment de monnaie à ses parents pour s'acheter une bonne quantité de friandises et soupira d'aise à la vue de la scène noctambule qui se déroulait devant lui. Sous ses yeux se trouvait une salle haute de plafond, aux nombreux lustres dont le cristal était de la même pacotille que les tableaux qui étaient accrochés aux murs et entre lesquels étaient suspendues de grandes tentures rouges qui conféraient au lieu une ambiance à la fois enivrante et feutrée.

Entre les croûtes artistiques pendues aux murs se trouvaient d'immenses miroirs moulurés qui créaient l'illusion d'un espace se répétant à l'infini et perdant encore un peu plus le pauvre hère qui avait eu le malheur de pénétrer en ce lieu, séduit par les panaches de fumée, les vapeurs d'alcool qui flottaient dans cet antre, ainsi que par les moult promesses de débauche.

Une scène sombre au fond de la pièce accueillait un groupe de jazz dont la chanteuse, qu'Aris avait eu maintes fois l'occasion d'admirer, était superbe. Sa peau noire offrait un contraste saisissant avec la tenue minimaliste blanche qu'elle avait revêtue : l'ensemble était en tout et pour tout composé d'un soutien-gorge et d'une culotte, comportant plus de sequins et de cristaux que de tissu, qui miroitaient, éblouissant le mâle indiscret fixant trop longtemps la poitrine de la divine créature laquelle, maligne comme elle l'était, ne révélait ses charmes que par intermittence grâce à une parfaite maîtrise de son éventail en plumes.

— Allons, mon cher Klemens, après toutes ces fois où nous sommes venus, vous continuez d'ouvrir béatement la bouche à chaque fois que vous l'apercevez. Songez à la fermer, car même elle qui a l'habitude d'être déshabillée du regard va finir par vous considérer comme un malotru. Vous devriez aller lui parler à la fin de sa prestation, j'en ai assez de devoir passer derrière vous muni d'un seau pour récolter toute la salive que vous laissez traîner en la contemplant ainsi.

— Aller m'adresser à cette enchanteresse ? Oh non, je n'oserai jamais ! Je n'ai point votre aisance avec les femmes.

— Nous allons y remédier de ce pas. Je vais nous commander deux boissons qui permettront de vous mettre un peu plus à votre aise. Nous allons regonfler votre confiance mon cher vieux, vous verrez !

Aris dut hausser le ton pour se faire entendre, car le brouhaha qui régnait dans la pièce était considérable, entre la musique du groupe, la voix de la chanteuse, et en bruit de fond, les conversations des personnes attablées avec verres et cigarettes en main. Ils s'assirent à leur tour, et, après quelques verres, ainsi qu'Aris le leur avait promis, se sentirent déjà de meilleure humeur.

Il était en train de recommander au bar, lorsqu'il aperçut une femme à qui un homme et son acolyte manquaient manifestement de respect. Elle portait une robe à franges et à sequins noire et dorée, le genre de robe dont Aris raffolait, car, malgré la taille basse, la coupe ne faisait en réalité que rehausser les formes de celle qui la portait. D'ailleurs, celle-ci avait un décolleté généreusement plongeant. La belle brune était en train de tenter d'éconduire poliment l'importun qui insistait pour lui payer un verre, du moins c'est ce qu'il sembla à Aris dans son esprit enfumé, et il se rapprocha pour lui venir en aide, tel le chevalier servant éméché qu'il était.

— Mais enfin chers compatriotes, intervint-il. Un gentleman n'insiste jamais si une femme lui refuse son offre. C'est une règle d'or que vous seriez bien avisé de respecter, je vois tant d'autres femmes superbes ce soir qui mériteraient vos soins, ne voulez-vous pas aller voir ailleurs ?

— Laisse-nous, tu veux ! On était poliment en train de causer avec la dame, il n'y a aucun problème, alors déguerpis, le rembarra l'acolyte de l'impénitent, manifestement encore plus éméché que son compagnon.

Comme Aris ne bougea pas d'un pouce, le premier, qui se tenait proche de l'inconnue en détresse, devint plus agressif :

— Eh, t'es bouché ou quoi ? On t'a dit de déguerpir, c'est pas tes oignons ce qui se passe ici ! Fous le camp, sinon on va régler ça dehors !

— Vraiment ? Que diriez-vous de régler cela dans une des geôles du ministère de la Sécurité d'État ? Elles sont pourvues de tout le confort nécessaire, vous y aurez un pot de chambre si vous êtes sages et peut-être même qu'on ne vous passera pas à tabac trop souvent.

Pendant qu'il leur répondait poliment et d'un ton aussi aimable que possible, il leur sourit et leur montra son insigne d'officier, ce qui eut le don de les faire changer instantanément de couleur, pour passer du rouge au blanc, puis de les faire s'éloigner d'un pas pressé.

Aris se tourna triomphalement vers la demoiselle, qui, il le remarquait seulement à l'instant, était pourvue de magnifiques yeux émeraude. Il fit un signe au barman, lui demandant un autre verre, puis le tendit à l'inconnue.

— Buvons un verre à notre victoire si vous le voulez bien, il est bien mérité.

— Je vous remercie, mais sans façon. Je n'apprécie guère les hommes qui se croient obligés de sauver des femmes qui n'ont nul besoin de leur aide. Je me débrouillais parfaitement bien sans vous.

— À d'autres ! Enfin, ma chère, quelques minutes de plus et ces deux hommes prenaient des libertés avec la bienséance qui vous auraient mise dans l'embarras ; et vous allez me faire croire que mon aide vous a indisposée ?

— Je n'ai nul besoin de vous le faire croire, je vous le dis. Que vous le croyiez ou non est une décision qui n'appartient qu'à vous. À présent, veuillez m'excuser, je dois m'en aller.

Décidément, les représentantes du sexe faible avaient décidé de se montrer acariâtres ces derniers temps. Les perles des franges de sa robe scintillèrent pendant qu'elle s'agitait pour rassembler ses affaires et se levait de sa chaise.

— Attendez, attendez ! s'écria Aris. Très bien, je vous présente mes excuses pour avoir voulu vous venir en aide, je n'aurais jamais pensé être offensant en agissant de la sorte !

— Je ne doute pas une minute qu'il ne vous a même pas effleuré l'esprit qu'un tel comportement puisse être agaçant ; vous étiez d'une grande sincérité dans votre rôle de chevalier servant. C'est d'ailleurs ce qui rend votre espèce si insupportable : sa bonne foi dans des actes déplacés.

— Notre « espèce » ? Savez-vous à laquelle vous appartenez, vous, d'espèce ? À celle des mégères féministes prétentieuses, revendicatrices et revanchardes, comme si tout homme peuplant cette planète vous avait causé du tort ; vous partez d'emblée avec des préjugés négatifs, qui sont si profondément ancrés que chaque action de quelque individu de sexe fort ne fait que vous les prouver puisque de toute façon vous vous employez à voir dans chaque petit geste la confirmation de votre mauvaise opinion de la gent masculine.

— Bien, puisque nous sommes d'accord sur notre mauvaise opinion réciproque, autant mettre un terme à notre entrevue, ne pensez-vous pas ?

— J'allais vous suggérer la même chose, chère Madame ; à présent, veuillez me rendre ce verre, mon collègue Klemens le mérite bien plus que vous.

La belle inconnue pâlit légèrement, avant de pincer les lèvres. Elle fit glisser le verre dans sa direction, éclaboussant au passage sa manche, et s'en alla d'un pas énervé. Aris haussa les épaules et partit rejoindre Klemens à table.

— Je viens de rencontrer une formidable effrontée, vous auriez dû voir cela, nous nous sommes fait une belle passe d'armes. J'ai évidemment gagné.

Ce fut peu ou prou tout ce dont Aris se souvint. Il se réveilla en sursaut dans la nuit, encore tout habillé dans son lit, se tourna et se rendormit aussitôt dans des rêves chaotiques où se trouvaient un mélange de plumes blanches, de robes à franges, de fumée de cigarette, de solos de saxophone et de deux superbes yeux verts éclatants qui vinrent le hanter jusqu'à la fin de sa nuit.

Chapitre 11

Brynja, 1132 (apr. P.)

Brynja trémulait en déambulant de façon hasardeuse dans les couloirs des bâtiments de la Communauté. Elle s'était rendue directement au Jardin des Simples, pensant y trouver Marieke, mais elle n'y avait rencontré que des végétaux perçant sporadiquement la neige. Puis elle avait rebroussé chemin, et depuis, elle errait, l'esprit troublé et agité par sa vision. Quand elle arriva près de la Cour de la Communauté, elle fut frappée de voir la Cour entièrement déserte. Aucune robe de toile brune ne balayait le sol, aucun bruit de pas ne résonnait sur les dalles, aucun chuchotement n'était perceptible.

Elle resta immobile quelques instants, goûtant la pesanteur du sileté[230], cherchant le comprendement[231] de la situation. Quelle heure de la journée était-il ? Elle avait sûrement raté le repas et le *Chant de l'Unique*. Avait-on remarqué son absentement[232] ? Elle passait d'ordinaire plutôt inaperçue… Quoique, avec sa cheveleüre rousse à mèche blanche et sa

---

[230] *Op. cit.,* p. 40.

[231] Comprendement (s. m.) : ce qu'une chose comprend, contenu ‖ action de comprendre, de concevoir.

[232] Absentement (s. m.) : absence.

faschante[233] manie de s'attirer des ennuis… À la rigueur, ses frères et sœurs avaient probablement soupiré d'aise de ne la point voir parmi eux. Mais l'heure du repas était passée depuis longtemps. Où étaient-ils ?

Soudain, elle comprit où se trouvaient Marieke et tout le reste de la Communauté : elle avait complètement oublié l'allocution du Superviseur pour annoncer la mort de la Mère Supérieure. Marieke était sûrement au milieu de la foule de ses frères et sœurs qui tous devaient être rassemblés dans l'amphithéâtre. Elle traversa la cour en courant, et elle parvint à les rejoindre avant que le Superviseur Logbor ne débute sa parlance[234]. Il se tenait déjà près du pupitre de l'orateur, et attendait patiemment que toutes ses brebis fussent assises.

Brynja scruta de ses yeux la multitude, y cherchant les boucles blondes de Marieke. Mais la chose était malaisée, car beaucoup de ses frères et sœurs disposaient d'une cheveleüre de pareille couleur. Elle tenta également de déceler sa voix dans la fruisse[235] qui émanait de la nuée, sans succès. Logbor entama son parlementeïs[236] de son ton monocorde, annonçant que la Mère Hilda avait rejoint l'Unique vers son ultime demeure, et qu'ainsi, frères et sœurs étaient réunis afin de lui rendre un dernier hommage. Cependant qu'il parlait, Brynja discrutinait[237] toujours le flot humain, ne prêtant qu'une oreille distraite à ses propos. Finablement[238], elle remarqua une main levée, à son opposé dans l'amphithéâtre : Marieke l'avait repérée avant elle.

Elle se faufila aussi discrètement que possible, courbant l'échine et ne provoquant que quelques bruiements[239] de robe, mais cela suffit à susciter des regards désapprobateurs de ses confrères. Elle parvint enfin à ses côtés,

---

[233] Faschant (adj.) : fâcheux, importun.

[234] Parlance (s. f.) : discours.

[235] Fruisse (s. f.) : bruit d'une multitude d'hommes.

[236] *Op. cit.,* p. 182.

[237] Discrutiner (v. a.) : examiner profondément, scruter.

[238] Finablement (adv.) : d'une manière définitive ‖ finalement, enfin.

[239] Bruiement (s. m.) : bruit, bruissement ‖ borborygme.

et reprit son souffle. Le Superviseur parloieyait[240] toujours, ses joues molles semblant pendre plus qu'à l'accoutumée, vaguiant [241]dans le néant. Elle jeta quelques coups d'œil à la ronde, mais ne vit Frère Sven nulle part. Peut-être que le Superviseur entendait lui donner le loisir de se remettre de son émoi que Brynja avait cru discernir[242] lorsqu'ils avaient pénétré les appartements de Mère Hilda.

Marieke l'accueillit avec des lacrimes[243] aux yeux et un sourire contrit. Brynja aurait souhaité lui laisser l'occasion de larmenter[244] en paix, mais l'heure était trop grave pour qu'elle s'appesantisse de la sorte. Il n'y avait guère de temps pour se complaire dans la tristance[245]. Elle tira avec insistance sur la manche de Marieke, et l'attira hors de l'amphithéâtre, les faisant trébucher sur diverses chausses de leurs confrères. Enfin, elles atteignirent la sortie sous les chuchotis de leurs pairs outragés par leur désertion. Une fois dehors, Brynja se retourna vers Marieke et remarqua qu'elle la dévisageait les sourcils froncés, les yeux lacrimeus[246] et rougis. Son amie croisa les bras et la toisa d'un air interdit, mais Brynja n'y prêta aucune attention.

— Sœur Brynja, il est fort impoli d'interrompre un éloge funebreux[247] ! Vous devez être bouleversée, je sais combien vous teniez à Mère Hilda, mais ce n'est point là raison suffisante à votre comportement outrageux… Même pour vous…

---

[240] Parloier (v. n.) : parler.

[241] Vaguier (v. n.) : faire des vagues.

[242] Discernir (v. a.) : discerner.

[243] Lacrime (s. f.) : larme.

[244] Larmenter (v. n.) : pleurer.

[245] *Op. cit.*, p. 46.

[246] Lacrimeus (adj.) : larmoyant, chagrin, qui répand des larmes ‖ accompagné de larmes.

[247] Funebreux (adj.) : funéraire, funèbre ‖ triste.

— Sœur Marieke, la coupa Brynja. Il faut instamment que je me confide[248] à vous. Puis-je vous donner mon confiement[249] ? Ce que je m'apprête à vous révéler est de la plus haute importance et doit rester entre nous.

— Que devez-vous confider, Sœur Brynja ? fit une voix froide et hautaine qui s'éleva derrière son dos.

Brynja se tourna lentement, effrayée par cette voix qui était si reconnaissable. Frère Sven la toisait, face à elle, les lèvres pincées. Elle ferma la bouche, incapable de trouver une réponse adéquate et de surmonter la friçon[250] qui l'habitait. Lui qui était si proisme[251] du Superviseur ne devait en aucun cas apprendre la teneur de sa vision sous peine de tout rapporter à son tuteur. Il les dévisagea toutes deux, attendant, puis reprit :

— Pourquoi n'êtes-vous point à la parleüre[252] du Superviseur ? Vous avez fait vœu d'obeïs[253], et, de cette façon, si le Père de la Communauté parloie[254] dans l'amphithéâtre, vous vous devez d'y assister.

— Frère Sven, vous ne vous y trouvez pas non plus, pour preuve que vous vous tenez devant nous, répliqua Brynja, agacée.

---

[248] Confider (se) (v. réfl.) : se confier ‖ (p. pas.) celui à qui les intérêts de quelqu'un ont été confiés, curateur.

[249] Confiement (s. m.) : confiance.

[250] *Op. cit.,* p. 115.

[251] Proisme (adj.) : proche, prochain, en parlant de choses ‖ (s.m.) proche, parent, personne qui touche de près ‖ le prochain en général.

[252] Parleüre (s. f.) : manière de parler, élocution, langage ‖ faculté de parler ‖ terme, expression ‖ ce qu'on dit, ce qu'on affirme ‖ discours, propos ‖ conférence, pourparler.

[253] Obeïs (s. m.) : obéissance.

[254] Parloier (v. n.) : parler.

— Certes, mais je suis sa Pupille. Il place sa confiance en moi, et m'a dès lors chargé de superviser les procedances[255] auprès de la section médecine pour déterminer l'origine de la mort. De toute façon, il n'appartient aucunement aux botanistes d'émettre quelque jugement que ce soit sur leurs confrères dont le rang leur est supérieur.

— Vraiment ? Quelle estoit-elle en ce cas ? demanda vivement Brynja, sous les yeux effarés de Marieke.

— De quoi devisez-vous encore ?

— Eh bien, de la cause de la mortaille[256] de Mère Hilda.

— Il est trop tôt pour le dire. Frère Ambroise, le plus assavant[257] de la section médecine, est chargé de l'examinement[258] de son corps. Mais d'après l'estude préliminaire, il semble que le trépas soit naturel.

— Naturel ? N'estait-elle pas trop jovente[259] pour mourir naturablement[260] ?

— Elle n'estait pas si jovente que cela, elle approchait les soixante anites[261]. Plus d'un ont trépassé avant son âge avancé.

— Je desafie[262] cet avis.

Brynja perçut Marieke qui lui tirait la manche, comme pour la sousprier[263] de bien vouloir se taire, mais elle n'en avait cure. Elle sentait le rouge lui monter aux joues et savait bien que, comme de coutume, elle allait commettre quelque impair. Toutefois, c'était plus fort qu'elle. Il en

---

255 Procedance (s. f.) : procédure ‖ origine.

256 *Op. cit.*, p. 182.

257 Assavant (adj.) : qui sait, instruit.

258 Examinement (s.m.) : examen.

259 Jovente (s. f.) : jeunesse ‖ jeunes gens ‖ jeune fille, jeune femme, jeune homme ‖ plaisirs de la jeunesse ‖ adj., jeune.

260 Naturablement (adv.) : naturellement.

261 Anite (s. f.) : année.

262 Desafier (v. a.) : défier ‖ désapprouver.

263 Sousprier (v. a.) : supplier.

allait de la dignité de la Mère Supérieure. Aussi ne fut-elle pas étonnée de s'entendre répondre à voix haute, presque en criant, à frère Sven.

— Mère Hilda ne souffrait d'aucun mal, si ce n'est d'insomnies ! Pas plus tard que la veille, je lui apportais une préparation de simples à infuser pour lutter contre ses troubles du sommeil ! Elle faisait ses *Gymnasia* tous les jours et y ajoutait de surcroît de l'exercice souvenierement[264]. Vos alegances[265] ne font aucun sens !

Les yeux noirs de frère Sven se mirent à lancer des éclairs et ses narines à frémir. Brynja fut fort aise qu'il ne soit point de la lignée des Imperare, autrement elle eût été foudroyée sur place. Il fronça le nez et la regarda avec une telle mesprisance[266] qu'elle se sentit rétrécir et eut l'impression d'être presque aussi petite que Marieke. C'est avec la mâchoire crispée qu'il reprit la parole.

— Nous sommes tous afflictés[267] par la mort de Mère Hilda, Sœur Brynja, je comprends votre tristance[268], mais vous dépassez votre position à remettre en cause l'expertise d'un frère médecin, qui, seul, est habilité à prononcer ce qui fut mortifique[269] pour elle. À présent, je dois aller retrouver le Superviseur, et vous feriez bien de rejoindre les rangs de l'amphithéâtre, avant que quelqu'un de moins généreux que moi ne découvre que vous désobéissez.

Sur cette altruiste menace, frère Sven s'en fut et disparut dans l'enceinte. Marieke dévisagea Brynja et toutes deux tournèrent de concert

---

264 Souvenierement (adv.) : souvent, fréquemment.
265 Alegance (s. f.) : allégation.
266 *Op. cit.,* p. 95.
267 Afflicter (v. a.) : affliger, désoler.
268 *Op. cit.,* p. 46.
269 Mortifique (adj.) : qui cause la mort.

les talons, se rendant là où nul autre qu'elles n'oserait s'aventurer en cette saison : au jardin des simples.

*

Une fois à l'abri des regards et des oreilles indiscrètes, Brynja reprit le fil de sa conversation avec force agoine[270], déambulant à travers les allées, allant et venant d'un pas rapide cependant qu'elle tentait de mettre de l'ordre dans ses pensacions[271]. Elle narra d'abord à Marieke comment elle avait trouvé le corps, comment elle avait villonné[272] le nécessaire à toilette avant d'aller chercher le Superviseur ainsi que le déroulé aussi précis que possible des évènements, pour finalement lui parler de son voiement[273].

— Et là, à cet instant, sitôt que j'eus touché le miroir, une vision m'est apparue. C'était Mère Hilda peu avant son trépas, craignant pour sa vie, s'apprêtant à recevoir quelqu'un et pensant fort à une personne en particulier, qui semblait être après elle. Comprenez-vous, Sœur Marieke ? Il s'agit d'un homicidage[274], non d'une mort naturelle, comme l'a affirmé frère Sven !

— Sœur Brynja, mon ouïe me joue-t-elle des tours ? Vous avez commis le péché de vol ? C'est pourtant strictement prohibé par le *Recueil de l'Unique* !

— Mais enfin, c'est donc vous qui n'avez pas bien entendu ! Qu'est-ce qu'un petit emprunt comparé à un homicidage ? Puisque je vous dis que Mère Hilda a été mordriée[275].

---

[270] Agoine (s. f.) : lutte, combat, violente agitation, angoisse.

[271] Pensacion (s. f.) : pensée.

[272] Villonner (v. a.) : voler, tromper adroitement.

[273] Voiement (s. m.) : faculté de voir, vue, regard ‖ ce qu'on voit, vision ‖ manière de voir, de comprendre une chose.

[274] Homicidage (s. f.) : meurtre.

[275] Mordrier (v.) : assassiner.

— Fort bien… soufrena[276] son amie. Qui est l'homicideur[277] en ce cas ?
— Eh bien… Ma vision m'a également révélé cela… Mais… c'est délicat.

Marieke la regarda avec son sourire habituel. D'ordinaire, Brynja le trouvait reconfortatif[278], doux et patient, mais à cet instant, elle avait plutôt l'impression qu'il cachait quelque moquement[279] à son encontre.

— Vous ne me prenez guère au sérieux, n'est-ce pas, Sœur Marieke ?
— Comment ? Mais non enfin, quelle est donc cette fascherie ?
— Je ne sais pas… Votre sourire… Il m'a laissé croire que vous me brocardiez[280].
— Eh bien, dans la mesure où vous ne me livrez guère le fond de votre pensée, je ne vois point quel sujet j'aurais à railler. Vous dégoisez[281] des accusations d'homicidages puis cessez dans l'instant de parler. Mais parlez, Brynja ! Vous verrez bien assez tôt si votre confidement[282] me donne envie de rire ou m'enlève la joie à jamais.
— Fort bien… La Mère Hilda pensait à une personne en particulier avant sa morie[283]. Son visage m'est apparu très clairement et occupait tout son esprit avec force épouvante… Or, il ne s'agissait de nul autre que du Superviseur.

---

[276] Soufrener (v. a.) : supporter, souffrir ‖ (v. n.) gémir, soupirer.
[277] Homicideur (s. m.) : meurtrier.
[278] Reconfortatif (adj.) : qui réconforte.
[279] Moquement (s. m.) : moquerie ‖ objet de moquerie.
[280] Brocarder (v.) : railler, se moquer.
[281] Dégoiser (v.) : débiter des paroles.
[282] Confidement (s. m.) : confession.
[283] Morie (s. f.) : mort.

Brynja vit avec effarement le doux minois de Marieke se fendre d'un sourire, qui, irrésistiblement, se transforma en rision[284] insouciante, comme si elle ne pouvait concevoir farce plus grande que ses révélations. Cependant, constatant l'air grave et affligé de Brynja, elle tenta de se ressaisir et reprit avec sa gaieté qui flottait encore sur ses lèvres.

— Sœur Brynja, vous voyez, finalement, vous me procurez beaucoup de joie ! Mais tout de même, ce ne peut être seriosité[285] de votre part : vous songez voirement[286] que le Superviseur Logbor aurait mordrié mère Hilda ? Allons, votre vision devait être erronique[287] ou vous aurez mal interprété certaines choses.

— Elle n'estait pas erronique Marieke, la coupa Brynja. Mère Hilda pensait explicitement que le Superviseur en voulait à sa vie. La terreur de ce personnage l'emplissait de toute part et toute sa friçon se dirigeait vers lui. Je n'ai pu faire erreur, en aucune façon.

Le sourire de Marieke s'évanouit progressivement, à mesure qu'elle dévisageait le visage buté et anxieux de Brynja. Ses traits poupons redevinrent sérieux. Elle soupira.

— Soit… Admettons que vous disiez vrai et que Mère Hilda ait soupçonné le Superviseur Logbor d'en vouloir à sa vie. Tout au plus sont-ce de vagues suspicions qui ne prouvent aucunement qu'il soit passé à l'action ; vous n'avez vu que des pensacions, pas ce qui s'est réellement produit au moment de sa mort.

— Comment expliquez-vous dans ce cas cette peur qui avait pris possession d'elle quelques instants seulement avant son trépas ?

---

[284] Rision (s. f.) : éclat de rire.

[285] Seriosité (s. f.) : chose sérieuse.

[286] Voirement (adv.) : vraiment, réellement, certainement, avec certitude.

[287] Erronique (adj.) : erroné.

— Vous dites qu'elle s'est tournée vers la poignée de la porte n'est-ce pas, dans votre hallucination ?

— En effet… et ?

— Eh bien, qu'est-ce qui nous prouve que c'était avant sa mort ? Votre voiement n'est pas daté, il s'agissait peut-être de quelques jours auparavant. Peut-être le Superviseur et elle avaient-ils des dinstances[288] ? Peut-être transférez-vous sur l'abbesse votre propre détestation du Superviseur Logbor ? Si vous voulez mon avis, vous jugez par trop hâtivement et sans aucun indice substantiel, Sœur Brynja. Je n'ai jamais compris les motifs de votre haine envers le Père de notre Communauté. Il souffre de quelques defaillements[289] je vous l'accorde, mais vous lui vouez une animosité sans borne qui tôt ou tard vous causera du tort. Proférer de telles acusances[290] ne se peut concevoir sans élément tangible à apporter en soutien. Vous incriminez tout de même la plus haute éminence de la Communauté d'être homicideur.

— Vous insinuez ainsi qu'il ne faut pas tenir compte de ma vision ?

— Non, ma Sœur, soupira Marieke. Je ne suggère rien de tel, mais seulement d'avancer avec prudence et de ne point juger sans connaître le fond des choses. Par ailleurs, frère Sven nous a confidé que le frère Ambroise pensait de prime abord à une mort naturelle.

— Je n'en crois rien, Mère Hilda était en parfaite santé !

— Cessez de me crier dessus de la sorte ! Je ne suis point votre ennemie, Sœur Brynja. Ce n'est pas ainsi que vous surmonterez votre chagrin.

Une boule de remords vint se loger dans le ventre de Brynja à la vue des traits attristés de Marieke.

— Vous avez raison. Je vous demande pardon…

---

[288] Dinstance (s. f.) : différend.

[289] Defaillement (s. m.) : défaut, manque ‖ faute ‖ défaillance ‖ fin.

[290] Acusance (s. f.) : accusation.

— Bien, pouvons-nous renoncer à parler de cette histoire farfelue d'homicidage ?

— Absolutement[291] pas.

— Le contraire m'aurait étonné, soupira-t-elle.

— Je suis ravie d'être prévisible et vous félicite de m'avoir percée à jour. Sœur Marieke, quelques instants encore : en cas d'homicidage, le Superviseur ou quiconque d'autre auroist tout intérêt à faire passer sa mort pour naturelle, vous en conviendrez.

— J'en conviens, mais cela ne nous avance pas plus, une fois que nous avons tiré ce constat. Nous sommes dans une impasse.

— En effet… Comment démontrer sa culpableté[292] ?

— Vous ne pouvez pas chercher des preuves à charges, Sœur Brynja ! Vous procédez à l'envers. Il s'agit d'abord de déceler des indices susceptibles de nous éclairer puis de considérer un éventuel coupable d'homicidage, pas de décréter qu'untel est le responsable, puis de regrouper des éléments qui, mis tous ensemble, prouveraient que l'on doit l'incriminer ! Sœur Brynja, m'écoutez-vous au moins ?

Brynja faisait les cent pas, tassant la neige dans l'allée, manquant de glisser lorsqu'elle marchait sur du verglas. Soudain, elle se redressa et se tourna vers Marieke.

— Je sais ! Nous pourrions aller ausculter la dépouille de Mère Hilda par nous-mêmes pour nous aviser des causes plausibles de sa mort ! Si le Superviseur est derrière tout cela, il aura laissé quelques traces de son forfait sur le corps, qui aura probablement des contusions et autres meurtrissures. Et puis, nous sommes botanistes et avons coutume d'examiner les afflictions dont sont victimes les chairs humaines !

— Sœur Brynja, vous êtes une fieffée entêtée ! Ne vous rendez-vous donc pas compte des risques que vous nous faites courir ? Bon, si vous y

---

291 Absolutement (adv.) : absolument.

292 *Op. cit.*, p. 59.

tenez, allons vérifier auprès de frère Ambroise, mais tâchez de vous montrer plus en retenue qu'avec frère Sven. De telles accusations ne se profèrent pas à la légère et Mère Hilda n'est plus de ce monde pour vous assurer sa protection.

*

Brynja et sœur Marieke reprirent le chemin de la Communauté, Marieke grommelant toujours sur le trajet des récriminations variées contre leur entreprise. Après avoir traversé la Cour, elles empruntèrent le grand escalier de marbre pour monter jusqu'au troisième étage où se trouvait la section médecine qui se partageait une aile avec celle des ingénieurs et celle des constructeurs.

C'était la première fois que Brynja se rendait au troisième étage de la tour et si elle était habituée au luxe du quatrième étage et le concevait dans la mesure où il hébergeait toutes les éminences et autorités spirituelles de leur Communauté, elle fut stupéfaite de constater la débauche de sculptures, de statues, de marbreries qui les accueillirent en haut des escaliers. Les architectes de la tour n'avaient ainsi pas pris les différences de grades à la légère : leur couloir à elles, humide et dépouillé n'avait aucune mesure avec celui que Brynja avait sous les yeux.

Divers bustes rendaient hommage aux médecins, ingénieurs et architectes illustres qui avaient vécu au sein de la Communauté par le passé. Le sol était composé d'un élégant damier en marbre vert et blanc et de somptueuses fresques colorées ornaient le plafond d'où pendaient de grands lustres pour lesquels il ne fallait pas regarder de trop près les dépenses de cire. Sœur Anja pouvait bien s'époumoner à leur répéter qu'elles devaient faire attention et ne point gaspiller les bougies, l'éclairage que Brynja avait sous les yeux était une manifestation évidente que toute personne importante ici pouvait laisser brûler des chandelles en pleine journée. Elle pinça les lèvres, mais se ressaisit et se mit à chercher la section médecine.

Elle en reconnut le seuil grâce au heurtoir en forme de serpent et le frappa vigoureusement contre la porte, espérant au passage faire sursauter un frère ou deux derrière. Elle eut cependant tout le loisir d'observer les ciselures sculptées dans le noyer sombre avant qu'une sœur assistante ne vienne leur ouvrir. Elle dut faire preuve d'une grande contenance à la vue du petit sourire de mesprisement[293] de la sœur devant leur serpette de botaniste et lui demanda poliment de bien vouloir les conduire auprès de frère Ambroise.

Marieke et elle furent autorisées à s'introduire dans l'enceinte et si Brynja s'était trouvée mal à l'aise dans le couloir en raison du luxe outrageant, elle le fut dans la section médecine pour d'autres raisons. Une froidour[294] d'une grande intensité régnait dans la pièce et Brynja fut secouée par un puissant frisson. Pour le reste, elle fut aveuglée.

Tout était d'une telle blancheur qu'après avoir pensé qu'elle était victime de quelque vision, elle commença à avoir mal aux yeux. Un carrelage virginal couvrait toutes les surfaces : le sol, le mur, le plafond et de grandes vitres latérales rendaient cette lactescence froide et austère. Même pour toutes les chandelles et les bustes de marbres de l'Unicus, Brynja n'aurait en cet instant échangé son confortable et odorant atelier de botaniste contre cet antre glacial et aveuglant, qui n'était qu'insensibilisation des sens.

La sœur assistante leur fit traverser la longue pièce en leur faisant longer le mur du fond sur lequel étaient entreposés de nombreux bocaux, sauf qu'à la différence de leurs pétales de simples, bouquets et autres plantes médicinales contenues à la section botanique, s'y trouvaient diverses et lugubres curiosetes[295]. Des yeux dont la membrane albuginée faisait écho aux murs, des organes humains en tous genres d'un brun rougeâtre dont Brynja ne connaissait pas tous les noms. Il lui sembla ramentevoir[296] un cœur puis un foie, mais elle arrêta là son énumération mentale, car cet

---

293 Mesprisement (s. m.) : mépris, dédain.

294 Froidour (s.f) : froid.

295 *Op. cit.,* p. 44.

296 Ramentevoir (v. a.) : remettre dans l'esprit, rappeler ‖ reconnaître, ratifier.

inventaire était par trop nauseatif[297] pour elle. Marieke ne paraissait pas à son aise non plus. Elle fixait intensement[298] le dallage de grands carreaux de marbre blanc, sa face presque aussi pâle que leur environnement.

La sœur assistante leur fit enfin franchir d'un air impassible un seuil de porte derrière lequel se trouvaient trois grandes tables de marbre blanc. Deux d'entre elles étaient vides tandis que celle du centre était occupée par le corps dévêtu de Mère Hilda. Un frère grand et d'un blond laiteux se tenait au-dessus d'elle, les mains rougies de sang.

Ce devait être frère Ambroise. Il les accueillit distraitement, levant à peine les yeux vers elles et les invita à le rejoindre auprès de la dépouille, Brynja prétextant la volonté de lui faire des adieux. Marieke et elle s'étaient en effet mises d'accord sur le fait qu'il valait mieux ne point révéler le véritable motif de leur visite. Elle prit un air affecté, ce qui ne fut point difficile dans la mesure où elle était profondément afflictée[299] de revoir Mère Hilda, son corps ainsi profané sur l'autel sacré de la Science, toute médicale fût-elle.

Elle s'approcha du charevoste[300] qui, dépourvu de vie, lui apparaissait ainsi pour ce qu'il était : une simple enveloppe charnelle. Vide de toute substance, de son âme. Elle lui toucha la main et malgré elle, tressaillit sous la froide roideté[301] de la peau de Mère Hilda. Soudain, elle revit à travers cet acte sa première rencontre avec la mort, des années en arrière, lorsqu'avant de le mettre en terre, elle avait saisi la main de son défunt petit frère.

Comme celle de mère Hilda, sa main alors était atteinte de la même inertie, du même froid, de la même roideur. Elle était toujours frappée de voir à quel point la mort s'employait à contredire parfaitement la vie. Là où un nouveau-né était rougeaud, criard, emplissant l'air de sa vigueur et

---

[297] Nauseatif (adj.) : nauséeux, qui a rapport aux nausées, qui cause des nausées.

[298] Intensement (adv.) : avec intensité.

[299] Afflicter, v. a., affliger, désoler.

[300] Charevoste (s. m.) : cadavre.

[301] Roideté (s. f.) : qualité de ce qui est raide.

de son aspiration à la vie, un mort en revanche, s'attachait à ne faire rien de tout cela, sinon de bleuir, pâlir, se raidir, et, par-dessus toute chose, à rester immouvable[302].

Elle se pencha au-dessus du corps, mais frère Ambroise venait juste de le recouvrir d'un drap, l'empêchant ainsi d'en découvrir autre chose que les membres et le visage. Aussi tenta-t-elle, aussi innocemment que possible, de le questionner.

— Frère Ambroise, dites-moi, avez-vous trouvé la cause de sa mort ?

— Rien de plus que ce que le Superviseur vous a expliqué aujourd'hui. Mère Hilda semble être morte de mort naturelle. Nulle contusion ou trace quelconque de lésion n'indiquent le contraire sur son corps.

— Et savez-vous ce qui a causé sa mort ? Souffrait-elle de quelque affliction secrète ?

— Non, pas à ma connaissance, répondit-il platement. Pourquoi demandez-vous cela ?

Frère Ambroise alla laver ses mains rougies dans une bassine à proximité du corps. Il les essuya ensuite sur un drap aux taches brunâtres suspectes.

— Je vous questionne, car je trouve sa mort souspeçonale[303]. Voyez-vous, je portais régulièrement des préparations de simples à Mère Hilda, et jamais je ne l'ai vue autrement qu'en excellente forme. Le seul mal que je lui connaissais était la difficulté à trouver le sommeil. Or, il semblerait même qu'elle soit morte comme par quelque enchanterie[304] durant son repos ! N'est-elle jamais venue vous consulter pour quelque défaillance du foie, du cœur ou autre ?

---

[302] Immouvable (adj.) : immobile, qui ne peut être ébranlé.

[303] Souspeçonal (adj.) : suspect.

[304] Enchanterie (s. f.) : enchantement, charme.

— Non jamais, Sœur Brynja, fit-il d'un air las. Mais, vous savez, parfois, ces défaillances que vous nommez se déclarent soudainement. Elles peuvent être mortables[305] et sont ensuite inaparents[306] à notre examinacion[307] et nous devons nous contenter d'en déduire qu'il s'est agi d'une mort naturelle.

— Mais si ces afflictions sont inapparentes une fois la personne trépassée, ne peut-il en aller de même pour d'autres causes mortelles ? insista-t-elle.

— Si… Il y a certainement d'autres motifs que même le regard le plus perçant ne pourra déceler sur un défunt, comme certaines herbes par exemple.

— Oh ! Vous parlez de poison n'est-ce pas, cher Frère ? demanda Marieke.

— En effet…, reconnut frère Ambroise avec réticence. Néanmoins, je ne vois nulle raison pour laquelle quelqu'un au sein de la Communauté aurait voulu empoisonner Mère Hilda autrement que par accident. Par ailleurs, prenez garde, Sœur Brynja : de votre aveu, c'était vous qui étiez en charge d'approvisionner la Mère Hilda en simples, vous pourriez être mise en accusation, car de fait, vous étiez la mieux placée pour attenter à la vie de notre vénérable Mère supérieure.

Il avait dit cela d'un air sarcastique, mais Brynja ne put que serrer les mâchoires : il avait raison, elle était, en tant que botaniste, une détentrice légitime de bien des herbes et simples en tout genre, qui pouvaient causer le bien autant que le mal.

Soudain, elle éclata de rire sous le regard stupéfait de Marieke et frère Ambroise. Précisément ! Comment n'avait-elle pu y songer plus tôt ? Elle était, tout comme Marieke, au sein de la section botanique. Autrement dit, le seul endroit de la Communauté à détenir toute une pharmacopée de

---

[305] *Op. cit.*, p. 119.

[306] Inaparent (adj.) : qui manque d'évidence, invisible.

[307] Examinacion (s. f.) : examen.

simples. Il lui suffirait d'en inquester[308] le contenu pour voir si quelqu'un y avait dérobé quelques herbes pouvant empoisonner un homme, ou, en l'occurrence, Mère Hilda. Elle aurait ainsi la preuve que Marieke appelait de ses vœux.

Toujours en riant, elle prit congé précipitamment du frère Ambroise, qui la regarda avec des yeux ronds, et sortit à petits pas rapides, qui se transformèrent une fois la porte franchie en grandes enjambées. Elle entendait Marieke qui la suivait de près, et qui l'interpella.

— Mais enfin, Sœur Brynja, pourquoi tant de hâte ? Où vous rendez-vous ?

— À notre chère section botanique !

Il n'en est nul besoin, nous avons été dispensés de nos travaux pour la journée afin de pouvoir porter notre deulement[309] !

— J'en ai connaissance, et c'est précisément ce que je fais !

Brynja ne perdit pas plus de temps en explication et parvint au seuil de l'escalier de la tour. Ses marches spacieuses les accueillirent toutes deux, mais Brynja devança derechef Marieke, les dévalant jusqu'au premier étage, où elle s'engagea dans le couloir, sans un regard pour l'atelier des parcheminiers, avant d'ouvrir en grand leur porte et se précipiter à l'intérieur. Elle fut éblouie par le regain de luminosité, heurta un bouquet de moutarde mis à sécher, dont quelques siliques s'ouvrirent sous l'effet du choc, répandant leurs graines dans la chevelure de Brynja et sur le sol. Elle secoua la tête sans ménagement pour les faire partir et traversa à grandes enjambées l'atelier.

— Par l'Unique, Sœur Brynja, allez-vous enfin consentir à vous arrêter et fournir quelque explication de votre hâte ? l'interpella sœur Marieke, essoufflée, dans l'embrasure de la porte.

---

[308] Inquester (v. n.) : faire une enquête.

[309] Deulement (s. m.) deuil.

Frère Freyr et frère Walde étaient là également, attablés à leurs établis, et se retournèrent pour observer la scène. Brynja fonça sur eux tel un rapace qui entame un piqué pour saisir quelques proies dans ses serres. La comparaison sembla également effleurer l'esprit de frère Walde dont les frêles épaules se voûtèrent encore davantage en la voyant approcher.

— Frère Freyr, Frère Walde, leur aboya-t-elle prestement dessus. Avez-vous souvenance que quelqu'un soit venu ici dans les semaines passées lorsque nous étions absentes afin de faire demande de simples ?

Freyr et Walde se regardèrent, haussant un sourcil, réfléchirent quelques instants, puis Walde secoua la tête en signe de dénégation.

— Non, Sœur Brynja, je ne vois guère de frère ou de sœur qui soit venu nous demander pareille chose, c'est vous qui êtes normalement chargée de distribuer les simples appropriés au sein de la Communauté et tout le monde sait que la régulation des bonnes et des mauvaises herbes est primordiale à la santé de la Communauté.

— Je m'en doutais ! Merci Walde !

Elle se retourna triomphalement vers Marieke, mais cette dernière se contenta de hausser les épaules et de la dévisager d'un air perplexe. Brynja roula les yeux vers le ciel puis l'entraîna dans leur pièce réservée à l'entrepôt de bocaux qui se trouvait à part de leur atelier et lui expliqua ce qui lui avait traversé l'esprit.

— Sœur Marieke, nous sommes, à la section botanique, les seuls habilités de toute la Communauté à détenir et faire usage de plantes médicinales, en raison que certaines, mal administrées, pourraient être nocives, au lieu d'être curatives.

— En effet, Sœur Brynja. Mais, sans vouloir vous offenser, vous ne m'apprenez rien.

— La peste soit de votre manque de perspicacité ! Ne comprenez-vous pas ce que cela signifie ? Cela fait assavoir[310] qu'il n'y a nul autre endroit au sein de la Communauté, où quelqu'un pourrait s'en procurer…

— Oh ! Je vois ! Vous sous-entendez qu'un homicideur potentiel seroist venu ici pour se fournir en poison !

— Exactement ! Or, ce caractère exclusoire[311] est notre allié, car nous sommes mandés de tenir un inventaire précis de tous les bocaux de simples et de toutes les préparations que nous avons sous notre garde.

— Comme cela est ingénieux, Sœur Brynja ! Vous escomptez donc passer au crible tout notre catalogue ainsi que les simples correspondants afin de vérifier s'il manque quoi que ce soit ?

— Non, je ne compte nullement effectuer cette tâche harassante toute seule, lui sourit-elle. Puisque nous avons congé aujourd'hui, vous allez m'y aider !

— Hors de question ! Rester enfermée et ne point visiter le Jardin des Simples aujourd'hui ? Vous savez comment torturer une Naturelle, Sœur Brynja !

— Aidez-moi à trouver le poison manquant et nous irons ensemble au Jardin des Simples après. Je pourrais même m'occuper du liseron tout le printemps afin que vous puissiez vous consacrer entièrement à votre flore préférée… Qu'en dites-vous ?

— Vous êtes impitoyable ! Eh bien, puisque de toute évidence, nulle personne vivante ou trépassée n'a jamais su vous faire changer d'avis une fois que vous aviez une idée en tête… attelons-nous à la tâche afin que je puisse aller rendre visite aux plantes avant que l'Unique ne fasse tomber la nuit.

Brynja alla s'emparer de l'épais manuscrit qui leur servait de registre. Puis, elle et Marieke entreprirent de vérifier ligne par ligne, la correspondance entre le nombre inscrit au catalogue et celui existant de bocaux dans leur entrepôt. Ainsi passèrent-elles au crible la lavande, la

---

310 Assavoir (v) : faire connaître quelque chose.

311 Exclusoire (adj.) : exclusif.

moutarde, le thym, le calendula, le millepertuis, la valériane, la sauge et des dizaines d'autres. Après quelques heures, Marieke bâillait bruyamment, se plaignait constamment et rechignait de plus en plus à courir à travers les étagères pour trouver les bocaux correspondants, tandis que les yeux de Brynja devenaient douloureux à force de se concentrer sur les lignes et de devoir supporter les geignements insistants de sa consœur. Marieke finit par refermer d'un claquement sonore le registre.

— Sœur Brynja, votre méthode est si fastidieuse qu'à ce train-là, nous y serons encore dans une semaine, fit-elle en bâillant. Par ailleurs, nous avons mis en évidence un défaut dans le registre : il manque effectivement un bocal de lavande et un autre de romarin, mais aucun des deux ne pourra jamais servir à homicider quelqu'un. Cela suffirait tout juste à trop embaumer leur lit ou à leur donner quelque mal de tête.

— Vous avez raison... grogna Brynja. Cela ne mène à rien pour l'instant... Peut-être pourrions-nous restreindre le champ des recherches. Réduisons notre examen aux seules plantes qui peuvent être nocives, voire mortables, en de grandes quantités. Ainsi nous épargnerons-nous des efforts inutiles !

— Enfin une idée audacieuse ! C'est la première que vous ayez de la journée... Et vous m'êtes redevable de tout un printemps de liseron, j'espère que vous en avez souvenance ! Voyons... Nous avons déjà compté la valériane, que dit le registre concernant l'aconit ?

Elles inventorièrent ensuite toutes les plantes qui pouvaient servir de poison. Certaines, comme la valériane, étaient bénéfiques à petite dose, d'autres étaient tout simplement des plantes hautement toxiques et étaient gardées, à la fois à des visées de recerchement[312] et également à des fins défensives en cas de besoin. Enfin, alors qu'elles étaient en train de compter les bocaux contenant les bulbes de colchiques, Marieke marqua une pause.

---

[312] *Op. cit.,* p. 65.

— Sœur Brynja, il en manque une…
— Comment ? fit Brynja d'un air absent.
— Il en manque une ! Le registre nous indique que nous devrions disposer de trente bocaux de bulbes ; or, nous n'en avons que vingt-neuf sur l'étagère.

Brynja accourut pour recompter à son tour, et, cela fait, elles fixèrent l'étagère des yeux avant d'échanger un regard.

— Vous savez bien que dans cette communauté, une seule personne possède les clefs et la légitimité donnant accès à toutes les sections… Qui, par ailleurs, est atteinte de goutte et connaît donc bien le colchique.
— Vous revenez toujours à votre histoire impliquant le Superviseur ! Soit, le Superviseur Logbor souffre de goutte et a les clefs… Et après ? Ce pourraient n'être que de lourdes coïncidences, rien de plus !
— Marieke, je ne vous connaissais pas une telle capacité de doutaison[313] ! Écoutez, nous avons un moyen simple de vérifier si j'ai raison d'impliquer le Superviseur dans cette sombre affaire. Si c'est bel et bien le colchique qui a servi à homicider Mère Hilda, le Superviseur a peut-être encore la fiole quelque part dans ses effets…
— Vous ne suggérez tout de même pas de pénétrer par effraction chez lui afin de fouiller ses affaires ?
— Diantre non ! Nous n'avons nul besoin d'entrer dans de telles difficultés puisque vous êtes convoquée une fois la semaine pour vous rendre dans ses appartements soigner ses maux justement ! Vous pourrez en profiter pour jeter un œil aux alentours, voir si quelque chose est rangé de manière inhabituelle ou si son comportement vous semble dissemblant[314] ! Qu'en dites-vous ? Cela me paraît être une excellente idée.
— Je ne sais pas, Sœur Brynja… Toute cette affaire me paraît être si extravagante… Ne pensez-vous pas que vous cherchez là un moyen de fuir

[313] *Op. cit.*, p. 44.
[314] Dissemblant (adj.) : différent.

la doleüre[315] qu'occasionne le deuil de Mère Hilda ? Après tout, ce n'est un secret pour personne que vous étiez très proches toutes deux…

— Que dites-vous de ceci : je vous promets que si vous ne découvrez rien de supplémentaire dans les appartements du Superviseur Logbor, je consentirai à abandonner toute cette histoire et à ne plus reparler d'un trépas suspectueux[316] concernant Mère Hilda ?

— Vous jurez que vous cesserez d'être obnubilée par votre vision ?

— Je le promets, sur la tête de Lilith.

— Sœur Brynja ! Vous blasphémez ! répondit Marieke en prenant un air faussement offusqué avant de s'en retourner en riant.

Brynja et Marieke passèrent ensuite en revue tous les détails de leur plan. Marieke devait se rendre le lendemain soir après les *Gratiae* chez le Superviseur Logbor, et lui effectuer quelques massages pour atténuer la doloison[317] de ses articulations. Une fois que ses chairs flasques se trouveraient ainsi apaisées par ses mains délicates, Marieke en profiterait pour évoquer la mort de Mère Hilda, et, prétextant d'aller chercher une préparation de simples, elle jetterait un coup d'œil à son secrétaire, endroit où selon elles, il était le plus susceptible de pouvoir cacher un bocal en verre. Si besoin était, elle le questionnerait également pour savoir s'il lui restait assez de colchique pour les prochains accès de goutte, lui promettant sinon de lui en rapporter.

Une fois leur plan élaboré, il ne leur restait plus qu'à reprendre le cours habituel de leur vie, comme si de rien n'était. Cependant, ce n'était point là chose aisée et Brynja eut tout le mal du monde à se concentrer sur ses tâches de botaniste. L'après-midi, elle se rendit auprès des familles qu'elle devait visiter pour la politique d'eugénisme volontaire de l'Unicus. Toutes semblaient accueillir leur encadrement resolutivement[318], que ce soit dans le cadre d'un encouragement à la procréation ou au contraire à

---

[315] Doleüre (s.f.) : deuil, chagrin.

[316] Suspecteux (s.m.) : personne suspecte.

[317] Doloison (s.f.) : douleur.

[318] Resolutivement (adv.) : d'une manière tranchée, fermement.

l'avortement, ce que Brynja trouvait exemplaire. Elle-même n'aurait su dire si elle aurait pu se montrer aussi docible[319] si elle avait reçu pareille visite.

Elle devait passer une nuit à l'auberge afin de se rendre auprès d'autres familles le lendemain, le voyage durant trop longuetement[320] pour ne parcourir qu'un village de l'île avant de regagner la Communauté. Elle prit un repas frugal à l'auberge du Titan, savourant tout de même une bonne bière, chose prohibée au sein de la Communauté, mais elle pensa que l'Unique aurait probablement d'autres affaires à traiter et qu'il ne la condamnerait pas pour un breuvage pris si occasionnellement. Elle ne tarda point à être envahie d'une douce torpeur, d'un état de relâchement peu coutumier et auquel elle s'abandonna volontiers. Elle parvint ainsi, l'espace d'une soirée, à se libérer de la tension qu'elle ressentait depuis la découverte du corps de Mère Hilda, de toute cette tristesse et colère qui sourdaient en elle sans jamais la quitter. Ce soir-là, elle dormit, pour la première fois depuis longtemps, d'un sommeil sans rêve et sans vision.

*

Le lendemain, elle poursuivit sa tournée en essayant d'apprécier le voyage, qu'elle avait peu de temps auparavant appelé si fort de ses prières, mais n'y parvint point, toutes ses réflexions étant tournées vers ce qui allait advenir le soir.

Elle brûlait d'impatience, et ne réussissait aucunement à focaliser sa pensance[321] sur la mission que le Grand Intendant lui avait dévolue. Elle devait s'y reprendre à deux fois pour regarder les familles dans les yeux, leur expliquer les principes selon lesquels une femme enfantait, et comment en tirer profit, que ce soit pour en tirer parti ou pour au contraire

[319] Docible (adj.) : docile.
[320] Longuetement (adv.) : un peu longtemps.
[321] Pensance (s. f.) : pensée.

l'estordre[322]. Parfois, quelqu'un lui posait une question et elle le fixait avec des yeux vides avant de secouer la tête et de parvenir au comprendement de son interrogation[323]. Ils devaient la trouver bien estordie[324] pour une sœur de la Communauté !

L'heure de regagner la Communauté arriva enfin, et elle prit place à Bridgervik dans une diligence qui devait la ramener au pied du mont Saint Lilith où, dans la mesure où elle était seule et peu encombrée, elle ferait l'ascension bien plus rapidement que la dernière fois. Elle la fit sans profiter du paysage de la forêt, bien qu'il lui appliquât tout de même un baume apaiable[325] sur ses pensements[326] agités. Elle ne sut détailler aussi bien les mousses que précédemment ni respirer avec la même ardeur les exhalaisons fraîches qui lui parvenaient des arbres. Là où auparavant la neige l'avait enchantée, magnifiant tout, elle était désormais une entrave à sa hâte de regagner l'enceinte. En somme, elle ne sut déguster le moment présent, tout absorbée qu'elle l'était par l'incertitude de l'avenir.

*

Elle rejoignit prestement la Communauté, y enleva ses socques à la hâte et retrouva Marieke en haletant à la section botanique. Elle la trouva près de son atelier en train de ranger son nécessaire dans les sacoches pendues à sa ceinture. Dès qu'elle entendit Brynja passer la porte, elle se retourna et se précipita vers elle, l'étreignit avant de lui demander comment s'était passée sa tournée. Brynja la regarda et fut saisie par une évidence. Elle avait songé à elle et à son obsession, avant de considérer ce qui comptait

---

322 Estordre (v. a) : se détourner de, échapper à, éviter.

323 *Op. cit.*, p. 237.

324 Estordie (s. f.) : action inconsidérée, folle, coupable ‖ étourdissement.

325 Apaiable (adj.) : qui se laisse apaiser ‖ propre à apaiser.

326 Pensement (s. m.) : pensée, méditation ‖ air pensif.

vraiment : leur amitié. Son estomac se tordit à la pensée de son inconoissance[327] et elle prit les mains de son amie dans les siennes.

— Ma journée est sans importance. Comment vous sentez-vous, Sœur Marieke ? Écoutez… J'ai fait preuve de meschance[328], et, quel que soit mon désir de découvrir la cause de la morteté[329] de Mère Hilda, je ne veux en aucune manière vous forcer à faire quelque chose de dangereux. Par conséquent, si vous le souhaitez, nous pouvons tout annuler et oublier toute cette affaire.

— Comment ? Non enfin, Sœur Brynja ! Je sais que vous dites cela seulement pour me protecter[330], mais je vais bien, ne vous en faites donc pas ! Je conduirai notre plan à exécution. Regardez, tout mon matériel est déjà prêt et rangé et vous connaissez ma desordenance[331] : il m'en a coûté de tout bien disposer dans ma sacoche, il est exclu que je doive rassaier[332] ! À présent, je vous laisse, je vais être en retard.

Elle s'éloigna et le cœur de Brynja se serra sur un mauvais pressentiment pendant qu'elle observait Marieke fermer la porte derrière elle et qu'elle entendait ses pas résonner dans le couloir. Elle détestait ces visites hebdomadaires de Marieke, moment durant lequel le Superviseur ne manquait jamais de lui faire des touchements[333] mais cette fois, son pressentiment était plus sinistre encore. Tout cela ne pouvait pas bien se finir. Elle se rendit néanmoins dans les dortoirs des sœurs, la coupableté[334] la rongeant comme quelque acide corrode des chairs, et se mit au lit, bien incapable de fermer l'œil. Une heure plus tard, alors que la plupart de ses

---

[327] Inconoissance (s. f.) : ignorance ‖ ingratitude.

[328] Mescheance (s. f.) : méchanceté, action coupable, mauvaise conduite.

[329] Morteté (s. f.) : mortalité.

[330] Protecter (v. a.) : protéger.

[331] *Op. cit.,* p. 100.

[332] Rassaier (v. a.) : mettre de nouveau à l'épreuve, s'attaquer de nouveau à.

[333] Touchement, s. m., action de toucher ‖ attouchement ‖ tact, toucher.

[334] *Op. cit.,* p. 58.

sœurs commençaient à adopter une respiration apaisée et que certaines émettaient de lourds ronflements — le nez de sœur Anja sifflait de manière stridente et parfaitement agaçante — elle perçut le code que Marieke et elle avaient déterminé.

Elle se glissa aussi discrètement que possible hors de sa couche, se chaussa et sortit du dortoir, remerciant finalement intérieurement Sœur Anja pour son tapage qui couvrait le bruiement[335] de ses pas. Elle retrouva Marieke dehors, dans le couloir glacé, une brise nocturne lui faisant regretter d'autant plus amèrement d'avoir dû quitter son lit.

— Alors ? chuchota Brynja impatiemment.

Marieke secoua la tête.

— Je n'ai rien trouvé qui soit susceptible d'indiquer de la culpabeté, Sœur Brynja. Le Superviseur s'est conduit comme à son habitude, tout était en tous points identique à la fois précédente, si ce n'est qu'il avait l'air profondément peiné à l'évocation de la mortaille de Mère Hilda. Je l'ai même entendu renifler.

— Et le colchique ? Avez-vous pensé à demander ?

— Oui, je l'ai fait et ce qu'il m'a répondu ne va point vous plaire. Il m'a dit que sa fiole était toujours intacte, et il me l'a désignée sur son secrétaire, elle était encore scellée, j'ai pu vérifier.

— Ainsi donc, ce n'est pas lui qui a volé le colchique…

Brynja sentit son estomac se contracter. Mère Hilda était-elle donc vraiment morte dans son sommeil ? Marieke se dandina sur ses jambes.

— Sœur Brynja, au risque de vous mécontenter, je vais vous confider ma pensée, fit-elle delicativement. Je pense que, comme pour la lavande et

---

335 *Op. cit.*, p. 236.

le thym, nous avons tout simplement commis une erreur dans le registre. Je soupçonne également que vous cherchiez à attribuer au Superviseur quelque méfait pour atténuer votre patissement[336], car il est plus facile de verser dans la haine et la rancœur que d'affronter la douleur que cause la perte d'un être cher.

Elle lui lança un regard acide, mais garda le silence, les lèvres pincées. Marieke lui prit doucement la main.

— Souvenez-vous de votre prometage[337] : oubliez toute cette histoire de voiement et d'homicidage. Je serai à vos côtés lorsque la tristance[338] sera insoutenable. Il vous faut à présent affronter le quotidien dans la Communauté sans Mère Hilda. Je sais que vous êtes convaincue d'être seule, mais moi, je suis là pour vous. Laissez-moi vous aider pour cela.

Brynja toujours muette acquiesça néanmoins, et une lacrime dévastatrice dévala la pente de sa joue, emportant tout sur son passage, la colère, la rancœur, l'excitation des derniers jours, pour ne laisser que le vide laissé par la Mère supérieure. Marieke l'étreignit et l'entraîna à sa suite dans le dortoir. Elle regagna son lit qui avait encore la tiédeur de son corps, et se tourna, pleurant silencieusement. En cet instant, elle eût préféré que le Superviseur fût un homicideur de sang-froid, qu'il ait précipité la Mère Hilda dans la demeure de l'Unique plutôt que d'avoir à affronter l'acrimonie de ses pensées, l'abîme de tristor[339] et de rancœur qui s'étendait dans son cœur. Elle se retourna dans son lit, et croisa le regard que Marieke fixait sur elle, puis son sourire. Il lui restait au moins cela, au moins le sourire d'une amie et la sereine assurance qu'elle serait là pour l'épauler dans les douloureux moments qu'elle allait devoir vivre.

---

336 Patissement (s. m.) : tourment, peine.

337 Prometage (s. m.) : promesse.

338 *Op. cit.*, p. 46.

339 Tristor (s. f.) : tristesse.

Elle ne parvint à trouver le sommeil qu'à force d'épuisement, et une fois que ses yeux eurent pleuré tout ce qu'ils pouvaient. Ses rêves furent agités cette nuit-là. Elle rêva de Mère Hilda, de son regard sévère, et qu'elle se faisait âprement réprimander par elle. Elle en était presque réconfortée de se voir quereller de la sorte. Mère Hilda lui confirmait qu'elle devait chercher son mordrier, qu'elle ne faisait qu'effleurer la vérité. Elle rêva également d'une femme, grande, sauvage, qui lui ressemblait tout en lui étant étrangère. Elle aussi avait une chevelure flamboyante comme un coucher de soleil. Brynja la suivait qui se rendait près d'un arbre, un chêne gigantesque et magnifique qui présentait sa ramure à la falaise haute et abrupte d'une île.

Le soleil resplendissait sur ses feuilles crénelées qu'une douce brise agitait. La femme se retournait vers Brynja, scrutait les alentours d'un regard perçant et intrépide, puis semblait se pencher vers l'arbre, en un endroit précis du tronc tortueux. Après cela, l'inconnue y disparoissait[340], laissant l'arbre seul épandre sa beauté sur les environs accidentés. Dans les airs, le fantôme de Mère Hilda la sommait de ne point abandonner ses recerchements, l'implorant de l'aider, car nul repos de l'âme ne saurait se trouver pour celui qui quitte la Terre dans la violence.

[340] *Op. cit.,* p. 186.

Chapitre 12

Aris, 1707 (apr. P.)

Aris posa le pied par terre et descendit de diligence. Les pavés de la chaussée étaient brûlants, il le sentait à travers la semelle de ses souliers. L'air s'était changé en fournaise ces derniers jours, à tel point qu'il avait enlevé sa veste de costume et que malgré cela, il maudissait en ce moment même son goût vestimentaire irréprochable.

Il s'accroupit et saisit entre son pouce et son index un épi de blé. Ou plutôt ce qu'il en restait : entre ses deux doigts se trouvait ce qui pouvait tout au plus être qualifié de lointain vestige, car ce qu'il tenait n'avait plus rien d'une inflorescence céréalière. C'était indéfini, noir, brûlé ou pourri, nul ne pouvait le dire. Racorni à la rigueur, mais nullement un épi.

Il se redressa et contempla la vaste étendue de champs qui couraient à perte de vue : il avait sous les yeux l'infinie et identique réitération de ce qu'il avait tenu quelques secondes auparavant dans ses mains. Tout était noir, frelaté, putride, avarié, calciné. Une fétidité en émanait, se composait d'une saveur aigre de pourriture, et quelques autres exhalaisons désagréables, que les mouches, encore elles, semblaient toutefois trouver à leur goût. Elles voletaient au-dessus des cultures par millions, faisant frémir de leurs ailes agitées l'air changé en étuve, ce qui eût été bienvenu s'il s'était agi d'une délicate brise estivale, mais ce n'était là qu'un bourdonnement nerveux, incessant, qui contaminait Aris en le crispant plus qu'il ne l'était déjà.

— Par la grâce de l'Imperare, mais comment qu'on va faire ? répétait pour la cinquième fois le paysan à leurs côtés, qui regardait d'un air abattu et vide les champs devant eux.

Klemens semblait tout aussi ahuri, bien que plus grave. Aris, pour sa part, était énervé. Pourquoi diable cette fichue nature, ces maudits éléments avaient-ils décidé qu'ils allaient tous se dérégler, en même temps et sans la moindre explication ?

— Mes cinq cent vingt arpents de culture sont tous comme cela… Ce sont les revenus d'une année qui ont pourri en une seule nuit… Mais comment qu'on va faire ? balbutiait l'agriculteur, qui passait ses mains sur son visage, puis tournait sa mine abattue vers Aris.

Aris lui adressa un mince sourire qu'il espérait être encourageant. Mais la boule dans son estomac indiquait assez que l'espoir était au moins aussi sombre que les champs qu'il observait. Il contrevenait à sa première règle : dans son métier, il ne fallait sous aucun prétexte éprouver de la compassion pour autrui. Jamais. Néanmoins, il s'agissait là d'un pauvre bougre, un contribuable uniquéen qui n'avait rien demandé à personne. Pas un de ces criminels qui ne méritaient que d'être enfermés. Non, lui n'aspirait qu'à moissonner son blé tranquillement.

Or, s'il en croyait ce qu'il disait, cet agriculteur était tout bonnement ruiné, ayant tout perdu en l'espace d'une nuit. Et il n'était pas le seul, Aris et Klemens ne pouvaient rendre visite à tous les paysans, mais les environs agricoles de Midjaborg étaient tous semblables à celui-ci : des champs entiers de monocultures céréalières dévastés par quelque corruption. Des céréales noires et pestilentielles n'étant même pas bonnes à nourrir le bétail, bétail qui de toute manière avait précédé les céréales vers le trépas.

— Auriez-vous l'amabilité de m'indiquer si tous les types de céréales sont impactés de la même manière, je vous prie ? demanda Aris, en tentant de garder son sang-froid.

Ils allaient bien finir par avoir une piste, une ébauche de compréhension peut-être, à défaut d'une parfaite lucidité sur cette situation insensée.

— Comment ? lui répondit le brave homme, qui tourna ses yeux cernés et ahuris vers son interlocuteur.
— Est-ce que vous auriez d'aventure noté quelque différence entre le blé, le seigle, l'avoine ou autre ? Sont-elles toutes pourries, et si tel est le cas, s'agit-il d'un aspect identique ?
— Ah ! Je vois où vous voulez en venir. Malheureusement oui, aucune culture n'a survécu, et elles sont toutes noires comme celle-ci.
— Je vois. Merci Monsieur. Si vous le permettez, nous allons prélever quelques épis qui serviront d'échantillons et seront soumis à des analyses afin de pouvoir trouver éventuellement une explication rationnelle à toute cette aberration.

L'agriculteur haussa les épaules en signe d'indifférence ou d'impuissance, probablement des deux et Aris fit signe à Klemens qui se baissa pour ramasser les restes de céréales. Cela fait, Aris et Klemens regagnèrent la diligence qui les attendait sur la chaussée, et Aris éprouva un soulagement indicible à être protégé du rayonnement astral excessif.

Il sortit un mouchoir de soie de sa poche et se tamponna le front. Il détestait la chaleur. Ce fléau estival. On pouvait atténuer le froid, s'en prémunir, et rester habillé élégamment, mais que faire contre une chaleur pareille ? Elle souillait tout, tout corps se recouvrant de gouttelettes insupportables, ornait d'auréoles immondes tout vêtement et n'épargnait rien de son avilissement, pas même un veston en pure soie. Non vraiment, il ne goûtait en rien cette saison, qui, il fallait bien le reconnaître, s'avérait être particulièrement caniculaire.

Il regarda défiler d'un air sombre les reliquats de culture pendant que leur diligence prenait de l'allure. De combien de réserve de grains disposait l'Unicus ? Serait-ce suffisant pour nourrir toute la population pendant encore une saison, le temps de relancer des semences ? L'hiver qui arrivait aller être rude sans bétail pour pallier le manque de denrées de saison. Cela promettait quelques révoltes que le Ministère allait devoir gérer, ou étouffer selon l'ampleur du phénomène.

— Et si les résistants avaient raison ? lui dit abruptement Klemens, coupant le fil de ses pensées et méditations.

— Comment cher Klemens ? À quel propos ?

— À propos de tout cela, vous savez, ce qu'ils clament constamment, que l'Homme est responsable de ce qui arrive à la Nature en ce moment, et que nous récoltons désormais les conséquences de centaines d'années passées à calomnier notre environnement.

— La chaleur doit être encore plus importante que je ne le pensais. Vous devez avoir subi une insolation ou quelque chose de ce genre pour mettre ces sornettes sur le tapis.

— Aris, franchement, la coïncidence est trop grosse pour qu'elle ne soit que le fruit du hasard, vous ne croyez pas ? Toutes ces morts animales, toutes ces récoltes qui pourrissent… Ce pourrait effectivement être une sorte de réaction naturelle à l'exploitation subie par l'Homme.

— Balivernes ! Enfin Klemens, mesurez-vous les propos que vous débitez ? Comment ? Subitement, après quelques siècles de soumission, de passivité, la Nature se serait liguée contre l'Humanité, de façon à lui faire payer le tribut de ses turpitudes passées ?

— N'avez-vous donc jamais entendu parler de la prophétie ?

— Oui-da, j'en ai entendu parler. Ce sont des paroles de ménagère désabusée, cet oracle qu'une diseuse de bonne aventure a dû proférer sous l'action de quelque boisson fort inspirante à n'en pas douter !

— Mais quand même, ne vous tourmente-t-elle pas ? Elle fait un écho bien singulier à la situation que nous vivons…

— Mon cher Klemens, je vois que cela semble vous tenir à cœur et vous préoccuper, ainsi, laissez-moi vous rassurer à ce propos. De tout temps, l'Homme s'est amusé à proclamer que l'apocalypse était pour bientôt ; n'y voyez donc pas un sombre présage pour autant, tout au plus une simple lubie de qui n'a rien d'autre pour pimenter son existence. Ce sont là des fadaises inexpugnables, tout simplement, car chacun est toujours convaincu que le temps qu'il vit est le pire de tous, que ses affres personnelles sont les plus insurmontables. C'est le propre de l'Homme que de penser qu'il peut s'arroger ainsi tous les fléaux imaginables et qu'en plus ces derniers lui seraient spécialement destinés.

— Quelle explication donnez-vous dans ce cas à cette succession de mystères morbides ? Éclairez-nous donc, Monsieur Hartmann, nous, simples mortels qui ne disposons pas de vos lumières !

— Et voilà que vous faites preuve d'insolence, attention, mon cher Klemens, je pourrais me fâcher ! Quant à une explication, je n'en ai aucune pour l'instant, mais je ne doute pas qu'il y en ait une, rationnelle, factuelle, scientifique. Bref, tout ce qu'il y a de plus objectif et logique. Je compte cependant bien la découvrir, avec votre concours évidemment… Peut-être s'agit-il là d'une nouvelle sorte de maladie qui atteint aussi bien les animaux que les plantes ?

— Vraiment ? Vous pouvez trouver mieux quand même Aris ! Je vous ai vu mille fois faire preuve de plus d'imagination pour séduire des femmes que vous n'en usez là pour résoudre un amoncellement de cas qui requièrent une fantaisie des plus fécondes pour en percer le lien et la résolution.

— Certes, mais cela tient à ce que la gent féminine est pressée d'être endormie et charmée par quelque chimère de notre invention. Voyez-vous, elle tient à s'attacher à quelque songerie qui lui ferait oublier sa condition quotidienne alors qu'en l'occurrence, nous n'avons à faire ici qu'à des épis de blé, des bœufs, des phoques, et quoi d'autre ? Ah, et des poissons ! Tout ce qu'il a de moins imaginatif et fantasque. C'est donc que la cause de leur mal doit être des plus pragmatique et terre-à-terre. Nul besoin d'aller chercher bien loin, et je suis sûr qu'en nous rendant auprès de notre laboratoire, nous aurons certainement quelque élément nous faisant avancer.

— Je reste convaincu que la prophétie qui annonce qu'un fils de Prométhée engendrera la fin de l'Unicus est plausible. Tous les fléaux qu'elle mentionne sont en train de se produire : les morts soudaines d'animaux, la « nourriture qui revêt un goût de cendre dans la bouche »… Tout se tient !

— Eh bien, sitôt rentré, je vous laisse aller fouiller les registres de la population afin de le trouver. Je vous souhaite bien du plaisir, cela va être une tâche d'un héroïsme fou. Je dirai même divertissante au possible !

Klemens roula les yeux vers le ciel, mais tous deux se turent jusqu'à destination.

*

Sous ses yeux, les champs dévastés se pourvurent peu à peu de bâtisses, d'abord insignifiantes et fort éparses, puis elles entreprirent de proliférer comme l'Unique avait multiplié les épis de seigle selon le *Recueil* qu'Aris connaissait trop mal pour se rappeler précisément l'épisode. Elles devinrent progressivement denses et hautes, avant de finalement se transformer en un magma urbain difforme. Ils furent menés jusqu'au bas du funiculaire par la diligence qui les transporta jusqu'au sommet du mont Olympe, l'air de la capitale s'avérant encore plus étouffant que son confrère de la campagne.

Ils hélèrent une autre calèche qui les mena jusqu'au ministère de la Sécurité d'État. Puis ils allèrent directement au sous-sol rendre une visite de courtoisie à leur légiste Lík. Aris était toujours fasciné par cette espèce atypique constituée d'hominidés capables de vivre sans lumière du jour telle d'incongrues noctuelles qui se groupent sous la lueur blafarde d'un néon. Un curieux silence régnait dans cette aile du ministère, comme si l'atmosphère sentait, qu'en présence de cadavres, il convenait qu'elle se chargeât d'une pesanteur particulière et le bruit des pas d'Aris et Klemens, traces intruses du monde vivant dans ce royaume des morts, paraissait se doter de quelque chose de feutré, atténuant ainsi l'insulte que constituait la vie dans cet antre morbide.

Tous deux parvinrent près d'une salle lugubre, où se tenait un être aussi blafard que l'éclairage ambiant. Il était si pâle qu'il semblait avoir décoloré à force d'évoluer à l'écart de toute agitation et de lumière naturelle, ses joues étant par ailleurs creusées, comme voulant se fondre plus aisément parmi la population de macchabées qui l'entourait. Il allait assurément à merveille dans cet environnement, pensa Aris qui décida de faire preuve d'aisance bien que toute démonstration d'entrain soit ici pourvue d'une résonance offensante et déplacée.

— Alors mon cher Lík, comment vous portez-vous ? Toujours en forme olympiquc à cc que je constate !

— Que Prométhée vous foudroie Aris, vous et vos railleries ! Par pitié, je prie Lilith que vous n'osiez pas me rapporter encore quelque poisson gâté ! Mon odorat ne s'en remettrait pas !

— Non pas. Nous vous apportons un mystère d'un autre type aujourd'hui, et espérons que votre expertise saura nous sortir de l'impasse où nous nous tenons. Voici ce qui fut jadis une panicule de seigle… du moins ce qu'il en reste et que je suis parvenu à transporter.

— Par l'Unique ! Quelle est encore cette étrangeté ? Donnez-moi cela !

Monsieur Lík s'empara vivement du sachet contenant les miettes de seigle noirci qu'Aris lui tendait, et en déposa le contenu sur une plaque de verre. Puis il en ôta un minuscule morceau qu'il plaça sous un microscope en laiton et se tint coi pendant quelques minutes. Klemens et Aris se regardèrent, ne sachant s'ils devaient quitter les lieux ou patienter, mais Lík interrompit leur échange muet en se redressant et se retournant vers eux.

— Je fais plutôt dans les macchabées d'ordinaire, mais… Vous dites que vous avez trouvé cet épi où ?

— Je ne l'ai pas dit, lui répondit Aris tranquillement.

— Nous l'avons prélevé au milieu de champs entiers comportant tous des céréales gâtées semblables à celle-ci ! Qu'avez-vous trouvé ? lui demanda Klemens d'un ton pressant.

— Rien, si ce n'est que cet épi affiche toutes les caractéristiques d'un état de décomposition avancé, caractéristiques qu'une matière organique, qui plus est sèche comme un épi de seigle avant les moissons, n'atteint pas en une nuit.

— Pourtant le paysan nous a assuré avoir découvert ses champs en cet état ce matin, alors qu'il les a quittés hier soir intacts. Leurs épis dorés fin prêts à être moissonnés ! s'exclama Klemens.

— Étrange, murmura Lík. On dirait qu'il s'agit là de la déclinaison végétale de la mort subite que nous avons observée chez le bétail et les autres animaux dont vous m'avez gracieusement rapporté des exemplaires et qui ont empesté tout mon laboratoire durant des jours.

— Vous n'aviez qu'à choisir une carrière ayant lieu au milieu des vivants plutôt que des cadavres. Vous ne pouvez vous en prendre qu'à vous-même. À ce propos, intervint Aris, avez-vous progressé sur la cause de leur mort ? S'agirait-il potentiellement d'une maladie qui les affecterait tous ?

— Si c'est le cas, elle ne laisse aucune trace *post mortem*. Ma conclusion est que tous les tissus se décomposent normalement pour ainsi dire, si l'on omet la soudaineté et la rapidité cela va sans dire. Je n'ai constaté aucune lésion, aucune anomalie cutanée ou sous-cutanée, aucun endommagement des chairs ou des organes qui permettrait de comprendre ce phénomène.

— Donc, vous nous dites qu'ils semblent tous mourir du fait de quelque enchantement ?

— Ou sous l'effet d'une malédiction… Ou d'une prophétie… intervint Klemens.

Aris lui jeta un regard noir et se retourna vers le légiste. Ce dernier s'était replongé dans son observation microscopique, et parut absent de la pièce quelques instants, mais Aris ne pouvait concevoir qu'une explication, fût-ce la plus loufoque, fût inexistante. Aussi insista-t-il.

— Donc, cher Lík, selon vous, nulle explication à toutes ces morts ?

— Je n'ai pas dit cela, Monsieur Hartmann. J'ai précisé n'avoir rien découvert permettant de tirer des conclusions, pas que rien ne pouvait élucider leur mort.

— Ne rien trouver ne revient-il pas à dire qu'il n'y a pas d'explication pourtant ?

— Mais non enfin ! Cela peut signifier soit, que pour l'instant, et donc temporairement, je n'ai rien détecté, soit que la cause de leur mort est invisible ou suffisamment extraordinaire pour se manifester différemment de d'habitude. Il pourrait s'agir d'un poison ou de quelque gaz éventuellement, mais de cela, je n'aurais pas la preuve matérielle à vous apporter.

Le visage d'Aris s'illumina. Bien entendu, un gaz ou un poison ! Quelle merveilleuse idée ! Il se fendit d'un grand sourire, chose qu'il évitait d'ordinaire, car toute personne sensée savait qu'un sourire sur un agent du ministère de la Sécurité d'État ne pouvait être que le début d'une boutade ou d'une séance de torture. Il fit une tape sur l'épaule de Lík et s'empressa de retourner dans le monde vivant, Klemens sur ses talons.

Ils remontèrent dans leur aile et se rendirent directement dans leur salle de réunion, où un imposant panneau de liège, occupant tout un pan de mur, leur servait à épingler dessus tous les éléments de l'affaire en cours. En l'occurrence, Aris haussa les sourcils, le mur étant intégralement envahi par toutes les coupures du *Quotidien omniscient* relatant les différents cas incongrus survenus au cours des semaines passées : d'abord les abattoirs, ensuite les animaux de compagnie, les ressources halieutiques, les colonies d'otaries, de manchots, enfin les cultures céréalières.

Les mains sur les hanches, Aris dévisageait toutes les photos, les articles, les notes qu'ils y avaient épinglés au cours des jours, certaines froissées tant elles avaient été accrochées avec une main rendue fébrile par la colère. Il sentait qu'ils touchaient là à quelque chose de proche de l'explication. Il se tourna vers Klemens.

— Mon cher Klemens, notre dévoué monsieur Lík nous a suggéré non pas une, mais deux hypothèses de travail que nous allons devoir passer sous le feu de la logique et de notre esprit de déduction. Êtes-vous prêt ?

— Vous n'êtes pas obligé d'être aussi théâtral Aris. Vous semblez particulièrement en joie par la suggestion de monsieur Lík, mais vous êtes conscient qu'il nous a formellement souligné ne pas pouvoir nous en apporter la preuve, n'est-ce pas ?

— Bien évidemment que je suis en joie, comme vous dites. Que ce soit par gaz ou par poison, cela veut dire qu'un truchement aura été nécessaire pour faire mourir tous ces êtres vivants, quelques outils ou instruments, donc quelque chose de matériel que nous pouvons découvrir. Par ailleurs, cela signifie également une explication rationnelle et…

— Et ?

— Et… une main humaine derrière tout cela. Or, rien ne me ferait plus plaisir que de parvenir à botter l'arrière-train de la dissidence et d'avoir le droit de les tourmenter quelque peu. Ce serait rassurant qu'il s'agisse de bons vieux criminels tout ce qu'il y a de plus ordinaires, ne pensez-vous pas ? Pour ma part, je retrouve enfin une gaieté, je pourrais presque dire une hilarité ! Vous par contre, ne semblez pas convaincu ?

— Non, non… Vous avez certainement raison.

Klemens n'en dit pas plus et se pencha vers le mur de liège, sombrant dans une profonde réflexion. Ce grand blond était parfois surprenant. Aris haussa les épaules et décida d'en faire autant. Il régna un silence concentré et studieux dans la salle pendant quelques minutes, jusqu'à ce que Johann frappe à la porte et entre.

— Alors, qu'a donné le cas « Paysan de Midjaborg n° 116 » ?

— Oh, rien que de très banal désormais : mort, dévastation, fin du monde, pourriture, pestilence… Vous connaissez le refrain.

— Je vois… Nulle avancée en perspective donc ?

— Eh bien, il semblerait que si, déclara triomphalement Aris. Grâce aux lumières de notre légiste, ce pâle jouvenceau de monsieur Lík, qui nous a suggéré deux hypothèses qu'il nous faut à présent mettre à l'épreuve des faits. *Primo*, un poison, *secundo* un gaz, tous deux devant être indétectables, mais néanmoins mortels. Et enfin, *tertio*, une superbe conjecture prodiguée par notre cher Klemens ici présent, acheva d'expliquer Aris, avec un sourire sardonique.

Klemens roula les yeux au ciel à ces paroles, et maugréa quelque chose de probablement fort grossier, mais qu'Aris n'eut pas le plaisir d'ouïr. Il sourit poliment à Johann, laissant un blanc théâtral afin de faire monter l'impatience chez son spectateur, ce qui fonctionna à merveille.

— Eh bien ? Quelle est cette superbe hypothèse ?

— Je n'ai pas… J'ai simplement suggéré à Aris que…

— Il a suggéré que tout cela était peut-être lié à une prophétie ! l'interrompit moqueusement Aris.

— Vous voulez parler de *la* prophétie ? Celle sur la destruction de l'Unicus ?

Aris ne put s'empêcher d'ouvrir la bouche de stupéfaction cependant que Klemens hochait la tête. Sous ses yeux, il voyait Johann, son supérieur, l'homme le plus calme et pragmatique de sa connaissance, réfléchir avec sérieux aux boniments séculaires débités par quelques plaisantins, tellement éculés et saugrenus qu'ils étaient passés dans le registre de la boutade au sein du ministère de la Sécurité d'État et qu'ils l'évoquaient à chaque cas insoluble. Il se tourna vers Johann, s'apprêtant à prendre la parole, levant les bras dans une exclamation muette. Johann s'adossa au mur et soupira.

— Ne me regardez pas comme cela Aris. Il faut que vous compreniez qu'il n'est pas question de n'importe quelle diseuse de bonne aventure qui a professé cette prophétie. Il s'agissait d'une sorcière qui a été brûlée pour hérésie au XIIe siècle lors de la dernière campagne contre les païens. C'était une puissante Clairvoyante qui a déclamé cette prédiction dans ses derniers instants, elle était entrée en transe et cela a tellement marqué le Superviseur de l'époque qu'il l'a fait remonter jusqu'aux oreilles de l'Imperare. Retrouver l'homme de la prophétie, celui qui est appelé le Fils de Prométhée, a ainsi fait partie des missions fondatrices du ministère de la Sécurité d'État au début de son existence, et cela reste encore une obsession pour notre actuel Imperare Justinien.

— Mais enfin, ne voyez-vous donc pas que, comme tout oracle, les paroles en sont si sibyllines qu'il est impossible d'en découvrir le sens et encore moins le destinataire ?

— Si, nous en avons conscience, c'est bien pour cela qu'après quelques siècles, les recherches ont été abandonnées, c'était une tâche par trop fastidieuse.

— Bon, s'il n'a fallu que quelques siècles afin de recouvrer quelque bon sens…

— Aris, on parle quand même de la fin de l'Unicus, vous concevez que cela ait pu trotter dans la tête de ses dirigeants tout de même ! Mais ce que dit Klemens est vrai… Jamais jusqu'à présent nous n'avions eu une telle succession d'évènements dramatiques de cette ampleur sur le territoire. Et tout serait là pour miner de l'intérieur notre système : quoi de mieux pour le faire s'effondrer que de s'attaquer aux ressources alimentaires, céréales, bétail… Sans rien à manger, les gens vont se révolter contre les institutions qui seront incapables de leur offrir ce qu'elles exigent et cela signera la fin de notre civilisation.

— C'est ce que je disais à Aris ! s'exclama Klemens. Cela ressemble tout de même fortement au « goût de cendre dans la bouche » de la prophétie, n'est-ce pas ?

— En effet… Je me demande si tout cela pourrait effectivement y être relié…

— Oui enfin, j'espère que vous savez que tous ces fléaux se produisent de toute façon, qu'ils soient en lien ou non avec une obscure prophétie ? objecta Aris. Si vous avez quelque souvenir des manifestations que nous avons essuyées ces derniers temps, alors vous verrez que ces évènements dramatiques frappent en tous les cas notre patrie, oracle ou non à la clef. Donc, je vous le demande derechef : quelle importance qu'elle ait quelque chose à voir ? Ce qui compte, si je puis me permettre, c'est la façon de solutionner et d'arrêter ces fléaux.

— Vous n'avez pas tort, Aris, acquiesça Johann. Même si la prophétie disait vrai, nous n'avons aucun moyen de le vérifier pour l'instant et tout ce qui se produit, quand bien même cela y serait lié, adviendrait quand même. Bien, mettons-la de côté pour progresser sereinement, qu'en dites-vous ? Et si nous analysions vos hypothèses ?

— Merci, enfin des paroles cohérentes ! Sans vouloir vous vexer, mon cher Klemens, mais envisager une prophétie, ne nous avance strictement à rien. Bon, nous pourrions commencer par l'hypothèse du gaz. À mon sens, ce qui me semble le plus insoluble, ce sont les harengs : comment diable a-t-on pu aboutir à la mort de cette quantité de poissons ? On ne peut point les tuer par gaz, ils vivent sous l'eau. Le poison paraît le plus probable, mais en revanche, pour ce qui est des céréales, nous nous heurtons à l'exact opposé. On ne peut pas les empoisonner par quelque substance, à part à s'amuser à leur administrer individuellement…

Ils furent à cet instant interrompus dans leur réflexion par des bruits de pas rageurs provenant du couloir, ainsi qu'une voix beuglant qu'elle souhaitait voir le chef de la section enquête. Johann passa la tête par la porte, puis sortit dans le couloir en la refermant. Aris et Klemens se regardèrent. Klemens entrouvrit la porte, pâlit, et sortit à son tour. Aris se décida à les suivre, le fil de sa réflexion s'étant de toute façon rompu.

Une fois dans le couloir, il vit que ses deux collègues s'avançaient vers un homme d'âge mûr, bien habillé, grand, blond, le visage quelque peu rubicond, avec un curieux air de famille avec Klemens… Fait qui s'expliqua une seconde plus tard lorsque l'intéressé l'interpella :

— Père ? Mais enfin que faites-vous sur mon lieu de travail ?

— Mon garçon, ce n'est point pour toi que je viens aujourd'hui, je souhaite parler à ton supérieur. Conduis-moi à lui si tu veux bien, je dois l'entretenir d'une affaire de la plus haute importance.

— Vous pouvez me suivre en ce cas, intervint Johann en lui tendant la main. Johann Ström, chef de la section enquête, enchanté. Monsieur Lindgren, je présume ?

— En effet, patron de l'entreprise *Scieries Lindgren.* J'aurais pu y faire apposer « Père et fils » si mon aîné avait daigné rejoindre l'entreprise, n'est-ce pas Klemens ? Mais bon, j'imagine que diriger une société n'était pas assez noble pour lui, il fallait qu'il rejoigne la fonction publique de l'Unicus… Bref, revenons à nos moutons, ou revenons à nos feuillets, comme j'aime à le dire !

Ce disant, Johann emmenait le discret monsieur Lindgren vers son bureau, afin qu'au moins l'Imperare dans son Palais ne soit pas dérangé par leur entretien, mais Aris n'avait point la certitude que l'immeuble du Ministère soit assez bien insonorisé pour cela. N'ayant eu nulle indication contraire, il les suivit. Il raffolait de personnes embarrassantes, encore plus quand il s'agissait de famille compromettante, et souhaitait se repaître du spectacle de l'expression gênée que le visage de Klemens ne manquerait pas d'afficher. Un petit sourire moqueur aux lèvres, il pénétra dans le bureau de Johann à la suite du cortège et ferma la porte derrière lui.

Le souvenir de sa précédente visite dans le bureau de Johann lui revint en mémoire et sa mâchoire se crispa. Fort heureusement pour sa mauvaise humeur qui commençait à poindre, Johann se dirigea droit sur la carafe de cristal pour leur servir un verre à tous.

— Alors, Monsieur Lindgren, de quoi souhaitiez-vous nous entretenir ?

— D'une affaire de la plus haute importance.

— Oui… Vous nous avez déjà mis au parfum dans le couloir. Pourriez-vous expliciter ?

Les espérances d'Aris étaient comblées : le père de Klemens était délicieusement obtus.

— Ce que je m'apprête à vous révéler risque de vous faire un choc, il en va de la sécurité de l'Unicus.

— Nous voilà prévenus. Je vous en prie, continuez.

— Voilà… Tous les arbres sont morts ou en train de mourir.

— Comment ? Je n'y entends rien. Que dites-vous et en quoi cela concerne-t-il la sécurité de l'Unicus ?

— Je dirige la plus grande scierie de l'Unicus et également la plus grande usine à papier et possède pour cela de nombreuses parcelles d'exploitation forestière. Or, tous les arbres sont morts, ils sont tous bruns, alors même qu'il s'agit de conifères, ce qui veut dire, que d'ici à quelque temps… le papier viendra à manquer. Voilà.

— Pardonnez-moi, monsieur Lindgren, je comprends que ce soit affligeant pour vos revenus, mais en quoi cela impacte-t-il significativement la sécurité de l'Unicus ?

— Mais enfin pour l'information officielle bien sûr ! Les institutions et les journaux de l'Unicus sont mes plus gros clients.

Aris sourit, mais cela étant, il s'agissait d'un sourire plutôt amer. Si les arbres se mettaient à mourir à leur tour, il allait falloir trouver un lien également avec leur hypothèse du gaz ou du poison, qui lui apparaissait plus ténu désormais. Les arbres n'étaient pas stratégiques ni des ressources alimentaires de l'Unicus, et Aris ne voyait pas de quelle façon ils étaient reliés aux autres cas.

Une fois qu'ils se furent débarrassés de l'encombrant monsieur Lindgren, et que la rougeur des joues de Klemens se fut quelque peu atténuée, ils retournèrent dans la salle de réunion et tâchèrent pour le reste de la journée de tisser des liens entre les différents cas par le prisme du gaz ou du poison. Klemens paraissait dubitatif concernant l'une ou l'autre des hypothèses, mais ce fut finalement Aris — qui d'autre ? — qui eut l'idée de génie qu'il leur fallait.

— Et si finalement, il n'y avait pas à choisir ? Après tout, les personnes qui ont eu recours à l'une ou l'autre méthode pour exterminer en si grand nombre doivent avoir les ressources nécessaires pour faire l'appel à l'un ou l'autre selon leur préférence.

— Vous voulez dire qu'il n'y aurait pas à choisir de mode opératoire, mais qu'ainsi le gaz *et* le poison seraient utilisés indifféremment ? reformula Johann.

— Effectivement. Si c'est bel et bien le réseau Gaïa qui est à l'œuvre, alors ce qui leur importe et nous le savons, c'est uniquement la destruction de l'Unicus, qu'ils tiennent pour responsable de tout, y compris de leur rage de dents et de la couleur assommante de leurs chaussettes. Par conséquent, le moyen leur importerait peu, du moment qu'ils parvinssent à leur fin.

— Ce n'est pas la destruction de l'Unicus qui leur importe le plus enfin !

Johann et Aris se tournèrent de concert, stupéfaits, vers Klemens, ce ton agacé ne lui ressemblant guère.

— Je veux dire…, reprit-il plus calmement. Ce qui leur importe le plus, d'après leurs prospectus et les informations que nous avons, c'est la préservation de notre environnement et ils s'en prennent à l'Unicus, car il leur semble précisément que l'Unicus est la cause de sa destruction… Par conséquent, je ne vois pas pourquoi ils voudraient s'en prendre encore plus à la faune et la flore qui nous entoure…

— Mais justement, car cela détruirait l'Unicus ! Il faut vraiment tout vous expliquer mon cher Klemens, quelle entreprise harassante au bout d'un moment !

— Navré Lindgren, mais je suis de l'avis d'Aris, trancha Johann. S'ils sont prêts à tuer un Imperare en faisant exploser sa diligence, faisant voler femme et enfant avec lui, ils sont aussi prêts à tuer des dizaines de milliers de bêtes pour parvenir à leur fin. Excellente déduction Aris, nous progressons enfin !

Il fut ensuite conclu que tout les ramenait, encore et toujours, aux dissidents et que démasquer leurs membres et leur réseau restait ce qu'il y avait de prioritaire. Johann alla d'un pas décidé donner l'ordre à divers hommes de se poster discrètement dans différents quartiers connus pour leur marché noir afin de voir si l'un des opposants ne viendrait pas se fournir en matière première qui entrait dans la fabrication de gaz ou de poison. Dans le doute, il leur ordonna également de procéder à des interpellations massives. Puis il leur donna l'autorisation de partir, leur intimant toutefois d'en profiter pour se reposer avec un air entendu à l'attention d'Aris. Le lendemain était en effet le jour du compte-rendu officiel auprès de l'Imperare.

Aris proposa à Klemens de boire un verre pour fêter leur avancée, mais le dadais déclina, éreinté par leur journée. Après qu'il eut épuisé ses plaisanteries d'usage, ils se séparèrent, mais Aris n'avait, pour sa part, pas le cœur à rentrer chez lui. Il se sentait bien trop plein de l'énergie de l'impatience, il trépignait à la perspective de mettre enfin un terme à ces évènements farfelus, mais lassants en fin de compte. Au bout de quelques semaines de morts subites et massives, l'effet de surprise s'était dissipé et il ne restait plus qu'un désagréable goût d'ennui en bouche.

*

Il déambula à travers les rues de Midjaborg, celles du mont Olympe, puis il descendit, voyant les entrailles du monstre se rapprocher à mesure que le funiculaire perdait en altitude. Il se rapprochait de son hôtel particulier, mais la perspective d'y rentrer était d'un sinistre inconcevable et il opta plutôt pour le cabaret de la dernière fois. Autant profiter de bonne musique et siroter un verre ou deux, avant de se résigner à rentrer chez soi.

Il pénétra dans l'enceinte du cabaret *Les deux monts de Lilith*, qui, à cette heure, commençait à peine à se remplir, et n'avait pas encore l'ambiance fumeuse qu'il arborait en soirée. Quelques danseuses étaient attablées au bar, débarrassées de leurs plumes, et exposant leur demi-nudité avec nonchalance, riant à gorge déployée et savourant visiblement avec délassement les quelques instants de répit qu'il leur restait avant une longue soirée de chorégraphies, de maîtrise de soi et de visage impassible. Il alla lui aussi au bar, commanda un verre et écouta tranquillement les babillages et niaiseries qu'elles s'échangeaient en sirotant son verre.

Un ou deux verres plus tard, peut-être même trois, il avait perdu le compte, une autre femme vint commander au bar. Il reconnut son profil parfait immédiatement, si sa coupe à la garçonne ne lui avait pas déjà mis la puce à l'oreille et ne sut résister à la tentation de venir la tourmenter.

— Eh bien, qui importune qui à présent ? Il me semble que vous me suivez, Madame. Je vous préviens, je n'affectionne guère d'être pressé de tant d'affection.

— Comment ? lui fit un visage aux traits acérés, durs et parfaits comme du cristal, ses yeux verts se tournant vers lui. Elle sembla le reconnaître au bout de quelques secondes et pointa son index dans sa direction avec une moue ironique.

— Oh, mais oui ! Je me souviens de vous, vous êtes le détestable prétentieux de l'autre soir !

— Et vous l'insupportable effrontée ! Aris Hartman, enchanté, fit-il en lui tendant la main. Si vous daignez rentrer vos crocs, louve impitoyable, je consentirai même à vous offrir un verre.

— Et si je refuse ?

— Alors ce sera à moi de sortir les crocs et de vous pourchasser, susurra-t-il. Prenez garde, je suis un chasseur aguerri.

Ce disant, il rapprocha sa chaise de la sienne et continua, puisqu'elle ne reculait ni ne faisait mine de le repousser. Il se sentit pousser les ailes de la victoire, et approcha un visage sur lequel devait se peindre la certitude de plaire. C'était une approche frontale, qui était d'ordinaire à double tranchant, mais qui semblait cette fois réussir. Toutefois, alors qu'il était désormais suffisamment près pour discerner le détail de ses iris, de ses lèvres, elle posa un doigt résolu sur les siennes, arrêtant net sa progression.

— Me croyez-vous bête à ce point, Monsieur Hartman ? Si vous êtes bel et bien ce vous appelez dans votre prétention un chasseur, en ce cas je serais mal avisée d'être votre proie, ne pensez-vous pas ?

— Même si vous étiez mal avisée, ce ne serait pas faire montre de stupidité, mais simplement d'humanité…

— Et voilà qu'à présent il me traite d'inhumaine ! Votre toupet est sans limites, Monsieur Hartman ! Sachez que je vous connais par cœur, vous et votre espèce. Vous fréquentez assidûment ce lieu et je gage que parmi les danseuses que nous voyons là, bon nombre ont dû se quereller à votre sujet, se disputant les faveurs de votre cœur. Seulement, voilà, ce qu'elles ignorent, mais que, moi, je sais, c'est que la séduction n'est qu'un jeu à vos yeux. Si donc nous avons démarré une partie, soyez assuré que je compte bien, pour y jouer, vous livrer une bataille acharnée selon mes propres règles et qu'à la fin, je triompherai immanquablement de votre adversité. À présent, veuillez m'excuser, j'ai bien mieux à faire ailleurs.

L'inconnue, qui n'avait pas même daigné lui dire son nom, se leva, prit son sac et sortit du cabaret sans même se retourner. Aris finit son verre d'une traite et la suivit dehors. Il observa d'un œil appréciateur les sinuosités que dessinaient les courbes de son corps, les franges de sa robe se balancer à chaque mouvement de pas, le léger bruit de claquement produit par ses talons sur la chaussée.

— Savez-vous qu'il est fort impoli d'éconduire un homme sans même lui faire l'honneur de lui révéler son identité ? lui cria-t-il en la rattrapant progressivement.

— Vous vous en remettrez très bien, je n'en doute pas. Retournez donc à l'intérieur, il y a sûrement beaucoup de femmes qui attendent vos promesses illusoires là-dedans.

— Vous êtes diabolique ! Puisque vous semblez avoir ouvert les hostilités, dois-je en conclure que la partie a bel et bien commencée ? Souhaiteriez-vous la poursuivre en d'autres lieux ?

Il l'avait tout à fait rattrapée désormais, et il se mit en travers de son chemin, l'obligeant à s'arrêter et à le dévisager. Il ouvrit les bras en signe de reddition devant ses charmes, et lui sourit. Elle le contempla d'un air froid, puis, levant le menton dans une attitude de défi qu'il était prêt à relever, elle revêtit un sourire sardonique.

— Après tout pourquoi pas ? Je me sens d'humeur belliciste ce soir. Néanmoins, soyez prévenu, en bonne Valkyrie, je vais faire couler du sang, et ce ne sera pas le mien.

— Par l'Unique ! Effrontée et prétentieuse avec cela ! J'accepte de prendre le risque. Venez, allons chez moi, j'ai hâte de remettre vos belles certitudes à leur place.

Aris l'emmena à son hôtel particulier, où elle observa avec une moue dédaigneuse le luxe qui l'environnait, puis, après un dernier verre, elle consentit enfin à ouvrir le feu. Ils livrèrent effectivement une bataille acharnée où elle se révéla être une guerrière éblouissante, sauvage, agressive, imprévisible, en tous points différente des conquêtes habituelles d'Aris.

Plus tard ce soir-là, il la contempla et, dans cet état flou et plein de volupté qui succède à l'assaut d'une forteresse assiégée, il crut bel et bien discerner une louve quand elle tourna vers lui ses yeux farouches. En son for intérieur, il sut alors qu'elle avait dit vrai, que ce n'était pas lui qui était sorti vainqueur de leur escarmouche, car quiconque voyait ces yeux savait que si l'enveloppe charnelle pouvait être conquise, l'âme elle, resterait indomptée.

Ce regard le fascinait autant qu'il le mettait mal à l'aise tant il était pénétrant. Il tourna la tête vers la tenture de son lit à baldaquin, dont les motifs parurent se mettre en mouvement et danser doucement sous ses yeux, mais il revint bientôt vers son visage qui le regardait toujours fixement. Quand elle lui décocha un sourire moqueur, il aurait juré que l'espace d'un court instant il y avait là des canines particulièrement acérées.

— Vous ne m'avez toujours pas dit votre nom. N'aurez-vous pas l'obligeance de satisfaire ma curiosité ? Nous avons, me semble-t-il, été suffisamment intimes pour que vous me le révéliez.

— Vous et moi savons parfaitement qu'à la seconde où votre curiosité sera satisfaite, vous vous lasserez de moi.

— Quelle piètre opinion vous avez de moi ! Suis-je donc si malfaisant ?

— Malfaisant, je ne saurais dire, mais pour ce qui est de la piètre opinion, c'est évident : vous faites preuve d'un tel égocentrisme que vous pourriez vous considérer comme capitale de l'Unicus en lieu et place de Midjaborg ! Et votre vanité occupe autant de place que tout le territoire.

Elle se leva, sa carnation offrant un contraste avec les tapisseries sombres de la chambre d'Aris, sa nudité faisant paraître les murs surchargés de toiles, les fenêtres trop encombrées par de lourds rideaux. Elle déambula nonchalamment à travers sa chambre et s'arrêta devant l'un des tableaux, puis se laissa tomber sur une ottomane en prenant la même pose que la femme nue de la peinture. Aris observait son petit manège avec un sourire en coin, puis il se leva à son tour pour se servir un verre.

— Vous semblez bien certaine de m'avoir percé à jour pour une inconnue rencontrée il y a seulement quelques heures et dont je ne connais pas même le prénom.

— Bien entendu que je vous connais, Monsieur Hartman. J'ai lu en vous bien des pages noircies d'encre et je suis au regret de vous annoncer que cela m'a été terriblement facile.

Puis elle se leva d'un bond de son ottomane, et alla ouvrir en grand les rideaux, n'ayant cure d'offrir sa nudité à l'avenue entière. Enfin, elle revint, saisit la carafe de cristal et se servit un verre.

— Je vous en prie, faites donc comme si vous n'étiez pas chez moi.

— Merci. Alors, comme cela, vous travaillez à la section enquête du ministère de la Sécurité d'État ?

— Comment diable savez-vous cela ? demanda Aris en fronçant les sourcils.

— De notre première rencontre, enfin, Monsieur Hartman. Vous vous rappelez, quand vous m'aviez chaudement impressionné à sortir votre insigne pour effrayer deux pauvres hommes avilis par trop de boisson.

— Ah oui… J'étais certes bien avili également ce soir-là. Vous voyez comme c'est injuste, vous avez déjà beaucoup d'informations sur moi alors que je n'en ai aucune sur vous pour ma part.

— Vous enquêtez sur tous ces phénomènes étranges qui ne cessent de paraître dans le *Quotidien omniscient* ? Je vous ai vu dans un article sur les céréales… Non sur la pêche, je crois !

— En effet ; c'est une habitude chez vous de répondre uniquement par des questions ? Vous êtes une fervente lectrice du journal à ce que je constate, répondit-il plus froidement.

— Oh, ne boudez pas, Monsieur Hartman, votre pose était exquise, regardant votre montre à gousset d'un air faussement désinvolte !

— Vous détournez à dessein mon attention de vous, mais vous ne vous en sortirez pas comme cela. Vous n'avez point répondu à ma question, que dis-je, à mes questions !

— J'ai une idée, vous devriez enquêter sur moi ! Comme ce serait déroutant de voir tous mes forfaits exposés à l'examen inquisiteur de l'Œil du Ministère !

— Pour pouvoir enquêter, encore faut-il savoir quoi chercher…

— Fort bien, puisque je n'aurais apparemment aucun répit sur mon identité, je m'en vais vous la décliner. Je m'appelle Flora, mais à la vérité, je n'aime guère m'épancher sur mon passé, car ma vie n'a été qu'une succession de malheurs. Mes parents sont morts alors que je n'étais encore qu'une enfant, me laissant orpheline et sans fortune. Un jour, alors que j'errai sur les trottoirs, un homme m'a repérée et m'a engagée pour faire la récolte et l'entretien de fleurs à bouquets dans les monocultures du nord de Midjaborg. C'était une tâche harassante, il nous fallait pulvériser mille produits différents pour que les roses et les pivoines poussent toujours plus vite, toujours plus grandes, puis il fallait courber l'échine de longues heures durant pour…

Elle s'interrompit pour boire une gorgée, Aris était pendu à ses lèvres et écoutait, désormais confortablement installé dans un fauteuil pendant qu'elle déambulait en racontant sa triste vie.

— … Récolter les fleurs. Si vous n'y avez jamais mis les pieds, comme je le soupçonne, sachez que c'est extrêmement pénible. On nous demande une cadence impossible à tenir sous un soleil ardent, les doigts sont gourds et endoloris à force de se faire piquer par les épines des rosiers, les muscles de la main sont éreintés à force de faire toujours le même mouvement de sécateur. Beaucoup d'enfants y travaillaient et peu d'adultes, nous étions logés sur place, dans un entrepôt insalubre. Un jour, j'en ai eu assez de ces conditions et moi, ainsi qu'une amie, que je m'étais faite, nous sommes enfuies. Nous avons marché des heures durant avant de parvenir à une ferme où on nous a recueillis et où nous avons gagné le gîte et le couvert grâce au labeur des champs. Je crois que ce fut la seule époque insouciante de ma vie. Le quotidien y était simple, mais les soirées passées avec la famille de fermiers étaient chaleureuses. Nous rentrions harassées par les travaux de moisson, mais de cette bonne fatigue, celle que procure un travail honnête et bien fait. Puis les récoltes sont arrivées à leur terme et il nous a fallu reprendre la route… Nous avons donc regagné Midjaborg et là, nous avons trouvé un emploi aux abattoirs de l'Unicus, nous triions les déchets de l'abattage, nettoyant en outre les salles où sont saignés les porcs.

J'ai gardé les mains rouges pendant des années et aujourd'hui encore, l'odeur âcre du sang me dégoûte profondément. J'ai économisé pendant des années, ne négligeant aucune privation afin d'arriver à mes fins : pouvoir gagner dignement ma vie. Ce qui s'est réalisé, il y a de cela quelques années, quand mon amie et moi avons eu assez d'argent de côté pour ouvrir une modeste boutique dans un quartier industriel de Midjaborg, nous prions l'Unique pour que notre bonne étoile ne nous abandonne pas après tant de mésaventures. Et voilà mon histoire.

Aris garda le silence, tout comme elle. Il se rendait compte à présent de tous les privilèges auxquels il s'était tant accoutumé qu'il n'y prêtait plus d'attention. Quelle chance il avait d'avoir été ainsi élevé et choyé par tante Cléia. Il la dévisagea, n'omettant aucune courbe de son corps, s'imprégnant du blanc laiteux de sa peau, de l'éclat de ses yeux. Un fin sourire ironique apparut sur ses lèvres.

— Ou peut-être que tout cela n'était qu'une imposture, plaisanta-t-elle. Vous m'avez crue ? Me voilà fort aise d'avoir su berner un inspecteur de la sorte ! Je pourrais rajouter cela à ma liste de compétences : « capable de mentir effrontément à un agent du ministère de la Sécurité d'État sans ciller et en le regardant droit dans les yeux ».

— Vous êtes impossible ! Moi qui éprouvais de la compassion à votre encontre, soyez bien sûre qu'elle s'est à présent envolée, mon cœur est froid comme à l'accoutumée.

— Vous, capable de compassion envers votre prochain ? Je ne vous en aurais pas cru capable, comme quoi, vous pouvez peut-être être surprenant, parfois. À présent, je m'en vais vous quitter, nous avons agréablement fait passer le temps, il me faut regagner mes pénates désormais.

Elle s'habilla prestement, et Aris se leva, la saisissant au poignet.

— Comment, vous partez déjà ? Vous n'en avez pas l'obligation, vous pouvez passer la nuit ici. Vous ne serez pas mise dehors enfin.

— Je n'en doute pas, mais je prends grand plaisir à partir avant, afin que vous vous sentiez quelque peu éconduit et insatisfait. Le désir frustré n'est-il pas le prélude à tout badinage amoureux ?

Elle retira sa main de la sienne, et il la laissa faire à regret. Elle s'approcha près de son oreille et lui souffla son nom. Puis elle sortit à reculons, sa moue ironique toujours sur les lèvres et, comme un songe au point du jour, disparut. « Enya » s'était évaporée et lui, Aris, n'avait pu la retenir entre ses doigts. Il se recoucha, pensif, tourna et se retourna dans son lit, ne parvenant pas à trouver le sommeil avant d'avoir pris la résolution de la chasser de son esprit. Il s'assoupit enfin, tenant sa résolution à grand-peine, son chuchotement prononçant « Enya » lui trottant dans l'oreille comme une mélodie entêtante et, du reste, fort importune.

*

Le lendemain, il s'éveilla, aussi agacé qu'il s'était endormi troublé la veille. Il s'habilla, pesta contre sa dernière chemise qui était froissée, et s'élança, ne prenant pas le temps du petit déjeuner. Sa philosophie concernant le petit déjeuner, car il en avait une adaptée à chacun des repas de la journée, était qu'il s'agissait là d'un repas à prendre lorsqu'on est enjoué. Il aimait prendre le temps le jour de l'Unique de s'attabler avec sa tante, de lire le *Quotidien omniscient* tout en mangeant ses œufs brouillés, de raconter sa semaine à tante Cléia et de se faire quereller pour son mauvais comportement comme elle avait coutume de le faire. Mais il fallait pour cela qu'il ait du temps et de la bonne humeur devant lui.

Or, ce matin, il ne disposait ni de l'un ni de l'autre. Il fit donc son trajet habituel l'estomac vide, optant à regret pour un hippomobile pour parcourir ce qu'il lui restait de distance une fois le funiculaire pris. Il se fit déposer devant les imposantes grilles du Palais de l'Imperare où il retrouva Johann et Klemens. Tous trois s'y étaient donné rendez-vous pour se rendre directement à leur compte-rendu hebdomadaire sans passer par la case ministère. Ils traversèrent ainsi les jardins impériaux, chacun absorbé dans ses brumes matinales personnelles, puis se firent mener par un majordome auprès de l'Imperare Justinien.

Ils furent conduits dans les mêmes appartements que la fois précédente, à la différence près que cette fois-ci, la mécanique était rodée et qu'ils étaient plus confiants dans la mesure où ils avaient quelque hypothèse à avancer. La silhouette de l'Imperare les accueillit, de dos, et Aris ne put s'empêcher de sourire devant cette mise en scène manifeste du pouvoir absolu, ne daignant surtout pas s'avilir à recevoir ses invités de manière courtoise.

L'Imperare était vêtu d'une redingote de velours en gros bleu avec un veston de brocart assorti. Aris loua intérieurement le tailleur impérial, qui, par la coupe impeccable de la veste, procurait quelque chose d'approchant presque la stature et la prestance qui devait être celle d'un descendant de Prométhée.

Dans une théâtralité mal maîtrisée, l'Imperare se retourna d'un air compassé, prenant son temps et les toisant de toute sa hauteur, qui n'était point vertigineuse, force était de l'admettre. Aris se laissa tomber nonchalamment sur son fauteuil, car tel était son bon plaisir et que nulle autorité n'aurait pu détourner son postérieur de tout le confort qu'il méritait, tandis que les deux autres s'assirent serrés dans le canapé qui faisait face à l'imposante assise de l'empereur. Le malheureux fauteuil comportait tellement de brocart et de fil doré qu'il les éblouissait à la lumière qui pénétrait par grands rayons à travers les fenêtres. Après une muette invitation à l'encontre de Johann, son supérieur entreprit de lui narrer leurs dernières découvertes, usant d'une astuce éculée de la diplomatie consistant à enjoliver les moindres détails de sorte à satisfaire la partie adverse tout en minorant habilement les mésaventures.

Aris trouva que son chef s'en sortait à merveille : l'Imperare l'écouta sans mot dire jusqu'à la fin de son récit. Puis, le souverain se leva, faisant une tête de moins qu'eux trois lorsqu'ils se levèrent à leur tour, et Aris crut que c'était pour les congédier. À sa grande stupéfaction, il demanda à la place à Johann et Klemens de patienter dehors. Aris se crispa, ne sachant à quoi s'attendre. Il fixa l'Imperare, les mains derrière le dos pour cacher les tics nerveux dont elles étaient animées et se tint droit, attendant que l'empereur prenne la parole. Mais ce dernier s'éternisait en le dévisageant silencieusement, à présent face à lui. Enfin, il ouvrit les bras en grand, le regarda sévèrement et déclama d'un ton formel :

— Ainsi, vous ne daignez pas même me saluer, fils ?

Remerciements

À l'heure où j'écris ces lignes, l'émotion m'étreint. *Le Fils de Prométhée* est apparu dans mon imagination en 2019 et depuis lors, je n'ai cessé d'y travailler. J'aurais aimé pouvoir citer nommément toutes les personnes qui m'ont encouragée, soutenue, et relue durant cette aventure. Mais c'est impossible car, à ma plus grande surprise, ce livre a reçu un accueil chaleureux de la part d'un trop grand nombre de personnes.

Je commencerai déjà par de profonds et sincères remerciements à toute l'équipe éditoriale qui m'a accueillie comme une seconde famille, une famille littéraire qui se passionne et se nourrit de mots au quotidien.

Mes pensées se tournent également vers mes proches, les premiers qui furent au courant de mes balbutiements livresques.

Enfin, je tiens à remercier toutes ces personnes qui, sans me connaître personnellement, m'ont soutenue au fil des ans.

Pour certaines, ce furent simplement quelques paroles prononcées dans des moments où le doute quant à mon écriture était au plus fort. Pour d'autres, ce fut un investissement de longue date, parsemé d'avis constructifs et de retours bienveillants. Mais ce que l'on oublie trop aisément, c'est sans aucun doute qu'un auteur ne peut exister sans ses lecteurs et qu'en cela, un livre est le parfait point de convergence entre une solitude qui a besoin de s'exprimer et une multitude qui est prête à l'écouter.

Alors à vous, qui suivez les aventures d'Aris, Sora et Brynja, sachez que vous leur permettez d'exister. Ce n'est que grâce à vous qu'ils s'envolent depuis mes contrées imaginaires pour trouver leur place dans notre monde. Pour cela, je vous serai à jamais reconnaissante. Et peut-être qu'au travers de certaines pages, sans même que nous nous en doutions, nous nous sommes rencontrés…

L'autrice

Anna Rodriguez est originaire du pourtour méditerranéen et vit désormais à Paris où elle partage son temps entre l'écriture et l'édition. Dans les rares moments où elle n'écrit pas (et ne lit pas non plus !), elle s'engage dans la cause écologique et féministe. Elle parle régulièrement à ses plantes et elle boit beaucoup trop de café. Quant à ses livres, eh bien, ils reflètent ses convictions et elle est convaincue que l'imaginaire a le pouvoir de changer le monde et de faire réfléchir à la société que l'on souhaite pour demain.

Suivez son actualité sur son site internet :

www.annarodriguez.fr

Achevé d'imprimer chez SoBook le 30-10-2023
Linselles - France

Nos papiers sont issus de forêts gérées durablement

N° impression : 872 165